U0620849

Of Mice and Men

人鼠之间

（美）约翰·斯坦贝克——著

刘勇军——译

约翰·斯坦贝克
中篇小说集
John Steinbeck

浙江人民出版社

John Steinbeck
1902 — 1968

约翰·斯坦贝克肖像照（1939 年）

约翰·斯坦贝克和妻子（1950 年）

约翰·斯坦贝克(右)正在欣赏其子托马斯(左)
创作的获奖海报(1963 年)

约翰·斯坦贝克（中）凭借《人鼠之间》获
得诺贝尔文学奖（1962 年）

约翰·斯坦贝克（中）和其子（左）在美国白
宫椭圆形办公室拜访时任总统约翰逊（1966 年）

目录   Contents

人鼠之间

Of Mice and Men

第一章

从索莱达[1]往南没几英里[2]的地方,萨利纳斯河[3]从临近山腰的堤岸落入一湾深潭中。碧绿的潭水暖暖的,因为波光粼粼的水流过被太阳晒得滚烫的黄沙,才落入狭窄的潭中。河岸的一侧,金色的山坡往怪石嶙峋、巍峨的加比兰山[4]蜿蜒而上。但在山谷的这边,每年春天,水边的杨柳都长得葱翠欲滴,低垂的柳叶卷起被冬潮冲过来的浮渣。苍白斑驳的美国梧桐弯曲的枝丫悬于水潭上方。碎沙堤岸的树下堆着厚厚一层落叶,若是一条蜥蜴爬过松脆的树叶,准会发出嘎吱作响的声音。傍晚,从灌木丛中跑出来的兔子坐在沙地上,潮湿的平地上满是夜行的浣熊和农场的狗留下的爪印,夜间出来喝水的鹿也会留下如同裂开的楔子一般的脚印。

一条小路从杨柳和梧桐当中穿过,从农场前往深水潭中游泳的男孩将小路踏平了,疲惫的流浪汉也会走下公路到水边宿营。一株大梧桐树伏在地上的枝丫前面,有一堆烧过多次的灰烬,枝丫早已被坐在上面的人磨得光溜溜的。

一个大热天的傍晚,微风撩动着树叶。阴影爬上小山丘,往山顶挪去。兔子一动不动地坐在沙坝上,宛如一尊尊灰色的小石

---

[1] 美国加利福尼亚州蒙特雷县下属的一座城市。——译者注(以下未做说明者皆为译者注)
[2] 1 英里约为 1.6 千米。
[3] 位于加利福尼亚的萨利纳斯市,这座城市是作者的出生地。
[4] 位于蒙特雷县的东部。

雕。就在这时，从州道的方向传来了一阵脚踩松脆梧桐树叶的声音。兔子匆忙躲了起来，没有发出半点声响。一只原本呆立在那儿的苍鹭吃力地飞到空中，又"扑通"一声落入河里。一瞬间，这个地方变得死气沉沉，接着，两名男子出现在了小路上，往碧潭边上的开阔地走来。

他们一前一后走在小路上，到了开阔地后，一个人还是紧跟在另一个人后边。两人都穿着黄铜纽扣的牛仔裤和牛仔衣，黑色的帽子早已不成形了，肩膀上都搭着一个扎得紧紧的铺盖卷。领头的那个短小精悍，脸色黝黑，一双眼睛骨碌碌地转动着，五官棱角分明。他身上的每个部位都极有特点：胳膊细长，一双小手看起来十分强壮，瘦削的鼻子只剩下了骨头。走在后面的那位正好同他相反，那人块头很大，长着一张毫无特征的脸，上面嵌着一双暗淡的大眼睛，宽阔的肩膀耷拉着。他走起路来步伐沉重，似乎拖曳着脚步，像是一头大熊吃力地拖着爪子走路。他的胳膊并没有在身体两侧晃荡着，而是松松垮垮地垂在两旁。

走在前面的男人突然在空地上停了下来，后面跟着的那个人差点儿从他身上跨过去。他脱下帽子，用食指揩了揩防汗带，抬手把汗水甩掉。他那身材魁梧的同伴则将铺盖卷放下，跟着猛地弯下腰来，去喝碧潭的水。他咕咚咕咚地往肚里灌水，那动静如同一匹马饮水时发出的声响。小个子紧张地走到他身边。

"伦尼！"他尖声说，"伦尼，看在上帝的分儿上，可别喝那么多了。"伦尼继续咕咚咕咚地喝着潭里的水。小个子俯身过去，摇晃着他的肩膀。"伦尼，你准会像昨天那样病倒。"

这下，伦尼将整个头，连同帽子什么的都泡在水里，过了一阵儿才坐到岸上，帽子上的水滴在蓝色的外套上，顺着后背往下流。"好舒服，"他说，"你也喝点儿，乔治。喝个痛快。"他快活地笑起来。

乔治也解下铺盖卷，轻轻放在岸上。"我也不知道这水有没有问题，"他说，"有浮渣呢。"

伦尼将大手掌伸进水里，张开五指搅动着，轻轻溅起水花，水圈朝对岸荡漾过去，又涌了回来。伦尼看着水圈说："看啊，乔治，看我的厉害。"

乔治跪在潭边，飞快地捧了几捧水喝起来。"味道不错。"他承认道，"虽然不像是活水。伦尼，不是活水可不能喝。"他沮丧地说，"但要是真渴了，阴沟里的水怕是也得喝。"他将一捧水浇到自己脸上揉搓着，又擦了擦额下和后颈。然后，他戴上帽子，一骨碌从潭边退了回来，他屈起膝盖，双手环抱。在一旁看着的伦尼也模仿着他的一举一动抽身回来，屈膝抱着。他望着乔治，想看看自己是否跟他做得一样，他学着乔治的样儿，将帽檐拉下一点儿，遮住眼睛。

乔治愁眉苦脸地凝视着潭水，眼睛的边缘被耀眼的阳光晒得通红。他突然生气地说："要是那个该死的巴士司机知道他在胡说什么，咱们准能赶到农场。'离公路那头也就一点点远，'那家伙说，'也就一点点远。'妈的差不多有四英里呢，还真是这么回事！他就是不想在农场的门口停车，就这样。太他妈懒了，停个车都不乐意。估摸着他在索莱达停车就算天大的恩赐了。居然把我们赶了下来，说什么'只要往下面走一点点就行了'。我敢打赌，都不止四英里。这鬼天气也太热了。"

伦尼胆怯地朝他望过去。"乔治？"

"嗯，什么事？"

"乔治，咱们这是去哪儿呀？"

小个子猛地拉下帽檐，蹙起眉头看着伦尼。"你又忘了吧？

我是不是还得跟你说一遍？天哪，你这个狗杂种、臭呆瓜！"

"我忘了。"伦尼轻声说，"我也不想忘记。我对天发誓，我也很想记住，乔治。"

"好啦……好啦。我再跟你说一遍吧。反正也没事可做，还不如花点时间再跟你讲讲，到时候你再忘了，我再跟你讲一遍。"

"我也想努力记得来着，"伦尼说，"可就是没用。乔治，我还记得那些兔子呢。"

"让兔子见鬼去吧，你就记得兔子。好啦！你给我听好咯，这次你可得记牢了，要不咱们就有麻烦了。你还记得咱们在霍华德街那个该死的地方坐着，盯着那块黑板看吗？"

伦尼的脸上绽放出灿烂的笑容。"当然啦，乔治。这我记得……可是……咱们后来做了什么来着？我记得有些姑娘过来了……你说……你说……"

"就别管我说什么了。你记得咱们去了默里和雷迪那儿拿了工卡和巴士卡吗？"

"噢，当然记得，乔治，我总算想起来了。"他的手飞快地伸进外套口袋，轻声说，"乔治……我的不见了，准是被我弄丢了。"他沮丧地看着地面。

"你就没拿过，你这个狗杂种、臭呆瓜。咱们的东西都在我这儿。难不成我会让你拿着你的工卡？"

伦尼嘘了一口气，咧嘴笑起来。"我……以为放在侧兜里了。"他将手再次伸进口袋。

乔治敏锐地看着他。"你刚才从口袋里拿出什么了？"

"兜里什么也没有。"伦尼机智地说。

"我知道里面什么也没有了。你拿在手里了。你手里到底拿了什么东西……藏什么了？"

"什么也没有，乔治，真的。"

"赶紧的，给我。"

伦尼将攥着的手拿开，不让乔治看到。"一只老鼠而已，乔治。"

"老鼠？活老鼠吗？"

"呃，一只死老鼠而已，乔治。这可不是我杀的，真的！是我发现的，发现的时候它就已经死翘翘了。"

"给我！"

"啊，你就让我拿着吧，乔治。"

"给我！"

伦尼服从地慢慢摊开手。乔治抓起老鼠，扔到水潭对面的灌木丛里。"你拿只死老鼠干吗？"

"咱们赶路的时候我可以用大拇指摸它呢。"伦尼说。

"你跟我赶路的时候可不能摸老鼠，还记得咱们要去哪儿吗？"

伦尼看上去吃了一惊，然后难为情地将脸埋在膝盖下。"我又忘了。"

"天哪，"乔治无奈地说，"好吧，听着，咱们要去农场干活儿，就跟咱们打北边来的那家一样。"

"北边？"

"威德那家。"

"噢，没错。我记起来了。在威德。"

"咱们要去的那家农场在下边，约莫有四分之一英里。到时候咱们得去见老板。听着，到时我会把工卡给他，不过你什么也别说，只管站在那里，一个字也不要说。要是他发现你是个疯子，咱俩的工作可都没了。但是，要是他在听见你说话之前看到你干活儿了，那就没关系了，听明白了吗？"

"当然，乔治，当然明白了。"

"那好。那咱们见到老板后，你会怎么做？"

"我……我……"伦尼思忖着，脸也绷得紧紧的，"我……我啥也不说……只管站在那里。"

"乖。很好。你得再重复两三遍，这样就不会忘了。"

伦尼自顾自地轻声念叨起来："啥也不说……啥也不说……啥也不说……"

"行了。"乔治说，"你也不能像在威德时那样干坏事。"

伦尼不解地说："像在威德时那样？"

"啊，你连这也忘了吧？呵呵，我可不会提醒你，免得你再犯事。"

伦尼脸上闪过一道光芒，像是突然明白了过来。"他们把咱们赶出了威德。"他突然得意地喊道。

"赶我们走，呸！"乔治厌恶地说，"是我们自己逃走的。他们在找我们呢，只是没找到罢了。"

伦尼咯咯笑起来，快活地说："这我可没忘，真的。"

乔治躺在沙地上，双手交叉垫着后脑勺。伦尼也学着他的样子，随即又抬起头来，想知道自己做得对不对。"天哪，你也太麻烦了，"乔治说，"要不是你这个拖油瓶，我现在准会过得很舒坦，轻轻松松地过活，保不定还会有个姑娘呢。"

伦尼安静地躺了一会儿，然后满怀希望地说："咱们要去农场干活儿了，乔治。"

"没错。你总算弄明白了。不过，咱们现在得在这里睡一觉，原因你就别问了。"

天一下就黑了。加比兰山山顶被阳光染红了，山谷里已没了日光。一条水蛇游过潭面，脑袋像小潜望镜一样扬起。芦苇在水流中轻轻晃荡。远处的公路上有名男子在喊着什么，另一名男子回应着。梧桐树的枝叶在微风中抖抖簌簌地摇晃着，未几便停了。

"乔治······咱们为什么不去农场吃晚饭？那里应该有晚饭吧。"

乔治翻了个身，侧躺着："你就甭找理由了。我喜欢这儿。明天咱们就得干活儿了。我在路上瞧见了打谷机，也就是说得一包一包地扛粮食，得拼了命地干活儿。今晚我就想躺在这儿，望着天空。我喜欢这样。"

伦尼起身蹲了下来，低头看着乔治："咱们难道不吃晚饭了吗？"

"当然吃啦，只要你去找点柳树枝来就行了。我的铺盖卷里还有三罐豆子。你去准备生火。你把树枝拢到一块儿，我就给你火柴。咱们把豆子热一下，就可以开吃了。"

伦尼说："我喜欢在豆子上加番茄酱。"

"呵呵，这里可没有什么番茄酱。你去拾柴火吧。可别偷懒，眼看就要天黑了。"

伦尼拖着笨重的身躯站了起来，消失在了灌木丛中。乔治躺在原地，轻轻地吹着口哨。伦尼远去的方向传来了溅水的声音。乔治不再吹口哨了，而是听了听。

"可怜的家伙。"他嘀咕了一句，继续吹起了口哨。

不一会儿，伦尼穿过灌木丛，折了回来，手里拿着一根细细的柳枝。乔治坐了起来。"好啦，"他冷不丁地说，"把老鼠给我！"

但是伦尼竭力装出一副无辜的样子："什么老鼠？乔治，我可没拿什么老鼠。"

乔治伸出手："快点儿，给我。你什么也别想瞒过我。"

伦尼犹豫着，往后退去，眼睛慌乱地看着灌木丛，像是准备逃离对方的控制。这时乔治冷冰冰地说："要么给我老鼠，要么挨顿揍。"

"给你什么，乔治？"

"你他妈的清楚，给我老鼠。"

伦尼极不情愿地把手伸进口袋，用沙哑的声音说："我不明白为什么不能留着它。这又不是别人的老鼠，也不是我偷来的，是我在路边发现的。"

乔治仍然一脸专横地伸着手。伦尼慢慢走了过来，像一条不愿把叼来的球交给主人的梗犬，又退了回去，然后又往前走了走。乔治飞快地打了个响指，一听到这个声音，伦尼便立刻将老鼠放到他手里。

"我又没对它干什么坏事，乔治，只是摸摸而已。"

乔治站起来，使出全身力气把老鼠扔到黑黢黢的灌木丛里，然后走到潭边，洗了手。"你这个狗杂种、臭呆瓜，你过河去捡死老鼠，把脚都弄湿了，还真以为我瞧不出来啊？"他听见伦尼小声呜咽起来，突然转过身来，"只知道哭，跟小孩一样！天哪！这么大的块头就知道哭。"伦尼的嘴唇哆嗦着，眼泪都出来了。"唉，伦尼！我扔掉老鼠可不是欺负你。伦尼，那玩意儿都不新鲜了。再说了，你摸它的时候都把它捏坏了。回头你再捡一只死了没多久的，我让你多留一阵儿。"

伦尼一屁股坐在地上，沮丧地耷拉着脑袋。"我不知道哪里还有老鼠，我记得有位太太送过我，把她的都给我了。可她现在又不在这儿。"

乔治嘲笑道："太太？你连那个太太都不记得了，是你的克拉拉婶婶。不过后来她也不再给你了，因为你把它们全弄死了。"

伦尼不无悲伤地抬头望着他。"它们太小了，"他满怀歉意地说，"我只不过是轻轻地摸了摸，它们就会咬我的手指。我轻轻地捏了捏头，那些家伙就都死了，因为它们实在太小了。要是咱们马上有兔子就好了，乔治，兔子可没那么小。"

"让兔子见鬼去吧。就不能给你活老鼠。克拉拉婶婶给了你一只橡胶老鼠，你偏不要。"

"那玩意儿不好摸。"伦尼说。

夕阳通红的光亮从山顶消失了，暮色笼罩在了山谷上方，杨柳和梧桐树间半明半暗。一尾大鲤鱼浮出水面吸了口气，随即神秘地潜入幽暗的潭水中，一片涟漪从水中荡过。他们头顶的树枝再次轻轻摇晃着，柳絮随风飘落至潭面。

"你还去不去捡柴火了？"乔治厉声问道，"那棵梧桐树后面就有不少，都是洪水冲下来的木头。赶紧去！"

伦尼走到那棵树后面，捡了一点儿枯叶细枝，扔在那堆烧过的灰烬上，而后又捡了好几趟。眼下，天已经完全黑了。一只鸽子"唰"的一声飞过水面。乔治走到柴火边，点燃了枯叶。树枝噼里啪啦地燃烧起来，火势渐渐稳定了下来。乔治解开铺盖卷，拿出三罐豆子。他将罐子摆在篝火旁边，放在靠近火焰又不会被火烧到的地方。

"这么多豆子够四个人吃了。"乔治说。

伦尼在篝火的那头望着他，耐心地说："我喜欢在上面加番茄酱。"

"呵，可我们没有，"这下乔治爆发了，"我们没有什么，你偏偏要什么。全能的上帝啊，如果我只有一个人，我得活得多舒坦。我可以找个地方好好干活儿，一点儿都不费劲，什么麻烦都没有。到了月底，我兜里揣着五十块去镇里，想买什么都行。哼，我还能在妓院里过夜。我想去什么地方吃饭就能去什么地方吃饭，不管是饭店还是别的什么地儿，我他妈的想点什么就点什么，他妈的我每个月都能这么过。到时候买一加仑威士忌，或者开一家台球厅，玩牌打台球都行。"伦尼跪在地上，目光越过篝火，看着怒气冲冲的乔治，脸上满是惊恐的神色。"可我又得到了什么？"乔治继续气呼呼地说，"只有你！你连个工作都保不住，每次害得我也丢了饭碗。这还不是最糟的。你老是捅娄子，每回干了坏事后，我就得带你逃走。"

他的声音越来越高，几乎是喊了出来："你这个狗杂种、臭呆瓜，净知道给我惹麻烦。"他装出小姑娘彼此模仿时煞有介事的表情，"'我只想摸那姑娘的裙子，只是像摸老鼠那样摸一摸。'呵呵，他妈的她怎么知道你只想摸她的裙子？她猛地往后躲去，你还像抓老鼠一样紧抓着不撒手，她大声喊起来，到处都有人找我们，弄得我们在灌水渠里躲了一整天，还是趁天黑后才从乡下逃了出来。每次都这样！每次都这样！我真希望能把你塞进笼子里，放一百万只老鼠进去，让你玩个够！"他愤怒的表情一下消失了，目光越过篝火，看着伦尼痛苦的脸，随即又不好意思地盯着火焰。

这会儿，天已经完全黑了，但火光照亮了树干和头顶上弯曲的树枝。伦尼小心翼翼地绕着篝火爬到乔治身边，跪坐在脚跟上。乔治将几罐豆子翻转着，让火都能烤到，假装没注意伦尼靠在身边。

"乔治。"声音非常小，但没有回应，"乔治！"

"你想干吗？"

"我开玩笑的，乔治。我不想吃番茄酱了。现在就算番茄酱摆在我面前，我也不吃。"

"要是现在真有番茄酱，你可以吃点儿。"

"我一丁点儿也不会吃的，乔治，我都会留给你的。你可以在豆子上浇满番茄酱，我一口都不会吃。"

乔治仍然一脸不快地盯着篝火："每次一想到要是没有你，我就能活得多快活，我就会抓狂。我从来没过个安生日子。"

伦尼仍然跪在那里，望着河对面黑魆魆的地方："乔治，你是想让我走，你一个人留在这儿吗？"

"你他妈的能去哪儿？"

"呃，我可以的。我可以去那边山里，找个洞。"

"是吗？那你吃什么？你可没那么聪明，能自己找吃的。"

"我会找到的，乔治。我不需要什么加了番茄酱的好东西，到时我就躺在太阳底下，谁也不会来害我。要是我找到老鼠，我就留着。谁也别想把它从我身边拿走。"

乔治用探究的眼神飞快地瞥了他一眼："我挺坏的，对吧？"

"如果你不要我了，我可以去山里找个洞，随时都可以走。"

"不……听着！伦尼，我只是跟你开玩笑的。因为我希望你待在我身边。至于老鼠那档子事，主要是你总会把它们弄死。"他停顿了一会儿，"我跟你说，伦尼。只要逮到机会，我给你找条小狗，说不定你不会弄死小狗，那玩意儿可比老鼠好，你可以使劲儿摸。"

伦尼没有上钩，他觉得自己占了上风。"你如果不要我，我就去那边的山里，到那里一个人过活。谁也甭想把老鼠从我身边偷走。"

乔治说："伦尼，我就想跟你待一块儿。天哪，要是你一个人待着，准会被人当成郊狼一枪毙了。这可不成，你得跟我待在一起。你的克拉拉婶婶可不喜欢你一个人跑了，虽然她已经不在人世了。"

伦尼狡黠地说："跟我讲讲吧……跟以前一样。"

"讲什么？"

"讲兔子的故事。"

乔治没好气地说："别想占我便宜。"

伦尼恳求道："你就讲讲吧，乔治，给我讲讲吧！求你了，乔治！就跟你以前一样。"

"你就爱听这个，对吧？那好，我就跟你讲讲吧，过一会儿再吃晚饭……"

乔治的声音变得低沉了。他说话的时候很有节奏，像是这些话已经讲过无数遍了："像咱们这种在农场干活儿的人，是世界上最孤独的。他们没有家人，也没个归属。他们来到一家农场，干活儿攒了点儿钱，再拿到城里花得一分不剩。还没等你反应过来，他们又跑到另一家农场，这样的生活哪有什么盼头？"

伦尼乐了。"就是这个……就是这个。好啦，现在该讲讲咱们了。"

乔治继续说："咱们当然不一样啦。咱们有盼头，可以互相说说话，互相关心。咱们不会因为没地方去，就坐在酒吧里把钱输个底朝天。要是那些人蹲了班房，就算是烂在里面也没人在乎。咱们可不一样。"

伦尼插话道："咱们不一样！为啥？因为……因为有你照顾我，你也有我来照顾。这就是原因。"他乐呵呵地说，"继续啊，乔治！"

"你自己这不是都记住了嘛。你也可以讲。"

"不行，你来。有些我忘了。还是讲讲接下来会咋样吧。"

"好吧，等到某一天，我们会把钱都攒起来，到时候就买幢小房子，置上几亩地，养头牛，再喂几头猪，还有……"

"然后靠种地过日子。"伦尼叫起来，"还要养兔子。继续说，乔治，讲讲咱们会在花园里种什么，讲讲笼子里的兔子，冬天的雨和炉子。讲讲牛奶上的奶油有多厚，切都切不下来，都讲讲啊，乔治！"

"你自己干吗不讲？你不是都知道吗？"

"不……还是你来讲。要是我来讲，可就不一样了。继续啊……乔治。我是怎么照顾那些兔子的？"

"好吧，"乔治说，"到时候我们会种上一大片蔬菜，弄个兔棚，喂些小鸡崽。冬天碰上下雨的日子，咱们他妈的就不去干活儿了，烧上一炉火，坐在炉子旁，听雨点在屋顶上敲打——带劲儿！"他从口袋里掏出他的小折刀，"没时间讲了。"他将刀插入一罐豆子的上盖，把盖锯掉，将罐子递给伦尼。接着，他又打开另一罐，然后从侧袋里拿出两个勺子，递给伦尼一个。

他们坐在篝火旁，嘴里塞满了豆子，用力嚼着。几颗豆子从伦尼的嘴角掉了出来。乔治挥了挥勺子："要是明天老板问你问题，你打算怎么说？"

伦尼不再嚼了，把嘴里的豆子咽了下去，神情很是专注："我……一个字……也不说。"

"乖！就这样，伦尼！说不定你会好起来的。等咱们有了两三亩地，我就让你照顾兔子，你都能记得这么清楚了。"

伦尼得意极了，声音都哽咽了。"我能记住。"他说。

乔治再次挥了挥勺子："听着，伦尼。我要你看看四周，你能记住这个地方，对吧？再往上走四分之一英里的路程就到农场了，只要沿着那条河走就行了。"

"没问题，"伦尼说，"我当然记得啦。'啥也不说'这事我不也记住了吗？"

"没错，你确实记住了。呃，听着，伦尼，你要是像以前一样捅了什么娄子，就跑到这里面来，我要你直接到这儿来，藏在灌木丛里。"

"藏在灌木丛里。"伦尼慢吞吞地说。

"藏在灌木丛里，等我来找你，记住了吗？"

"没问题，乔治。藏在灌木丛里，等你来找我。"

"不过，你不会捅娄子的，因为要是你真惹祸了，我就不会让你照顾兔子了。"他说着将空罐子扔进了灌木丛里。

"我不会捅娄子的，乔治，我一个字也不会说。"

"好，把你的铺盖卷拿到火边来。到这里睡觉会舒服不少，你抬头瞧瞧，有不少树叶呢。别再添柴火了，还是让火自己熄掉吧。"

他们在沙地上打好地铺，篝火渐弱，火光映出的光圈也慢慢变小了。卷曲的树枝消失在了黑暗中，唯有点点微弱的光还能显出树干的轮廓。这时，伦尼在黑乎乎的地方喊道："乔治……你睡着了吗？"

"没有。啥事？"

"咱们养些不同颜色的兔子吧，乔治？"

"当然可以。"乔治睡意蒙眬地说，"红的、蓝的、绿的都行，伦尼，养很多很多。"

"都是些毛茸茸的家伙，乔治，就跟我在萨克拉门托的集市上看到的那些一样。"

"成，毛茸茸的。"

"乔治，我随时都可以走，去那个山洞里生活。"

"你随时都可以下地狱。"乔治说，"赶紧闭嘴。"

灰烬的红光慢慢变得暗淡。山丘上，一只郊狼在河边哀嚎，对岸的一只狗汪汪地回应着。梧桐树的叶子在徐徐夜风中窃窃私语。

第二章

　　工棚是个长方形的房子。内墙刷成白色，地板没有上漆。三面墙上都装有那种小小的方窗。第四面墙上有一个带木门闩的坚固大门。靠墙放着八个铺位，有五张已经铺好了毯子，另外三张用粗麻布盖着。每个铺位旁边都钉着一口杂物箱，箱口朝外，为睡在床铺上的人提供一个双层架，可以放置一些私人物品，架子上放了不少小物件，有肥皂、爽身粉、剃须刀和一些西部杂志，农场里的人喜欢看这玩意儿，尽管他们会把里面的内容当成笑料，但私下里又愿意相信。架子上放有药，还有小药瓶、梳子什么的，杂物箱两侧的钉子上还挂着几条领带。一面墙边有一个黑色的铸铁炉，烟囱径直穿过屋顶，房间中央有一张四四方方的大桌子，纸牌扔得到处都是，周围是拼凑在一起的箱子，打牌的人可以坐在上面。

　　上午十点左右，太阳透过侧窗照在满是灰尘的窗栏上，苍蝇在阳光中进进出出，犹如匆匆划过的流星。

　　这时，木门闩抬起，门开了，一个背有点驼、个子很高的老人走了进来。他穿着牛仔裤，左手拿着一个长把大扫帚。跟在他身后的是乔治，伦尼则走在乔治后头。

　　"老板以为你们昨晚就能到，"老人说，"今早你们没去干活儿，他气坏了。"他右胳膊一指，衣袖里伸出一只没了手掌、如同木棍一般圆滑的手。"你们可以睡那两张床。"他指着炉边的两个铺位说。

乔治走了过去，将毯子扔在麻布下用稻草当床垫的铺位上，往杂物箱看了看，拿起一个黄色的小罐子。"我说，这玩意儿是干什么的？"

"不知道。"老人说。

"上面说：'可有效消灭虱子、蟑螂等害虫。'你们他妈的给我们安排的什么铺位？我们可不想裤裆里蹦出兔子来。"

老帮工将扫帚用胳膊肘和身体侧面夹住，伸出一只手接过罐子。他仔细地看着上面的标签。"我跟你说……"他终于开口道，"之前睡在这个铺位上的是个铁匠……人相当不错，特别爱干净，你肯定想认识他，是个吃完饭都要洗手的主儿。"

"那他怎么会长虱子？"乔治越想越生气。伦尼将铺盖卷放在旁边的床上，坐了下来，张嘴看着乔治。

"我跟你讲，"老帮工说，"这个铁匠叫惠特伊，就算没有虫子，他也会把东西拿出来，以防万一，明白吗？他就是这样的人。我跟你说说他以前怎么做的，吃饭的时候，他会给土豆剥皮，把上面的小点全都扒拉掉——也不管是什么东西——然后才吃。要是鸡蛋上有个红点，他也会先剔掉。他就是这样的人，特爱干净。有时候他即使哪儿都不去，也会穿着节日的礼服，打上领带，就待在工棚里。"

"我怎么不那么信呢。"乔治将信将疑地说，"你说他是怎么辞工来着？"

老人将黄色的罐子放进口袋，用断肢摩挲着硬邦邦的白胡茬："为……啥……辞……了？跟大伙没什么两样吧。说是吃的有问题，就走了。除了说食物有问题，也没给别的由头，有天晚上突然说'把工钱给我'。大伙都是这么干的。"

乔治掀起褥套，往下面看了看。他倾身过去，仔细看了看麻布包里的东西。伦尼也立马起身，学着他的样子查看起了床铺。良久，乔治似乎终于满意了，他打开铺盖卷，把东西放在架子上，有剃须刀、肥皂、梳子、药瓶，还有些外敷药和皮腕套。他将毯子整齐地铺到床上。这时老人说："我估摸着老板随时就到了，你们没有一大早赶来，老板气得要命。当时我们正吃早餐呢，他径直冲了进来，大声问道，'他妈的新来的工人呢？'还冲马房小黑发了一通火。"

乔治抚平床铺上的一条褶皱，坐了下来。"冲马房小黑发了一通火？"

"是啊。马房工人是个黑人。"

"黑人，啊？"

"是的，人倒是不错。后背被马踢歪了，老板一生气就冲他发火，但他就像个没事人一样。他经常看书，房间里有很多书。"

"老板人怎么样？"乔治问道。

"呃，人不错。不过，有时喜欢发火，但人不错。我跟你说，你知道他在圣诞节干了什么吗？带了一加仑威士忌到这儿，说，'伙计们，给我放开了喝，一年可只有一次圣诞节'。"

"怎么可能！整整一加仑？"

"是的，先生。天哪，我们喝得可带劲儿了！那天晚上，他们让黑人也进来了，小骡夫斯米梯追着他跑。还真不赖。大伙不让斯米梯用脚踢，所以黑人就抓住他了。斯米梯说要是可以用脚，他准能要那个黑人的命。大伙说黑人是个驼背，斯米梯自然不能用脚。"他沉浸在美好的回忆里，顿了顿说，"后来，大伙去了索莱达一通疯闹。不过我没去，哪里还有那样的精神头？"

伦尼刚铺好床铺，木门闩又抬了起来，门开了，一个矮壮的男子站在门口，穿着牛仔裤和法兰绒衬衫，黑色马甲的扣子是解开的，外面套了一件黑外套。两个大拇指插在皮带上，紧挨着方形不锈钢皮带扣的两侧。头戴一顶脏兮兮的斯泰森帽，脚蹬一双带马刺的高跟马靴，这一身行头表示他绝不是干苦力的。

老帮工飞快地瞥了他一眼，用断肢摸着胡须，拖曳着脚步往门口走去。"刚来的两个。"他说，继续拖着脚步经过老板身边，从门口走了出去。

矮胖的老板迈着小短腿飞快进了房间。"我给默里和莱迪写了信，要两个人，今早就得到。你们把工卡带来了吗？"乔治在口袋里摸索了一阵儿，掏出工卡，递给老板。"看来不是默里和莱迪的问题，工卡上写着你们两个今早就该到这儿了。"

乔治低头看着脚。"巴士司机报错了地方，"他说，"我们步行了十几英里。他说到了，其实根本不是那么回事。早上又搭不到车。"

老板眯缝着眼睛说："呵，虽然缺了两个人，我还是让收粮的人出发了。现在去也没用了，还是等到吃过午饭再说吧。"他从口袋里掏出一本出勤记录本，翻到夹着铅笔的那一页。乔治意味深长地冲伦尼皱了皱眉头，伦尼点点头，表示明白。老板舔了一下笔："你叫什么名字？"

"乔治·米尔顿。"

"你呢？"

"他叫伦尼·斯莫尔。"乔治说。

名字被登记在了出勤本上。"呃……今天是二十号，二十号中午。"他合上本子，"你们之前在哪儿干活儿？"

"在威德那里。"乔治说。

"你也是吗？"老板问伦尼。

"是的，他也是。"乔治答道。

老板开玩笑似的指着伦尼道："他不大爱说话，是吗？"

"是的，但他干起活儿来可不含糊，壮得像头牛。"

听到这话，伦尼自己也笑了。"壮得像头牛。"他重复道。

乔治冲他蹙起眉头。伦尼因自己忘了之前答应的事，不好意思地低下了头。

老板突然发问："听着，斯莫尔！"伦尼抬起头。"你会干什么？"

伦尼一下慌了，赶紧向乔治求助。"你吩咐他干什么，他就能干什么。"乔治说，"他可是赶牲口的好手，还能扛粮包、开耕田机。什么活儿都不在话下，给他个机会就成。"

老板转身面对乔治："你为什么不让他回答？你想干什么？"

乔治大声打断他的话："噢，我可没说他很聪明，他不是个聪明人。我只说他干起活儿来可麻利了。他能扛起四百磅的包。"

老板慢慢把小本子放进口袋里，双手插在皮带里，一只眼睛眯缝着，几乎闭了起来。"我说……你到底有什么企图？"

"啊？"

"我是说你能从这个家伙身上捞到什么好处。你把他的工钱都装进你的兜里吗？"

"没有，没有的事。你为什么会觉得我在打他的主意？"

"呵，我从没见过哪个人会为别人这么操心，所以只想知道你能从他身上得到什么好处。"

乔治说："他……他是我表亲，我跟他妈妈保证过要好好照顾他的。小时候，他的脑袋被马踢了，人没啥问题，只是不怎么聪明，但你叫他干什么都行。"

老板转过身说："呵，谁都知道扛大包不需要脑子，不过，你可别想出什么幺蛾子，米尔顿，我可会盯着你的。你们为什么不在威德那里干了？"

"那里的活儿都干完了。"乔治迅速回答道。

"什么活儿？"

"我们……挖了个粪坑。"

"好吧，你可别想出什么幺蛾子。因为你根本脱不了干系，我见过不少聪明人。午饭后跟着收粮队出发。他们会用打谷机收大麦。你跟着斯利姆那队。"

"斯利姆？"

"没错，赶车的，是个大块头，吃饭时就能见到。"他说完猛地转过身朝门口走去，但还没走到门外，又转过身来，盯着两人看了好一会儿。

等他的脚步声消失后，乔治转身对着伦尼说："我叫你一个字也不要说的。闭上你的臭嘴，让我来说就行了。你他妈的差点儿害我们连工作都没了。"

伦尼沮丧地盯着自己的手："我忘了，乔治。"

"对，你忘了。你哪次没忘？哪次都是靠我的三寸不烂之舌帮你解围。"他一屁股坐在床铺上，"这下好了，他盯上咱们了。咱俩可得小心点儿，别出乱子，你给我把你的那张大嘴巴闭上。"伦尼很是懊悔，不再说话了。

"乔治？"

"你又想搞什么？"

"我没被马踢过头吧，乔治？"

"他妈的要是真踢过就好了。"乔治恶狠狠地说，"那就什么事都没有了。"

"乔治，你说你是我的表亲？"

"呵，那是骗人的，幸亏不是。如果我真是你的亲戚，我宁愿一枪崩了自己。"

伦尼突然不再说了，朝开着的门口走去，往外面瞅了瞅。

"我说，你他妈的在听什么呢？"

老人慢慢进了房间。他手里拿着扫帚，后面跟着一条瘸腿的牧羊犬，那条狗鼻口灰白，苍白的眼睛已经瞎了。狗很是温驯，挣扎着在房间那头躺了下来，兀自发出轻轻的咕哝声。老帮工目送着它躺下。"我没听见，刚才只是站在遮阴处给狗梳理毛。我刚清理完洗漱房。"

"你竖着大耳朵偷听我们说话呢，"乔治说，"我可不喜欢多事的人。"

老人的目光不安地在乔治和伦尼身上逡巡，最后目光又落到了乔治身上。"我刚过来。"他说，"你们说的话我一句也没听清，再说了，我对你们的谈话也没兴趣。在农场干活儿啥也不要听，啥也不要问。"

"不打听他妈的就对了。"乔治说，心情也平静了些许，"如果你还想在这里干活儿的话。"不过，老帮工的解释让他安心不少，"进来坐会儿吧，"他说，"要说这狗还真他妈的老。"

"是的，我养它的时候还是只小狗崽呢。天哪，它年轻的时候还真是一条不错的牧羊犬。"老人将扫帚靠墙放着，用断肢摸了摸他那花白的硬胡茬。"你觉得老板人怎么样？"他问。

"不错，看起来还凑合。"

"他是个好人。"老帮工同意道，"你在他面前可不能胡来。"

这时，一个小伙子进了工棚。那人身材瘦小，皮肤蜡黄，长着一双棕色的眼睛和一头浓密的卷发。他左手戴着一只劳保手套，跟老板一样，也穿着高跟靴。"看见我家老爷子了吗？"他问。

老帮工说："他刚才还在这儿，科里。兴许是去厨房了吧。"

"我去找他。"科里说，目光扫过两个新来的，随即停下脚步，他冷冷地扫了一眼乔治，又望向伦尼。他的胳膊慢慢弯起来，握紧拳头。他身体紧绷着，稍稍欠了欠身子。目光既是在打量他们，又满是挑衅的意味。在他的鄙视下，伦尼不由得扭动身体，双脚也紧张地挪动着。科里小心翼翼地朝他走了两步："莫非你们就是我家老爷子要等的新工人？"

"我们刚来。"乔治说。

"让大个子自己说。"

伦尼难为情地扭动着身子。

"要是他不想说呢？"乔治道。

科里猛地扭过身子："天哪，他该说话的时候就得说话，你他妈的瞎掺和什么？"

"我们一起来的。"乔治冷冷地答道。

"噢，这么回事啊。"

乔治很紧张，动也不动。"没错，就是这么回事。"

伦尼不知所措地望着乔治，希望能得到指示。

"看来你是铁了心不想让大个子说话了。"

"他要是有什么想告诉你的，大可自己说。"乔治轻轻地朝伦尼点点头。

"我们刚来。"伦尼轻声说。

科里不为所动，只是盯着他："好吧，下次有人问你，你只管回答就是。"他转身出了门，肘关节仍然保持着稍微弯曲的姿势。

乔治目送着他离去，转身对着老帮工："我说，这小子咋回事？伦尼又没惹他。"

老人警惕地看了看门口，确保没人在听。"他是老板的儿子，"他压低声音说，"科里身手可敏捷了，在拳击圈子里也小有名气，他是个轻量级选手，身手敏捷。"

"呵，他身手敏捷是他的事，"乔治说，"可他也犯不着跟伦尼较劲儿吧。伦尼也没对他怎么样，他认为伦尼哪里不对劲吗？"

老帮工想了一会儿，说道："呃……这么说吧，像科里这样的小个子，平日里就十分讨厌大块头，老是找大块头的碴儿。就好比是看到他们，气就不打一处来，因为他自己个头不大。你也见识过这种小个子吧，总喜欢惹是生非。"

"当然，"乔治说，"我还真见过不少厉害的小个子。但科里最好悠着点，别想欺负伦尼。伦尼的身手是不敏捷，但科里这种小阿飞要是敢惹伦尼，到时候吃苦头的只能是他自己。"

"嘿，科里的身手可是相当敏捷，"老帮工半信半疑地说，"要我说这事说什么都不对。科里要是跟大个子干一架，把对方打趴下，大伙都会说科里好厉害。要是他跟大个子打架，被人家打趴下了，那么大伙都会说，大个子就得跟个头差不多的人打才行，说不定他们还会群起而上对付大个子呢。反正我觉得这事怎么做都不对。要我说科里不会给任何人机会。"

乔治望着门口，像是警告似的，说："哼，在伦尼面前他最好给我小心点，伦尼可不怎么会打架，但他长得这么壮，出手又快，规矩什么的也不懂。"他走到方桌旁边，找了个箱子坐下来，把纸牌收拢，开始洗牌。

老人挨着他坐在另一个箱子上。"你可千万别把我说的这些告诉科里，否则他准会让我卷铺盖走人，他是个天不怕地不怕的主儿，谁也不可能把他开了，因为他爸是老板。"

乔治切着牌，一张张地翻开，然后又扔到一堆牌里。他说："我看科里这小子就是个小王八蛋，我一点儿也不喜欢一肚子坏水的小个子。"

"我觉得他最近有点儿变本加厉了，"老帮工说，"他两个礼拜前才结的婚。老婆就住在老板的房子里。我觉得这家伙结婚后更加肆无忌惮了。"

乔治嘟囔了一声："没准儿他想在老婆面前显摆吧。"

老帮工似乎对这些八卦越聊越有兴趣。"你看到他左手戴着的手套了吗？"

"是的，看到了。"

"嘿，手套里面全是凡士林。"

"凡士林？干吗用的？"

"我跟你说，科里说为了老婆着想，他得一直让那只手软和点儿。"

乔治全神贯注地看着纸牌。"这种事到处嚼舌根可真够下作的。"

老人安心了。他总算引着乔治骂了一句脏话，感觉自己安全了，说起话来也更加大胆了。"等你亲眼见到科里的老婆再说。"

乔治再切了一次牌，然后慢条斯理地将牌一张接一张地放下去。"漂亮吗？"他漫不经心地问道。

"当然。漂亮着呢……不过……"

乔治仔细看了看自己的牌。"不过什么？"

"呃……喜欢跟人眉来眼去。"

"啥？结婚两个礼拜就跟人眉来眼去了？难怪科里的裤裆里像爬满了蚂蚁似的。"

"我看见她冲斯利姆抛媚眼了。斯利姆可是个赶牲口的好手，人也不赖。他用不着穿高跟靴也能把收粮食的活儿干得漂漂亮亮的。我就瞧见过她冲斯利姆抛媚眼，不过科里没发现。我还见过她和卡尔森眉来眼去呢。"

乔治假装对这档子事没什么兴趣。"那咱们有好戏看了。"

老帮工从箱子上站了起来说："知道我怎么想的吗？"乔治没有回答。"嘿，我觉得科里娶了个……婊子。"

"他又不是第一个，"乔治说，"娶婊子的男人多了去了。"

老人朝门口走去，老狗抬起头，张望了一阵儿，然后痛苦地站起来，跟在他身后。"我得给干活儿的准备洗脸盆去了，收粮的马上回来。你们也要去扛粮包吗？"

"嗯。"

"你不会把我说的话告诉科里吧？"

"绝对不会。"

"呃，到时候你自己看看他老婆吧，先生，看看她是不是婊子。"他走出门，来到外面灿烂的阳光下。

乔治若有所思地放下手中的牌，一次翻开三张。在 A 那摞牌下面摆了四张梅花。方方正正的阳光在地板上晃荡，苍蝇如同火花般在光束中穿梭。窗外，响起马具丁零当啷的声音以及不堪重负的车轴发出的嘎吱声。远处传来清楚的喊叫声："马房小黑——喂，马房——小黑！"跟着又来了一句，"该死的黑人去哪儿了？"

乔治盯着排成长龙的纸牌，然后将牌拢到一块儿，转向伦尼，伦尼躺在床铺上看着他。

"听着，伦尼！这可不是好地方。我有点儿害怕。科里那家伙会来找你麻烦。这种人我以前见过，他先是试探你，要是觉得你怕了，只要一逮到机会就会揍你一顿。"

伦尼的眼睛里露出惊恐的神色。"我不想惹麻烦，"他伤心地说，"别让他揍我，乔治。"

乔治起身走向伦尼的床铺，在床沿上坐了下来。"我讨厌这种无赖，"他说，"这种人我见多了。老家伙说得没错，科里压根儿就不会给别人机会，他怎么都会赢。"他想了想，"伦尼，他要是跟你打架，我们就只有卷铺盖走人了。你可别犯傻。他是老板的儿子。听着，伦尼，你得躲着他点儿，知道吗？千万不要跟他说话，要是他进屋，你就走到屋子的另一头去。你能做到吗，伦尼？"

"我不想惹麻烦，"伦尼再次伤心地说，"我可从没招惹过他。"

"要是科里想逞能，想跟人打架，吃亏的反正是你。总之别跟他有任何瓜葛，记住了吗？"

"可以的，乔治。我一个字也不说。"

收粮的人渐行渐近，动静也越来越大。坚硬的地板上马蹄的"嘚嘚"声、车闸拉动的声响、链条发出的吱呀声混在一起。收粮队的喊叫声此起彼伏。乔治仍然挨着伦尼坐在床铺边上，蹙起眉头思忖着。这时，伦尼怯生生地问道："你没生气吧，乔治？"

"我又没生你的气。我在生科里那个无赖的气，要是能在这里攒点钱就好了，一百块就行。"他的语气变得果敢起来，"伦尼，你离科里远点儿。"

"没问题，乔治，我一个字也不说。"

"别入了他的套，要是那个王八蛋真打了你，就给他好果子吃。"

"给他吃啥好果子，乔治？"

"没什么，没什么，到时候我会告诉你怎么做。我讨厌这家伙。听着，伦尼，你要是捅了娄子，记得我怎么跟你说的来着？"

伦尼用胳膊肘支起身体，脸因为思考问题都扭曲了。接着，他那忧郁的眼神望向乔治的脸："我要是捅了娄子，你就不会让我照顾兔子了。"

"我不是这意思。你还记得咱们睡觉的地方吗？河下游那里？"

"是的，我记得。噢，我当然记得了。我会去那里，藏在灌木丛里。"

"你藏起来，等我去找你。可别让任何人瞧见了，藏在河边的灌木丛里。你重复一遍。"

"藏在河边的灌木丛里，藏在河边的灌木丛里。"

"如果你捅了娄子。"

"如果我捅了娄子。"

这时，车闸发出尖锐的声音，只听到有人喊道："马房——小黑，喂，马房——小黑！"

"伦尼，你再重复几遍，这样就不会忘了。"

门口长方形的光斑突然消失了，两人抬起头。一个姑娘站在那里，往屋里张望着。姑娘丰满的嘴唇擦着口红，两眼的间距很宽，化着浓妆，指甲也涂得红红的，一卷卷的头发垂下来，似香肠一般。她穿着棉质便服和红色的拖鞋，鞋面上分别插着两束红色的鸵鸟羽毛。"我找科里。"她说，声音带着鼻音，很是生硬。

乔治的目光在她身上逡巡。"他刚才还在呢，现在走了。"

"噢！"她将手背在身后，靠在门框上，像是整个身体准备蓄势待发一般，"你们就是那两个新来的吧？"

"没错。"

伦尼上下打量着姑娘，可她并没有往伦尼这边看，她稍稍昂起头，看着自己的指甲。"科里有时会在这儿。"她解释道。

"可他现在不在。"乔治唐突地说。

"他要不在，我还是去别的地方找吧。"她玩笑似的说。

伦尼神魂颠倒地看着她。乔治说："我要是见到他，会帮你捎句话，说你正在找他。”

她淘气地笑了笑，扭动着身姿。“我找人总没人怪罪吧。”她说。

这时，她身后响起了脚步声，她一扭头，打了声招呼：“嘿，斯利姆。”

斯利姆的声音从门外传了进来：“嘿，美人儿。”

“我正四处找科里呢，斯利姆。”

“是吗？那你可找得不够仔细。我瞧见他回你屋了。”

她突然变得慌里慌张，“再见，各位！”她冲工棚喊了一句，便匆匆离去了。

乔治回头看着伦尼：“天哪，真是个荡妇，原来这就是科里的老婆。”

“她可真漂亮。”伦尼替那个女人说话。

“是啊，说得她好像变着法儿不让我们看出来似的，将来科里可有的受了。我敢说给她二十块钱她就能跟人家跑咯。”

伦尼仍然盯着门口，像是那女人还在那儿似的。“天哪，她可真漂亮。”他倾慕地笑道。乔治迅速低头看了他一眼，一把揪住他的耳朵，使劲儿晃起来。

“听好咯，你这个狗杂种、臭呆瓜。”他凶巴巴地说，“一眼都不准看那婊子。我不管她说了什么，做了什么。这种害人精我以前见过，但像这种能叫人犯罪的我还从没见过。你给我离她远点儿。”

伦尼想要挣脱乔治揪着他耳朵的手。“可是我啥也没做，乔治。”

“是的，你是啥也没做。她在门口露大腿的时候，你也没盯着别的地方看。”

“我没想干坏事，乔治，真的。”

"你离她远点儿就对了，她要不是红颜祸水，这世上就没人是了。你让科里去咬钩就是了。他的手套里反正全是凡士林。"乔治恶心地说，"我敢说他还会吃生鸡蛋，写信给药房拿药吃。"

伦尼突然大声喊起来："我不喜欢这儿，乔治。这不是个好地方。我想离开这儿。"

"我们必须攒点钱再走。没别的法子，伦尼。只要能走，我们立马离开这儿。我跟你一样不喜欢这里。"他回到桌旁，继续将纸牌摆成一条长龙。"是的，我也不喜欢这里，"他说，"只要挣了钱咱们就走，只要兜里有几美元，咱们就离开这儿，到美利坚河上游淘金，那里一天就能挣两三美元，说不定还能发大财呢。"

伦尼急切地朝他靠过去说："乔治，咱们走吧，去别的地儿，这里可不是什么好地方。"

"咱们得留在这儿。"乔治简短地说，"给我闭嘴，他们要来了。"

附近的洗衣房里传来了水流的声音和洗脸盆乒里乓啷的声响。乔治仔细看着纸牌。"也许咱们也应该去洗洗，"他说，"可是咱们什么也没干，身上又没脏。"

一个高个子男人立在门口，胳膊下面夹着一顶压扁的斯泰森帽，正往脑后捋着他那又长又黑的湿发。跟其他人一样，他也穿着牛仔裤和牛仔短外套。他打理完头发，走进房间，举手投足如同皇室成员或工匠大师般威严。他便是领头的骡夫，农场的头牌，能同时驾驭十头、十六头，甚至二十头骡子，让它们跟着领头的骡子排成单列行走。他一鞭挥下去，骡子屁股上的一只苍蝇立马一命呜呼，却不会伤及骡子分毫。他说话时语气透着一股庄重、沉着的意味，他只要一开口，别人的说话声都会戛然而止。无论是谈论政治还是爱情话题，他说的话都极具权威，任谁也不会反对。他就是骡夫的领队斯利姆。瘦削的脸庞棱角分明，让人看不出年纪，说不定是三十五岁，也可能是五十岁。他更喜欢聆听，不大爱说话，慢条斯理的话语中不仅蕴含着思考，还多了一份同情，他的手又大又瘦，动作却如神殿中的舞者一样柔和。

他将压扁的帽子抚平，从中间折好，重新戴上。他友好地看着工棚里的两个人。"外面真他妈的亮，"他轻声说，"进来后几乎什么也瞧不见，你们是新来的吧？"

"刚到。"乔治说。

"你们是来扛粮包的？"

"反正老板是这么说的。"

斯利姆在乔治对面的一个箱子上坐下来，研究着反过来的单列纸牌。"希望你们到我这队来，"他说，声音非常温柔，"我队里有两个草包，连粮包和蓝色的球都分不清。你们扛过粮包吗？"

"当然啦，"乔治说，"我倒没啥好吹的，但要说扛粮包，两个人也不是那边那个大个子的对手。"

伦尼的目光一直在两人身上移动着，被这么一夸，他得意地笑了。听到乔治夸奖别人，斯利姆也不由得赞许地看着他。他往桌子那头看过去，抓住角落里一张松散的牌。"你们是一起的吗？"他的语气非常友善，明显是在鼓励，而非胁迫。

"是的，"乔治说，"我们算是互相照应吧。"他用大拇指指着伦尼，"他不大聪明，但干起活儿来可不含糊。他人不错，就是不大聪明。我认识他很久了。"

斯利姆的目光望过乔治，看着别的地方。"眼下可没多少人会结伴而行，"他若有所思地说，"我也搞不清。也许在这个操蛋的世界上，每个人都在提防彼此吧。"

"有个熟悉的人一起出门，比自己一个人强多了。"乔治说。

这时，一个大腹便便、看起来非常强壮男人进了工棚，刚洗过的头上还滴着水。"嘿，斯利姆。"他打了个招呼，随即站在那里，瞪着乔治和伦尼。

"他们是新来的。"斯利姆算是介绍了。

"幸会，"大个子说，"我叫卡尔森。"

"我是乔治·米尔顿。这是伦尼·斯莫尔。"

"幸会。"卡尔森再次说道，"他个头可是一点儿不小 [1]。"他被自己的笑话逗乐了，轻轻笑出声来。"一点儿也不小呢。"他再次重复道，"问你呢，斯利姆，你的那条母狗怎么样了？我今天早上没瞧见它在你的车底下。"

"它昨晚产崽了，"斯利姆说，"有九只呢，一生出来我就淹死了四只，它喂不了那么多。"

"那还有五只，对吧？"

"嗯，五只，我留了只最大的。"

"你觉得那都是些什么品种的狗啊？"

"我不知道，"斯利姆说，"我觉得有几只像牧羊犬。它发情那会儿，我瞧见周围大多是牧羊犬。"

卡尔森继续道："五只狗崽，哈，全养着吗？"

"我也不知道。先留着吧，暂时可以喝露露的奶。"

卡尔森想了想说："呃，听着，斯利姆，我在想，坎迪的那条狗真他妈的老了，连路都不会走了，还臭得要命。它每次一进工棚，接下来三天我都能闻到它身上的味儿。要不你让坎迪一枪把那条狗毙了，然后再送一条小狗崽给他养怎么样？我隔着一英里都能闻到它的气味。它连牙齿都没有了，眼睛也看不见了，连东西都没法儿吃了。坎迪只能喂牛奶给它喝，它连东西都嚼不了。"

---

[1] 伦尼·斯莫尔（Lennie Small）的姓"斯莫尔"，英文是"小"的意思。

乔治一直全神贯注地盯着斯利姆，这时，外面传来了三角铁打击的声响，一开始很慢，后来越来越快，最后，汇成了一串连续的声音，然后戛然而止，就跟开始时一样突然。

"开饭了。"卡尔森说。

外面爆发出人群经过时的嘈杂声。斯利姆慢慢站起来，显得很有威严。"趁现在还有吃的，你们最好赶紧去。再等两三分钟，可就什么也捞不到了。"

卡尔森退了一步，让斯利姆先去，两人随即出了门。

伦尼兴奋地看着乔治。乔治将纸牌扫成一堆。"太好了！"乔治说，"我听见了，伦尼，我待会儿问他。"

"要只棕白相间的！"伦尼兴奋地喊道。

"走吧，先去吃饭。我也不知道有没有棕白相间的。"

伦尼仍旧待在床铺上。"乔治，你马上去问，可别让它再被淹死了。"

"没问题，走吧，赶紧起来。"

伦尼从床上滚了下来，两人朝门口走去，正要出门，科里跳了进来。

"你们在附近见过一个姑娘没有？"他气呼呼地问道。

乔治冷冰冰地说："约莫半小时前来过。"

"她到这儿干什么来了？"

乔治仍旧站在原地，看着气急败坏的小个子。他不客气地说："她说……她在找你。"

科里像是现在才第一次真正看清乔治，目光扫过对手，打量着他的身高和臂展，又看了看他精干的腰身。"呃，那她去哪儿了？"他最后问道。

"我不知道，"乔治说，"她走的时候我没有注意。"

科里蹙起眉头看着他，然后转身，迅速走出门外。

乔治说："你知道，我真怕主动跟那个王八蛋动手。我对他恨之入骨。天哪！走吧，估摸着吃的都没了。"

他们走出门外，阳光在床下投出一道细细的线。远处传来了碗碟乒里乓啷的声音。

不一会儿，老狗从开着的门里走了进来，用那双几乎瞎了却透着温驯光亮的眼睛打量着四周。它嗅了嗅，趴在地上，将头放在双爪之间。科里的身影再次出现在门口，往里面瞅了瞅，狗抬起头，科里旋即又离开了，老狗那斑白的头重新趴在地板上。

第三章

傍晚的光线透过窗户照射进工棚，屋内却依然十分昏暗。从敞开的门里传来了玩马蹄铁游戏的砰砰声，偶尔能听到一两声当啷声，不时有说话声响起，有的是在喝彩，还有的是在嘲弄。

斯利姆和乔治一起走进阴暗的工棚。斯利姆把手伸到牌桌上方，打开了覆盖着马口铁皮灯罩的电灯。桌子随即被照亮了，圆锥形的灯光倾泻下来，但工棚的角落里仍然很暗。斯利姆坐在一个箱子上，乔治坐在他对面。

"没什么的。"斯利姆道，"反正大多数都是要淹死的，没必要为这件事谢我。"

乔治说："对你来说可能是小事一桩，但对他来说就是天大的事了。老天，我都不晓得我们怎么才能把他叫回屋来睡觉。他肯定想和它们一起睡在畜棚里呢。阻止他和小狗一起待在狗舍，可不容易。"

"没什么的。"斯利姆重复道，"喂，你说他可是说对了。他这人可能不太聪明，但我从没见过他这么好的雇工。他背起大麦来，谁也比不上，他比所有人都强。老天，这么强壮的人，我还是头一次见。"

乔治骄傲地说："像那些简简单单的事，你就吩咐伦尼去办吧。他自己想不出该做什么，但好在会乖乖听话。"

只听外面哐啷一声，马蹄铁撞到了铁桩上，紧跟着是一阵欢呼。

斯利姆向后挪了挪，如此一来，灯光就照不到他的脸了。"说来也怪，你们两个竟然凑到了一块儿。"斯利姆这是在不动声色地争取对方的信任。

"这有什么好奇怪的？"乔治用防卫的语气问道。

"我不知道。很少有人结伴打零工。我不常见到两个男人一起上路。你也知道苦力是怎么回事，他们一脚走进来，得到个铺位，干上一个月，然后独自离开。他们似乎谁也不关心。那家伙是个疯子，你这个年轻人却聪明伶俐，你们两个结伴而行，实在有些怪。"

"他不是疯子。"乔治说，"他是傻乎乎的，但他一点儿也不疯。我也不是什么精明的人，不然我也不会为了五十美元，就来背大麦了。我要是有脑子，哪怕是有半点聪明才智，我就该有自己的地，收获我自己的庄稼，不至于在这里干苦力，连一点儿收获的庄稼都得不到。"乔治沉默下来。他想继续说下去。斯利姆既不鼓励他说，也不阻止他。斯利姆只是坐在那儿，一声不吭，只等着他说下去。

"我和他四处漂泊，其实一点儿也不奇怪。"乔治终于说道，"我和他都是奥本 [1] 人。我认识他婶婶克拉拉。在他还是个小婴孩的时候，她就收养了他，把他抚养长大。后来，克拉拉婶婶去世了，伦尼就跟着我一起四处打零工。没过多久，我们就习惯对方的陪伴了。"

"这样啊。"斯利姆道。

乔治看了一眼斯利姆，只见他正用神一般冷静的眼睛注视着自己。"其实挺有意思的，"乔治道，"和他在一起，真的很开心。

---

[1] 美国阿拉巴马州东部的一个城市。

他傻乎乎的，不懂得照顾自己，我就常拿他开玩笑。可惜那小子就是块榆木疙瘩，都不知道别人在拿他寻开心。我觉得很好玩儿。有他衬托，我就变成了聪明透顶。我叫他做什么，他就做什么。我叫他跳崖，他绝没有二话。这样过了没多久，也就没什么意思了。他也从不生气。我揍过他，他要是打我，那我早被他打得死了几个来回了，但他从不和我动粗。"乔治开始忏悔，"我给你讲讲我为什么不再拿他找乐子了。有一天，一群家伙站在萨克拉门托河边。我当时自以为聪明，扭头对伦尼说，'跳下去吧'。他真跳了，可他不会游泳。我们把他救上来之前，他差点儿就淹死了。我把他捞上来，他还对我千恩万谢，全然不记得是我叫他跳下去的。后来我再也不做那种事了。"

"他是个好人。"斯利姆说，"好人就是好人，哪怕脑子不怎么好使。依我看，有时候，正好相反。一个人要是聪明，那就称不上好人了。"

乔治把散乱的牌码放好，玩起了单人纸牌。外面的马蹄铁砰砰作响。黄昏的光芒仍从四四方方的窗户透进来。

"我一个亲人都没有了。"乔治道，"我见过那些独自在各大农场打零工的人。那可不太好。他们活得一点儿意思都没有。过不了多久，他们就都变得性格暴躁了，动不动就大打出手。"

"没错，他们的确变得好勇斗狠。"斯利姆表示同意，"他们变成这样以后，压根儿就不愿意搭理别人了。"

"大多时候，伦尼都挺招人烦的。"乔治说，"但你要是和别人搭伙习惯了，就离不开了。"

"他的脾气一点儿也不坏。"斯利姆说，"我看得出来，伦尼的脾气并不暴躁。"

"他的脾气确实很好，只可惜他呆头呆脑，所以常常惹麻烦。

就说那次在威德吧……"他停顿片刻，正要翻牌的手停在半空中。他看起来十分机警，盯着斯利姆："……你千万不要透露出去。"

"他在威德干什么了？"斯利姆平静地问。

"你不会说出去吧？……不，你自然不会。"

"他在威德干什么了？"斯利姆又问。

"他看到了一个穿红裙的姑娘。那家伙太笨，看见喜欢的东西，就想摸摸。他只是想感觉一下。所以，他就摸人家的红裙子，那姑娘大叫起来，伦尼一下子就吓傻了，他紧紧抓着红裙子，因为他唯一能想到的就是这么做。人家姑娘没完没了地叫。我当时刚好在附近，一听到叫喊声，我就跑了过去，那时候，伦尼吓得不知所措，就知道紧紧拉着裙子。我抄起一根尖木桩抽在他的脑袋上，想让他松手。他太害怕了，怎么也不肯松开裙子。你也知道那小子有多壮。"

斯利姆瞪着眼，一眨不眨。他缓缓地点点头："后来呢？"

乔治把纸牌排成一行。"人家姑娘去法院告他强奸。威德的当地人联合起来，要把伦尼弄死。所以，那天剩下的时间，我们一直躲在灌水渠里，脑袋以下泡在水里，藏在水渠边上的野草中间。到了晚上，我们才溜走。"

斯利姆默默地坐了一会儿。"他没弄伤人家姑娘吧？"他终于问。

"当然没有，就是把人家姑娘吓着了。要是他抓着我，我也害怕，不过他可没弄伤人家。他就是想摸摸那条红裙子，就跟他老想摸小狗一样。"

"他脾气好。"斯利姆道，"这人要是个暴脾气，隔着老远，我就能看出来。"

"这是当然，而且，我说什么，他就干……"

伦尼从大门走了进来。他穿着蓝色劳动布外套，看起来跟件斗篷似的，而且，他走起路来弯腰驼背的。

"嘿，伦尼，"乔治说，"你挺喜欢那只小狗？"

伦尼上气不接下气地说："小狗一身棕毛，还有白色斑点，我就喜欢这样的。"他径直走向床铺，躺在上面，面冲墙壁，将膝盖拉到胸前。

乔治若有所思地放下牌。"伦尼。"他厉声道。

伦尼扭过头："啊？什么事，乔治？"

"我早说过了，不可以把小狗带进来。"

"什么小狗，乔治？我没带小狗。"

乔治快步走到他跟前，抓住他的肩膀，将他扳了过来。他伸出手，从伦尼的怀里把他藏在那里的小狗抓了出来。

伦尼立即坐直："乔治，把狗给我。"

乔治道："你给我起来，把小狗送回窝里。它得和它妈妈一起睡觉。你是想要它死吗？它昨晚才出生，你今天就把它从窝里弄了出来。你快送回去，不然我就告诉斯利姆，再也不让你碰小狗。"

伦尼央求地伸出双手："乔治，把狗给我吧。我把它送回去就是了，我不想伤害它，乔治。我说真的。我只是想摸摸它。"

乔治把小狗交给他："这样才对。你快点儿把狗送回去，再也不可以把它拿出来了。你得知道，那样就等于要了它的命。"伦尼飞快地走出了房间。

斯利姆一直没动。他用平静的目光目送伦尼走出房门。"老天。"他说，"这小子跟孩子一样。"

"他真就像个孩子。他没什么恶意，就跟小孩子淘气一样，只是力气大了点儿。我打赌他今晚不会进屋睡了。他准会在畜棚里挨着狗栏睡。唉，随他去吧。他不会闯祸的。"

外面的天已经黑了。帮工老坎迪走了进来，回到他的铺位，他那条老狗吃力地跟在他身后。"你好，斯利姆。你好，乔治。你们不去玩丢马蹄铁的游戏吗？"

"我不喜欢晚上玩。"斯利姆说。

坎迪又说："你们谁有威士忌？我肚子疼。"

"我没有。"斯利姆说，"要是有，我早喝了，虽然我的肚子不疼。"

"我都快疼死了。"坎迪说，"他娘的都是吃萝卜吃的。吃之前，我早料到会这样。"

大块头卡尔森从越来越黑的院子里走了进来。他走到工棚的另一边，打开第二个覆盖着灯罩的电灯。"这屋里也太他妈的黑了。"他说，"老天，那个黑人丢马蹄铁还真有一手。"

"他是挺厉害的。"斯利姆道。

"嘿，他是不错。"卡尔森道，"有他在，谁也别想赢……"他停下，嗅了嗅，然后低头闻了闻那条老狗，"天哪，这狗太臭了。把它弄出去，坎迪！我还没闻过这么臭的东西。快赶出去。"

坎迪一骨碌下了床。他伸手拍拍老狗，连忙道歉："它一向都跟着我，我倒是没注意到它有多臭。"

"我可受不了它在屋里。"卡尔森说，"就算把狗赶走了，臭味也散不了。"他迈着沉重的步伐走过去，低头盯着那条狗。"牙都没了。"他说，"它得了风湿病，身子都僵了。坎迪，这家伙对你没用了，对它自己也没用了。你干吗不一枪结果了它，坎迪？"

老人不自在地动了动。"见鬼去吧！我养它很久了，它从一出生就跟着我。我还和它一起放羊呢。"他骄傲地说，"它是我见过的最好的牧羊犬，不过你现在看它是看不出来的。"

乔治说："上回在威德，我见过一个家伙用艾尔谷犬放羊，是跟其他狗学的。"

卡尔森不肯就此被打发掉。"听着，坎迪。这条老狗一直在遭罪。如果你把它拖出去，给它后脑勺来一枪……"他俯下身一指，"……就打这里，它永远都不会知道是什么击中了它。"

坎迪快快不乐地环顾四周。"不行。"他柔声说，"不行，我做不到。它跟我太久了。"

"它活着也没意思。"卡尔森坚持道，"简直把人臭死了。告诉你吧，我来替你毙了它。这样你就不必亲自下手了。"

坎迪把腿放在床侧。他紧张地摸了摸脸颊上的白色胡茬。"我习惯了它跟着我。"他柔声道，"它还是只小狗崽的时候，我就养着它了。"

"你让它活着，可不是为它好。"卡尔森道，"听着，斯利姆的母狗刚生了一窝小狗。我打包票，斯利姆一定会送你一条让你养，对吧，斯利姆？"

骡夫用冷静的目光端详着那只老狗。"是的。"他说，"你想要，就给你一只。"他似乎可以畅所欲言了，"卡尔森说得对，坎迪，那条狗是在活受罪。要是我又老又瘸，我也希望有人一枪打死我。"

坎迪无助地看着他，因为斯利姆的意见就是法律。"它会疼的。"他提议道，"我不介意照顾它。"

卡尔森道："我来开枪，它不会有感觉。我就把枪抵在这里。"他用脚趾一指，"就在后脑勺。它甚至连哆嗦一下都不会。"

坎迪看着一张张面孔，寻求帮助。此刻，外面已经黑得伸手不见五指。一个年轻的雇工走进来。他的肩膀松松垮垮，向前弯曲，拖着沉重的脚步走着，仿佛背着一包无形的粮食。他走到他的铺位边，把帽子挂在架子上。然后，他从他的架子上拿起一本低级杂志，走到桌边的灯光下。"斯利姆，我给你看过了吗？"

"给我看什么？"

年轻人把杂志翻到背面，放在桌上，用手指一指："那里，你看看。"斯利姆俯身过去。"快呀。"年轻人道，"大声读出来。"

"'亲爱的编辑，'"斯利姆慢慢地读，"'我看你们的杂志已有六年，我觉得你们是市面上最好的杂志。我喜欢皮特·兰德的故事。我觉得他很了起。多登一些《黑暗骑手》这样的故事吧。我不常写信。我只是想告诉你们，我觉得你们的杂志是我买过的最值得的东西。'"斯利姆疑惑地抬起头，"你要我读这个干什么？"

惠特说："接着读读最下面的署名。"

"'祝你们成功，威廉·特纳。'"斯利姆读道，他又抬头看了一眼惠特，"读这个有什么用？"

惠特夸张地合上杂志："你还记得比尔·特纳吗？大约三个月前，他在这里做过工。"

斯利姆想了想……"小个子？"他问，"会开耕田机的那个？"

"就是他。"惠特大叫道，"就是那小子！"

"你觉得这封信是他写的？"

"我知道是他。有一天，我和比尔在这里。比尔收到了一本新寄来的杂志。他一边看杂志，一边说：'我写了一封信。不知道他们会不会登出来！'但当时那本杂志上没登。比尔就说：'也许他们以后会登出来。'结果还真是这样，现在登了。"

"看来你说得对。"斯利姆说，"这一期就登了。"

乔治伸手索要杂志："我们来好好看看吧。"

惠特翻到刚才看的那一页，但没有把杂志递出去。他用食指指着那封信。然后，他走到他的箱架边，小心地把杂志放了回去。"不知道比尔看没看到。"他说，"我和比尔一块儿在那片红豌豆田里干过活儿。我们两个都开过耕田机。比尔这人还不错。"

卡尔森并没有参与闲聊。他一直低头盯着那条老狗。坎迪不安地注视着他。终于,卡尔森说:"你同意的话,我马上就结束它的痛苦。它活着半点儿意思也没有,吃不下,看不见,走路还疼。"

坎迪满怀希望地说:"你没枪。"

"我有一把鲁格尔手枪。它不会疼的。"

坎迪道:"还是明天吧。等明天再说吧。"

"没这个必要吧。"卡尔森说。他走到他的床铺边上,从下面拉出他的袋子,从中拿出一把鲁格尔手枪。"速战速决吧。"他说,"这家伙太臭了,搞得我们连觉都睡不着。"他把手枪插进裤子后袋。

坎迪盯着斯利姆看了半天,希望能扭转局势。斯利姆却没有让他如愿以偿。最后,坎迪绝望地低声道:"好吧……带它走吧。"他没有低头看那条狗。他躺在他的床铺上,把胳膊交叉放在脑后,注视着天花板。卡尔森从衣兜里掏出一条细皮带。他俯下身,把皮带系在老狗的脖子上。除了坎迪,所有男人都看着他。"乖乖。走啦,乖狗。"他轻声说。然后又充满歉意地对坎迪说:"它连一丝感觉也不会有。"坎迪没动,也没回答。他猛地一扯皮带:"走了,乖狗。"老狗缓慢僵硬地站起来,随着轻轻拉动的皮带走了起来。

斯利姆说:"卡尔森。"

"怎么了?"

"你知道该怎么做吧?"

"斯利姆,你这是什么意思?"

"拿把铲子吧。"斯利姆不耐烦地说。

"啊,当然!明白了。"他牵着老狗走到了黑暗中。

乔治走到门边,把门关上,轻轻拉上门闩。坎迪僵硬地躺在床上，盯着天花板。

斯利姆大声说："一头领头骡子的蹄铁坏了，得弄点柏油补上去。"他的声音渐渐消失了。外面静悄悄的。卡尔森的脚步声消失了。沉默蔓延到了屋内，持续了很久。

乔治咯咯笑着说："我打赌，伦尼这会儿在畜棚里陪着小狗呢。现在他有了小狗，就再也不愿意进屋了。"

斯利姆道："坎迪，你想要哪只狗崽随便你挑。"

坎迪没有回答。沉默再次笼罩整个房间，沉默从黑暗而来，侵入了工棚。乔治说："有没有人想玩两把尤克牌？"

"我来和你玩几把。"惠特说。

他们在桌边相对而坐，灯泡就在他们上方，但乔治没有洗牌。他紧张地捋着纸牌的边缘，轻轻的啪啪声吸引了房间里所有人的目光，他只好停下。房间里再次变得鸦雀无声。时间一点点过去。坎迪躺着不动，直勾勾地望着天花板。斯利姆看了他一会儿，随后低头看着自己的手；他用一只手搓了搓另一只手，然后手心冲下放好。地板下面传来轻轻的啃咬声，其他人都感激地低头看，只有坎迪继续盯着天花板。

"听起来好像下面有只老鼠。"乔治说，"应该设个捕鼠夹。"

惠特突然说道："他妈的，他怎么去了那么久？发牌吧。不发牌怎么玩尤克牌？"

乔治把纸牌握紧，端详着纸牌的背面。众人再次安静下来。

远处传来了一声枪响，所有人的目光立即瞟向老人，大家的头都向他扭了过去。

他又盯着天花板看了一会儿。然后，他缓缓地翻了个身，面冲墙壁，一声不吭。

乔治大声洗牌发牌。惠特拉过一个记分牌，把木钉挪到开始的位置。惠特说："看来你们来这里真的是为了干活儿。"

"你这话怎么说？"乔治问。

惠特大笑起来："你们是礼拜五来的，还得干上两天，才能到礼拜日。"

"我不明白你的意思。"乔治道。

惠特又笑了起来："等你们在这些大农场里干长了，就明白了。有些人想混吃混喝，就礼拜六下午才来。那样就能吃到礼拜六的晚饭和礼拜日的三顿饭，到了礼拜一，吃完早饭，就可以辞工，这样一点儿活儿都不用干。但你们是礼拜五中午来的，就得干活儿。不管你们有什么打算，都得干上一天半。"

乔治漠然地看着他。"我们还要干上一段时间。"他说，"我和伦尼在存钱。"

房门轻轻地开了，马房小黑探进头来；他的脸很黑，脸颊瘦削，布满了辛劳的皱纹，他的眼神很有耐性："斯利姆先生。"

斯利姆不再看老坎迪。"啊？啊！你好，克鲁克斯。怎么了？"

"你刚才叫我加热沥青，给骡子加固蹄铁。沥青已经热了。"

"啊！当然，克鲁克斯。我马上就去。"

"你愿意的话，我可以去办，斯利姆先生。"

"不用了。我亲自去。"他站起来。

克鲁克斯说："斯利姆先生。"

"什么事？"

"新来的大个儿一直在畜棚里摆弄你的小狗。"

"不会有事的。我送了他一条。"

"我就是想来告诉你一声。"克鲁克斯说，"他老是把小狗从窝里拿出来，摸来摸去。他这样对狗崽没好处。"

"他不会伤到小狗的。"斯利姆道，"我现在就和你一起过去。"

乔治抬起头："那个傻蛋要是闯祸，就赶他出来，斯利姆。"

斯利姆跟着马房黑人走出了房间。

乔治发牌，惠特拿起他的牌看了看。"见到新来的了吗？"他问。

"什么新来的？"乔治问。

"啊，就是科里的新婚妻子。"

"是的，我见过她了。"

"是个美人儿吧？"

"没看出来。"乔治道。

惠特夸张地放下他手中的牌，说道："你留在这里，可得把眼睛放亮点儿。到时候你能看到不少呢。那娘们儿袒胸露乳的。我从没见过她那样的女人。她的眼睛在所有人身上滴溜溜乱转。我敢说，她还向马房黑人抛媚眼来着。真不懂她想干什么。"

乔治漫不经心地问："她来了之后，有没有出过什么乱子？"

显而易见，惠特对打牌毫无兴趣。他放下牌，乔治把牌收起来。乔治在第一行放了七张牌，在它们上面放了六张，在最上面放了五张。

惠特说："我明白你的意思。不过，倒是没出过什么事。科里整天就跟热锅上的蚂蚁一样，不过事情倒是没有恶化。每次男人们在，她就出现。她要么是来找科里，要么就是她以为落下了什么东西过来找，好像她离不开男人似的。而且，科里一天到晚坐立不安，不过暂时还没出事。"

乔治说："她一定会惹出乱子的。为了她，他们会打成一锅粥。她就是个祸水，会触发扳机。科里是搬起石头砸自己的脚。到处都是男人的大农场可不是姑娘该来的地方，特别是像她那样的。"

惠特说："你要是有什么想法，明晚和我们一块儿进城吧。"

"什么？进城做什么？"

"老样子。去老苏西那里。那地方挺不错。老苏西风趣得很，有说不完的笑话。上礼拜六晚上，我们走到前门廊上，苏西打开门，扭头喊道：'姑娘们，快把外套穿上，治安官大人来了。'她从来不说脏话。她那里有五个姑娘。"

"多少钱？"乔治问。

"两块半。只要二十五美分，就能买杯酒。苏西那里的椅子坐起来都特舒服。不找姑娘，也可以坐在那里喝上两三杯打发时间，苏西也不说什么。她不会因为客人不要姑娘，就把他们赶出去。"

"那我倒要去瞧瞧了。"乔治说。

"当然，一起来吧。那地方别提多有意思了，她嘴里笑话不断。有一次，她说：'我认识一些人，他们在地板上铺一块碎呢地毯，在留声机上放一盏丘比特台灯，就以为是在经营妓院了。'她说的是克拉拉的妓院。苏西还说：'我很清楚你们这些小伙子想要什么。我这里的姑娘，个顶个干净。''我卖的威士忌里也不掺水。'她说，'你们这些年轻人想看丘比特台灯，还想引火烧身，你们很清楚该去哪里。'她还说：'有些家伙走起路来罗圈腿，就因为他们喜欢看丘比特台灯。'"

乔治问："另一家妓院是克拉拉开的？"

"没错。"惠特说，"我们一向不光顾她。在克拉拉那里，找姑娘要三块钱，喝杯酒三十五美分，她也不爱讲笑话。不过苏西的地方很干净，椅子坐起来舒服。她也不让伪君子进。"

"我和伦尼在存钱。"乔治道，"我去喝上一杯，但我可掏不出两块半。"

"男人有时候就得找找乐子。"惠特说。

门开了，伦尼和卡尔森一起走了进来。伦尼在他的床铺上坐下，尽量不引起别人的注意。卡尔森把手伸到他的床下，拉出袋子。他没有看此时依然面对墙壁的老坎迪。卡尔森从包里找到了一小根清理棒和一罐油。他把这两样东西放在他的床上，随后掏出手枪，取出弹夹，把弹膛里的子弹退了出来。然后，他用小清理棒清理枪管。退弹器咔嚓响了一声，坎迪扭过身来，盯着枪看了一会儿，然后再次面壁而卧。

卡尔森漫不经心地说："科里回来了吗？"

"没有。"惠特说，"科里怎么了？"

卡尔森眯眼看着他的枪："正找他老婆呢。我看到他在外面乱转。"

惠特激动地说："一半时间是他找她，剩下的一半时间是她找他。"科里激动地冲了进来。"你们见着我老婆了吗？"他问。

"她不在这里。"惠特说。

科里凶神恶煞地环顾房间："斯利姆呢？"

"去畜棚了。"乔治说，"马蹄铁坏了，他去用沥青补补。"

科里的肩膀垮了下去，他随后又把肩膀挺直："他走多久了？"

"五分钟，最多十分钟。"

科里夺门而出，砰的一声关上了门。

惠特站起来。"我想去瞧瞧。"他说，"科里是气坏了，不然也不会去找斯利姆。科里身手敏捷，出手那叫一个快，他还进了金手套业余拳击巡回赛的决赛呢。他有相关的新闻剪报。"他想了想，"但不管怎么样，他都最好别去招惹斯利姆。现在没人说得清斯利姆有多厉害。"

"他以为斯利姆和他老婆在幽会？"

"看起来是。"惠特说，"斯利姆当然不会这么做，至少我觉得斯利姆不会。但我想看看会不会出乱子。走吧，大家一起去。"

乔治说："我不去。我可不愿意掺和无聊的事。我和伦尼在存钱。"

卡尔森擦完枪，把枪放回袋子，把袋子推到床下。"我去找他老婆。"他说。老坎迪依然躺着不动，伦尼在他的床上警惕地看着乔治。

惠特和卡尔森出去后关上门，乔治扭头看着伦尼问道："你在想什么？"

"我什么也没干，乔治。斯利姆叫我别总是摸小狗。斯利姆说那样对它们不好，我就进来了。我一直都很乖，乔治。"

"我也想这么告诉你。"乔治道。

"我没伤到它们，我就是把我那条抱在腿上，抚摩它来着。"

乔治问："你是在畜棚里看到斯利姆的吗？"

"当然啦。他让我别再摸小狗了。"

"你看到那个姑娘了吗？"

"你是说科里的老婆？"

"是的。她去畜棚了吗？"

"没有。我没见着她。"

"你没见到斯利姆和她说话？"

"是的。她不在畜棚。"

"好吧。"乔治说，"我看他们几个看不到打架了。伦尼，如果有人打架，你不能掺和。"

"我不想打架。"伦尼道。他从小床上站起来，在桌边与乔治相对而坐。乔治几乎是下意识地洗牌，把纸牌摆成接龙。他故意把动作放慢，露出一副若有所思的样子。

伦尼拿起一张人头牌端详起来，然后把牌上下颠倒过来。"两头都一样。"他说，"乔治，为什么两头都一样？"

"不知道。"乔治说，"纸牌都是这样印出来的。你在畜棚看到斯利姆的时候，他在干什么？"

"斯利姆？"

"当然。你在畜棚见到他了，他还告诉你不要总摸小狗。"

"啊，是啊。他拿着一罐沥青和一把油漆刷子。我不知道那是干什么用的。"

"你确定那姑娘没有像昨天来这里一样进畜棚？"

"是的，她没进去过。"

乔治叹了一口气。"每次只要去上好的妓院不就得了？"他说，"男人大可以走进妓院，喝个酩酊大醉，一次性把身体里的东西都放出来，这样就不会惹麻烦了。去妓院，很清楚要花多少钱。现在这里出了个祸水，弄不好是要进监狱的。"

伦尼钦佩地听他说话，还动动嘴唇，试图明白他的意思。乔治继续道："伦尼，你还记得安迪·库什曼吗？就是语法学校那个。"

"他老婆常给孩子们做烤饼的那个？"伦尼问。

"没错，就是他。只要跟吃的有关，你的记忆力就特别好。"乔治仔细地看着牌。他把一张 A 放在记分卡上，又在上面放了一张方块二、三和四。"安迪为了一个妓女，搞得自己进了圣昆丁监狱。"乔治说。伦尼用手指敲着桌子："乔治！"

"嗯？"

"乔治，我们还要多久才能买地，养兔子，靠种地过日子呢？"

"不知道。"乔治说，"我们得攒一大笔钱才行。我知道有一小块土地，他们卖得很便宜，但不会免费赠送。"

老坎迪慢慢地转过身来。他的眼睛瞪得老大。他小心翼翼地注视着乔治。

伦尼说："给我讲讲那个地方，乔治！"

"我昨晚才讲过。"

"再给我讲一遍吧，乔治。"

"好吧，那片地有十英亩。"乔治道，"有一架小风车，有一栋小棚屋和一个鸡舍，有厨房、果园，那里种着草莓、苹果、桃子、杏子和坚果，还有很多果子。那里种着苜蓿，有很多水可以用来灌溉，还有一个猪舍……"

"还有兔子，乔治。"

"现在还没有养兔子的地方，但我轻轻松松就能编个笼子，你可以用苜蓿草喂兔子。"

"太对了。"伦尼说，"你说得对，我可以用苜蓿草喂兔子。"

乔治不再摆弄纸牌，他的声音变得温和起来："我们可以养几头猪。我可以学爷爷搭一个烟熏室，我们杀了猪，就熏制培根肉和火腿，还可以做香肠。等到大马哈鱼沿河而上，我们就抓上几百条，用盐巴腌起来，还可以做熏鱼，做好了当早餐吃。再也没有比烟熏大马哈鱼更好吃的了。到了水果成熟的季节，我们就把果子做成罐头，还可以做番茄罐头，用番茄做罐头最容易了。到了礼拜日，我们就杀只鸡或杀只兔子。说不定我们还可以养一头奶牛或一只山羊，奶油特别稠，得用刀子切，用勺子挖着吃。"

伦尼瞪大眼睛看着他，老坎迪也看着他。伦尼柔声说："我们得种地才行。"

"当然。"乔治说，"菜园里种着各种蔬菜，我们想喝威士忌，就卖了鸡蛋或牛奶去换。我们就住在那里，再也不用到处流浪，吃日本厨子做的饭了。不，先生，我们有自己的地方，我们属于那个地方，而且不用再睡在工棚里了。"

"给我讲讲房子吧，乔治。"伦尼央求道。

"当然，我们会有一栋小房子，每个人都有一个房间。我们有一个小铁炉，冬天我们就在里面生火。那片地不大，所以用不着拼命干活儿。一天也就干上六七个小时吧，不必再每天花十一个小时扛粮包了。我们种庄稼，然后等着收割。我们能知道我们的庄稼结出什么。"

"还有兔子。"伦尼急切地说，"我养兔子。给我讲讲我怎么养兔子的，乔治。"

"当然，你拿着麻袋去苜蓿地，摘下苜蓿放进里面，然后带回来，把苜蓿草放进兔笼。"

"兔子吃草。"伦尼说，"它们就是那样一点点吃的。我见过。"

"每隔六个礼拜，"乔治继续说，"兔子就会下崽子，既可以用来吃，也可以拿去卖。我们再养一群鸽子，让它们围着风车飞，就跟我小时候一样。"他的视线越过伦尼的头顶，全神贯注地望着墙面，"那片地是我们的，不会有人解雇我们。如果碰到不喜欢的家伙，我们让他滚蛋，他就得滚蛋。我们有多余的床，有朋友来，我们就说：'留下来过夜吧。'他就会留下来过夜。我们养一条塞特种猎犬和两只条纹猫，但你要看好猫，别让它们去抓小兔子。"

伦尼粗重地呼吸。"它们抓兔子试试。我他妈的一定会拧断它们的脖子。我会……我会用棍子把它们打成肉酱。"他的声音渐渐低了下去，开始喃喃自语，威胁着想象中胆敢骚扰兔子的猫咪。

乔治坐在那里，入迷地想象着他描绘的画面。

在坎迪开口的时候，他们两个都吓了一跳，仿佛正在做坏事却被人抓了个正着。坎迪说："你们知道哪有这种地方？"

乔治马上警惕起来。"我知道。"他说，"这跟你有什么关系？"

"你用不着告诉我具体地点。也许哪里都有。"

"当然。"乔治说,"说得对。就算找上一百年,你也找不到。"

坎迪激动地继续说:"那样一片地,得多少钱才能买下来?"

乔治狐疑地看着他:"我用六百块就能买下来。地主是个老头,穷得叮当响,他老婆还得做手术。不过这事和你有什么关系?你和我们可不是一起的。"

坎迪说:"我只有一只手,整个人算是废了。我的手就是在这个农场里没的,所以他们才让我在这里干点杂活儿。我没了手,他们还赔偿了我两百五十块钱。现在,我在银行里还有五十块存款。加起来一共是三百块,到了这个月底,我还有五十块进账。告诉你吧……"他急切地向前探身,"我想和你们搭伙。我投三百五十块。我是干不了活儿,但我能做饭能养鸡,还能给菜园锄草。怎么样?"

乔治眯起眼睛:"我得考虑一下。我们一直都想靠自己买地的。"

坎迪打断了他:"我会立一张遗嘱,说明只要我双腿一蹬,我的那份就是你们的,谁叫我连个亲戚朋友都没有!你们两个有钱吗?也许够了呢。"

乔治厌烦地把口水吐在地上。"我们只有十块钱。"然后,他若有所思地说,"听着,我和伦尼在这里干上一个月,一个大子儿也不花,我们就能有一百块。到时候我们就有四百五十块了。我敢说这些钱够了。然后,你和伦尼先把农场经营起来,我就去找工作,赚剩下的钱,你们还可以卖卖鸡蛋什么的。"

他们都沉默下来,惊奇地望着彼此。一直难以置信的事现在竟要成真了。乔治恭敬地说:"天啊!我敢说我们能买下农场。"他的眼中充满了惊奇。"我敢说我们能买下农场。"他轻声重复道。

坎迪坐在床铺边缘，紧张地挠着断腕处。"我是四年前受伤的。"他说，"他们很快就会把我赶走。只要我扫不了工棚，他们就会把我送到县里去。我要是把钱给了你们，那就算我干不好，你们还是会让我在菜园里除草。我还可以洗碗、喂小鸡。我好歹是在我们自己的地盘，我可以在我们自己的地方干活儿。"他痛苦地说，"你们今晚也看到他们是怎么对待我的狗了。他们说，我的狗对它自己或者别人都没用了。有一天，他们赶我走，我也希望有人一枪打死我，但他们不会干那种事。我无处可去，也找不到别的工作。等到你们两个准备走的时候，我还能赚到三十块钱。"

乔治站起来。"我们能做到。"他说，"我们把那一小片地打理一下，就在那里生活。"他又坐下。他们一动不动地坐着，出神地畅想美好的未来，思绪飞出去老远。

乔治惊奇地说："镇里还举办嘉年华，有马戏团表演，还会上演球赛。"老坎迪点点头，表示很欣赏这个想法。"我们直接去买。"乔治说，"不要问别人这么做行不行。只要说一句'我们去买'，我们就去，就像是给奶牛挤奶、喂鸡吃谷子，我们就直接去。"

"还有喂兔子吃草。"伦尼插嘴道，"我永远也不会忘记喂兔子。我们什么时候去啊，乔治？"

"再过一个月，再待一个月。知道我要干什么吗？我要给那对老夫妇写封信，告诉他们我们要买地。老坎迪，你给他们寄一百块钱，就当定金。"

"没问题。"坎迪说，"他们那里有不错的火炉吗？"

"当然有，炉子好着呢，可以烧煤，也能烧木头。"

"我还要带上我的小狗。"伦尼说，"我敢说它肯定喜欢那里。"

外面的说话声越来越近。乔治立即说："千万不要把这件事说出去，只能我们三个人知道。不然的话，他们会把我们炒掉，那样我们就存不下钱了。要装作我们一辈子都得背大麦一样，然后，有一天，我们三个人突然去领钱，然后离开这里。"

伦尼和坎迪点点头，他们高兴地咧开嘴笑了。"不能说出去。"伦尼自言自语。

坎迪说："乔治。"

"嗯？"

"我应该亲自开枪打死我的狗，乔治。我不该让陌生人打死我的狗。"

门开了。斯利姆走了进来，科里、卡尔森和惠特跟在他身后。斯利姆的手上粘着黑色的沥青，他皱着眉头。科里紧跟着他。

科里说："斯利姆，我不是想找碴儿，我就是问问你。"

斯利姆道："你总来问我。我他娘的受够了。你他妈的管不了你的婆娘，你又希望我做什么呢？滚远点。"

"我只是想告诉你，我没有恶意。"科里说，"我就是以为你看见她了。"

"你为什么不让她老老实实待在家里？"卡尔森道，"你由着她在工棚里乱窜，用不了多久，麻烦就会找上你，而你连一点儿办法都没有。"

科里飞快地转身面对卡尔森："你少管闲事，不然就和我出去打。"卡尔森大笑起来。"你这个该死的废物。"他说，"你想吓吓斯利姆，结果非但不成，反倒是斯利姆吓破了你的胆。你个软脚虾。我才不在乎你是不是全国最好的次中量级拳击手。只要你敢跟我打，我就打得你满地找牙。"

坎迪愉快地加入了攻击的行列。"手套里全是凡士林。"他厌恶地说。科里瞪着他。他的目光落到了伦尼身上，此时，伦尼依然在想象自己的农场，脸上还挂着笑。

科里像条梗犬一样跃到伦尼面前，问："你他妈的笑什么？"

伦尼茫然地看着他："什么？"

科里顿时怒不可遏："来呀，你这傻大个。站起来啊。还没有哪个混蛋大块头敢嘲笑老子。我现在要让你知道谁才是软脚虾。"

伦尼无助地看着乔治，然后，他站起来，想要退开。科里摆好了姿势。他挥动左拳，给了伦尼一下，随即用一记右拳砸在了他的鼻子上。伦尼吓得大叫起来，鲜血从他的鼻子喷涌而出。"乔治。"他大喊道，"乔治，叫他别打我了。"他连连后退，最后退到了墙边，科里逼上前去，一拳拳地打在他的脸上。伦尼的手依然放在身侧，他吓坏了，哪里还敢自卫？

乔治站起来喊道："抓住他，伦尼！别让他再打了！"

伦尼用两只大手捂住脸，惊恐地哀号起来。他喊道："乔治，让他停下。"科里猛打他的肚子，打得他喘不上气。

斯利姆跳起来。"你这个胆小鬼。"他喊道，"我来收拾他。"

乔治伸手抓住斯利姆。"等一下。"他大叫。他把手握成杯状放在嘴边，喊道："抓住他，伦尼！"

伦尼把手从脸上拿开，寻找乔治，科里打在他的眼睛上。他的一张大脸上沾满了鲜血。乔治又喊了起来："我说快点儿抓住他！"

科里刚刚挥起拳头，伦尼就一把抓住了他。下一刻，科里就像被钓上来的鱼一样扭动身体，他紧握的拳头被伦尼的大手包住。

乔治跑过去："松开他，伦尼！快松开！"

但伦尼只是惊恐地看着他抓着的那个不停扭动的小个子。血从伦尼的脸上流下来，他的一只眼被打肿了，只能闭着。乔治不停地抽他耳光，可伦尼依然抓着科里的拳头。科里面色发白，整个人缩成一团，他挣扎的势头越来越弱。他的拳头被伦尼攥着，疼得大哭起来。

乔治一声声地大喊："松开他的手，伦尼！松开！斯利姆，过来帮我，不然这家伙的手就毁了。"

伦尼忽然松开了手，靠墙蹲下。"乔治，是你让我抓他的。"他痛苦地说。

科里瘫坐在地板上，惊诧地看着他那只被压碎的手。斯利姆和卡尔森俯身向他。然后，斯利姆站起来，惊恐地端详着伦尼。"我们得送他去看医生。"他说，"我看他的骨头断了。"

"我不是故意的。"伦尼喊道，"我不想伤害他。"

斯利姆说："卡尔森，你去把马车套好。我们送他去索莱达治伤。"卡尔森匆匆走了出去。斯利姆扭头看着哀号的伦尼。"不是你的错。"他说，"是那个废物自讨苦吃。但是……老天！他的手算是废了。"斯利姆快步走出去，片刻后，他拿着一锡杯水走了回来，把杯子递到科里的唇边。

乔治说："斯利姆，我们会被赶走吗？我们还得存钱呢。科里的老爹会不会解雇我们？"

斯利姆苦笑一声。他跪在科里边上。"你的手感觉好点了吗？能不能听我说话？"他问。科里点点头。"很好，那就听我说。"斯利姆继续道，"我觉得你的手是被卡在机器里了。你不把这件事说出去，我们也不会提半个字。但如果你告诉别人，还要解雇这小子，我们就告诉所有人，那样一来，你就沦为笑柄了。"

"我不会说的。"科里说。他不敢看伦尼。

外面响起了车轮声。斯利姆搀扶科里站起来："走吧。卡尔森带你去看医生。"他搀扶科里走到外面。车轮声越来越远。不一会儿，斯利姆回到工棚。他看着依旧胆战心惊蹲在墙边的伦尼。"给我看看你的手。"他要求道。

伦尼伸出手。

"老天，这下我可不敢惹你生气了。"斯利姆道。

乔治插口说："伦尼就是太害怕了。"他解释道，"他都不知道自己在干什么。我早告诉过你，论起打架，谁也不是他的对手。不不，我好像是对坎迪说的这话。"

坎迪严肃地点点头。"你确实说过。"他说道，"就在今天早晨，当时科里第一次来惹你的朋友，你说，'他最好离伦尼远点，不然准吃大亏'。你就是这么对我说的。"

乔治扭头面对伦尼。"不是你的错。"他说，"你再也不用害怕了，你只是做了我叫你做的事。你还是去洗漱室洗洗脸吧。你的样子怪丑的。"

伦尼牵动青紫的嘴巴，笑了笑。"我不想闯祸。"他说。他向大门走去，但在出去之前，他扭过头来："乔治！"

"什么事？"

"乔治，我还可以照顾兔子吧？"

"当然。你又没做错事。"

"我不想伤人，乔治。"

"行啦，快去洗脸吧。"

第四章

　　马房工人是一个名叫克鲁克斯的黑人，他的床铺就在马具房里，就是那间斜靠在畜棚墙上的小棚屋。小屋其中一侧有一扇四窗格的方窗，而另一侧是一扇通向畜棚的窄木板门。克鲁克斯的床就是一个长箱子，箱子里塞满了稻草，他的毯子就摊在箱子上。墙壁上挨着窗户处有一些钉子，上面挂着正在修理中的破损马具，以及几根新皮带；窗户下有一张小小的木长凳，上面摆着一些制作皮革的工具：弯刀、针、麻线团和一把小型的手动拉钉钳。钉子上另外还挂着一些马具零件：一根断裂的马轭，填充在里面的马鬃都伸了出来；一个断掉的颈轭；一根拖链，包裹在外的皮革已经破开了。克鲁克斯的杂物箱放在床铺边，里面摆着一些药瓶，既有为自己准备的，也有为马儿准备的。房里有几罐洗革皂，还有一罐湿淋淋的沥青，刷子就插在罐口边。地板上散落着一些私人物品，因为是一个人独居，所以克鲁克斯可以将自己的物品随意乱扔。而作为一个跛脚的马房工人，他在这儿工作的时间比其他人久，他的私人物品已经多到他都背不动了。

　　克鲁克斯有好几双鞋子，其中有一双橡皮靴。他有一个大闹钟和一杆单筒猎枪。他还有一些书：一本破烂的字典，一本破损的《一九零五年加利福尼亚民法典》。他的床铺上方有一个特殊的架子，上面有一些破旧的杂志和一些色情书籍。床头处的墙壁上有一个钉子，上面挂着一副很大的金框眼镜。

　　克鲁克斯是一个骄傲而孤僻的人，这个房间被打扫得干干净净的。他会和他人保持距离，同时希望别人也能如此。他弯曲的脊柱让他整个身子都往左倾斜，他眼窝深陷，所以眼睛里像是闪烁着强烈的光芒。黑色的皱纹深深地印在他那干瘦的脸庞上，他那像是因为痛苦而绷紧的薄唇比他脸庞的肤色更浅。

这是礼拜六的夜晚，通往畜棚的门是敞开的，透过这扇门传来了马儿发出的声响：马蹄的踩踏声，牙齿咀嚼麦秆时的咯咯声，以及辔头链发出的咯嗒声。马房工人的房间亮着一盏小小的电灯，散发着微弱的黄色光芒。

克鲁克斯坐在自己的床上，后背处的衬衣已经从裤子里扯了出来。他一只手端着一瓶药，另一只手按揉着自己的脊柱。他不时会往红润的手掌心里倒几滴药，然后再将手伸进衬衫下继续按揉脊柱。他收缩着背部的肌肉，浑身也随之颤抖。

伦尼悄无声息地出现在敞开的门口，静静地站在那儿往里瞧，他那巨大的肩膀几乎能堵住整个门框。片刻后克鲁克斯才注意到他。不过在抬眼看向伦尼时，他便绷紧了身子，面露怒容，将手从衬衫下拿了出来。

伦尼不知所措地笑了笑，试着想和他交个朋友。

克鲁克斯气愤地说："你没权利到我房间来，这是我的房间，只有我有资格进来。"

伦尼倒吸了一口气，越发笑容可掬起来。"我什么也没做，"他说，"就是过来看看我的小狗，然后看见你的灯正亮着。"他解释道。

"嘿，我有权亮着灯。你现在就离开我的房间。工棚里的人不欢迎我，我这儿也不欢迎你。"

"为什么会不欢迎你？"伦尼问道。

"因为我是个黑人。他们在工棚里玩扑克，但因为我是个黑人，所以我不能玩。他们都说我身上有臭味，嘿，要我说你们身上才臭。"

伦尼无助地挥挥自己的大手掌。"所有人都去城里了，"他说，"斯利姆、乔治等所有人都去了。乔治要我乖乖待在这儿，别惹麻烦。我看见你的灯还亮着。"

"哦，你想怎样呢？"

"不怎样……我瞧你亮着灯，我以为我可以进来坐坐。"

克鲁克斯注视着伦尼，伸手往后取下眼镜，戴到耳朵上又调整了一番，接着再次看向伦尼。"总之我不知道你到畜棚来做什么，"他抱怨道，"你可不是骡夫，他们可压根儿没叫一个扛麦包的到畜棚里来。你又不是赶车的，和马儿又没什么关系。"

"小狗，"伦尼重复道，"我过来看看我的小狗。"

"好啊，那赶紧去看你的小狗，不要到一个不欢迎你的地方来。"

伦尼的笑容消失了。他往前一步走进小屋里，这时又回想起刚才的对话，便再次退回到门口。"我瞧过它们了，就一会儿。斯利姆说我不能老是摸它们。"

克鲁克斯说："哈，你这样一直把它们从窝里拿出来，我就好奇了，母狗难道没帮狗崽们挪个窝？"

"哦，它不在意，它让我摸的。"伦尼再次进到屋子里。

克鲁克斯眉头紧蹙，但他还是败在了伦尼那讨好似的微笑下。"进来坐会儿吧，"克鲁克斯说，"反正你不肯走，非要打扰我，那还不如坐下来。"他的语气稍稍友善了点儿，"那些家伙都到城里去了吗？"

"就老坎迪没去。他留在工棚里削铅笔，一边削一边做算术。"

克鲁克斯调整了下眼镜。"做算术？坎迪在算什么？"

伦尼几乎是在大声呼喊："算兔子。"

"你个傻子，"克鲁克斯说，"像榆木疙瘩一样傻。你说的是什么兔子？"

"那些兔子马上就是我们的了，我要开始照顾它们了，要割草，要给它们水什么的。"

"你就是个傻子，"克鲁克斯说，"难怪跟你一起来的那个家伙会不想看见你。"

伦尼轻声说："我没撒谎，我们将来就会这么做，会有一块小地，就在那块地上生活。"

床上的克鲁克斯换了个让自己更舒服的姿势。"坐吧，"他邀请道，"就坐在那个钉桶上。"

伦尼走上前坐到小桶上。"你觉得那是谎话，"伦尼说，"但那不是谎话，每个字都是真的，你可以去问乔治。"

克鲁克斯把自己黑色的下巴放在红润的掌心里："你跟着乔治一起四处奔波吗？"

"当然，我和他一起去了不少地方。"

克鲁克斯继续说："有些时候，你其实完全不知道他当时在说什么，是这样吗？"他的身子往前倾了倾，用深邃的双眸盯着伦尼看，"不是吗？"

"是的……有些时候。"

"他就一直说，而你却完全不知道那是什么意思。"

"是的……有些时候，但……也不会总是那样。"

克鲁克斯俯身探过床沿。"我不是南方的黑人，"他说，"我就是在加利福尼亚出生的。我老爸有个鸡场，估计有十英亩大。白人小孩会到我们那里玩，有时我也会跟他们一起玩，他们有几个人挺好的。我老爸不喜欢我那么做。过了很久我都不知道原因，不过我现在知道了。"他停顿了一下，再开口时他的声音变得更温和了。"方圆数英里内没有其他的黑人家庭，现在这个农场里也就我一个黑人，就像索莱达只有一户黑人家庭一样。"他笑着说，"就算我说了什么，也不过是个黑人说的话罢了。"

伦尼问道："你觉得要再等多久那些小狗才会长大，我才能摸它们？"

克鲁克斯再次笑了起来。"跟你聊天还真不用担心你会到处乱说。小狗再长几周就好了。乔治做事确实周密，他可以随便聊，反正你什么都不懂。"他兴奋地探身往前，"现在就一个黑人在说话，一个背脊有伤的黑人。所以这些话什么意义都没有，懂吗？你反正也记不住。这种事情太常见了——当一个家伙正在跟另一个家伙说话时，不管对方是没在听还是没听懂，都没什么区别。最重要的是，不管他们有没有在说话，都没什么区别，没什么区别。"他兴奋得用手拍打自己的膝盖，"乔治可以把荒谬的事情都告诉你，反正也没什么关系。那就是聊聊天，就是和另一个家伙待在一块儿，仅此而已。"他停顿了一下。

他的声音变得更柔和、更有说服力了。"如果乔治再也不回来了，如果他不告而别了，那么你会怎么做？"

这番话渐渐引起了伦尼的注意。"什么？"他问道。

"我说如果乔治今晚进城后，你便再也没有他的消息了。"克鲁克斯带着几分胜利在望的意味继续说着。"这只是个假设。"他重复道。

"他不会这么做，"伦尼喊叫道，"乔治不会做这样的事情。我和乔治在一起待了很长时间了，他今晚会回来的——"但他又实在有些拿不准，"你觉得他会吗？"

他焦急的样子让克鲁克斯的脸上露出了喜悦的光芒。"谁也

064

说不准别人会做什么事，"他平静地说，"比如说他想回来但他回来不了呢。假如他被人杀死或者受伤了，所以他没法回来了。"

伦尼努力理解这些话的意思。"乔治不会这样的，"他重复道，"乔治很谨慎，他不会受伤的。他从来没受过伤，因为他很谨慎。"

"嘿，假设，只是假设他不会回来，那么你会怎么做呢？"

伦尼因为担心，整张脸都皱起来了。"我不知道，话说你究竟是在做什么？"他叫道，"这不是真的，乔治不会受伤的。"

克鲁克斯对他有些厌烦了。"要我来告诉你会发生什么吗？他们会把你送进疯人院，会像拴条狗一样用条项圈拴住你。"

伦尼的视线突然聚集在一点，他安静下来，随即便生气了。他站立起身，朝克鲁克斯逼近。"谁伤害了乔治？"他质问道。

随着他的步步临近，克鲁克斯也感觉到了危险。他往后挪了挪，想要避开伦尼。"我就是假设一下，"他说，"乔治没有受伤，他一切都好，他会顺利回来的。"

伦尼站在他跟前说："你为什么要这么假设？谁也不许假设乔治会受伤。"

克鲁克斯取下眼镜，用手指擦了擦眼睛。"你先坐下，"他说，"乔治没受伤。"

伦尼低吼着坐回到钉桶上。"谁也不许说乔治会受伤。"他嘟囔道。

克鲁克斯轻声说："你现在应该懂了吧。你身边有乔治，你知道他会回来。但要是你身边一个人也没有呢。要是你不能到工棚里玩拉米牌，而这只因为你是个黑人呢。那样的话你怎么办呢？要是你只能坐在这儿看书，当然天黑之前你可以一直玩马蹄铁，但接下来你又只能看书，还没什么好书看。一个人需要另一人的陪伴。"他哀诉道，"一个人要是没人陪伴的话会疯的。无论是谁都可以，只要他陪在你身边。我敢说，"他喊叫道，"一个人要是太孤单了，他肯定会生病。"

"乔治会回来，"伦尼用惊慌的声音再次向自己保证道，"或许乔治已经回来了，或许我现在就该回去瞧瞧。"

克鲁克斯说："我不是有意要吓唬你，他会回来的。我是在说我自己。当一个人在夜里，只能孤单地坐在这儿做一些像看书或者思索之类的事情。有时他想到什么，却没有谁能告诉他这到底对不对。或许就算他想明白了些什么事情，他也不知道究竟是对是错。他没办法问另一个人是否也是这么想的。他没办法辨别，他没有衡量的标准。我在这里见过一些事情。我没喝醉，但我不知道我是不是已经麻木了。如果我身边有人陪，他能告诉我我是不是麻木了，那么一切都会好起来了。但我就是不知道。"克鲁克斯看着房间的另一面，望向那扇窗户。

伦尼痛苦地说："乔治不会消失不见的，他不会离开我。我知道乔治不会那样做的。"

马房小黑迷迷糊糊地继续说道："我记得我小时候住在父亲鸡场里的事。我有两个兄弟，他们一直和我待在一起，一直都在一起。我们常常睡在同一个房间里，还睡在同一张床上——三兄弟都在。有一块草莓地，有一块苜蓿地。在阳光和煦的早上，我们会把鸡赶到那片苜蓿地里。我的两个兄弟会坐在围墙上看着它们——它们都是白色的鸡。"

伦尼渐渐对他说的话产生了兴趣。"乔治说我们要种苜蓿给兔子吃。"

"什么兔子？"

"我会有一群兔子，有一块草莓地。"

"你真是疯子。"

"我们会有的，你去问乔治。"

"你就是个疯子。"克鲁克斯轻蔑地说，"我见过许许多多的人从这条路上走过，在这个农场里待过。他们背上背着包裹，他们的想法都是一样的。有好几百来号这样的人。他们来来去去，都想得到那么一块该死的小小的土地，但没有一个人能得到它。没有人能上天堂，也没有人能拥有一块土地。那只是他们脑海里的想法。"他停了下来，看向那扇敞开的门——马儿不安地动来动去，辔头链叮当作响。有匹马还发出了轻微的嘶嘶声。"我猜是有人在外面，"克鲁克斯说，"或许是斯利姆，斯利姆有时候一晚上会过来两三次。他可是个赶车的高手。他正在寻找自己的队伍。"他费力地站起身子，走向门口。"斯利姆，是你吗？"他喊道。

答话的是坎迪。"斯利姆到城里去了。克鲁克斯，你看到伦尼了吗？"

"你指的是那个大个子？"

"是啊，你在哪儿见过他吗？"

"他就在里面。"克鲁克斯没好气地说，然后回来躺到床上。坎迪站在门口，挠着自己手腕处的断肢，漫无目的地往亮着灯的房间里瞅，并没打算进去："伦尼，我跟你说，我已经把兔子算清楚了。"

克鲁克斯不耐烦地说："你想进来的话就进来吧。"

坎迪似乎有些窘迫。"我不知道，这自然是看你想不想让我进来。""进来吧，反正都有人来过了，你不妨也进来吧。"克鲁克斯难以掩饰住他那夹杂着怒气的愉悦。

坎迪走了进来，不过他还是有几分窘迫。"你这儿的小屋还挺舒适的。"他对克鲁克斯说，"一个人住一间房肯定很不错吧？"

"当然，"克鲁克斯说，"窗户下还有一堆粪便呢。这儿还真是不错。”

伦尼打断道：“你刚刚提到了那些兔子。”

坎迪一边靠到墙上——旁边是那根断裂的马轭——一边抓挠着自己手腕处的断肢。“我在这儿待了很久了，”他说，“克鲁克斯也在这儿待了很久了。但这是我第一次到他的房间里来。”

克鲁克斯阴郁地说：“大家都不会到黑人的屋子里来。除了斯利姆，没人来过这儿，就斯利姆和老板。”

坎迪立马换了一个话题：“斯利姆是我见过的最好的骡夫。”

伦尼靠向老帮工。“那些兔子呢？”他坚持问道。

坎迪笑了笑说：“我算清楚了。要是顺利的话，我们可以用兔子赚一些钱。”

“但得由我照顾它们，”伦尼插话道，“乔治说由我照顾它们，他答应过我。”

克鲁克斯粗鲁地打断了他：“你们这些家伙就是在自欺欺人。你会经常说起这事，但你是没法拥有一块土地的。你到死都是这儿的一名帮工。该死的，这样的家伙我见多了，伦尼过两三周就会离开这儿。像是每个人的脑子里都有一块地一样。”

坎迪气冲冲地揉了揉下巴：“我们还真能做到。乔治都说了，我们现在已经有钱了。”

“是吗？”克鲁克斯说，“那乔治现在是在哪儿呀？在城里的妓院里。你的钱都到那里头去了。上帝啊，这样的事情我可见过不少，很多家伙都幻想拥有一块地，但没一个人能真正得到。”

坎迪高声说：“他们当然都是这样想的，所有人都想要一块小小的土地，不用特别大，只要是他的就行。他可以住在那儿，没人能把他赶出去。我从来都没有得到过这样一块地。我差不多为这整个州的人种过粮食，但那都不是我的粮食，我收割完庄稼后，自己却颗粒无收。不过我们现在就要做到了，这一点毋庸置疑。乔治进城时没有带钱，钱都在银行里。我、伦尼，还有乔治，我们会拥有自己的房间。我们会养一条狗、一群兔子和一群鸡。我们会种一些甜玉米，或许还会养一头牛或者一只山羊。"他停了下来，沉浸在自己勾勒出的画面中。

克鲁克斯问道："你是说你们有钱了？"

"那是当然，我们差不多已经凑齐了，只缺一点点了。再挣一个月就够了，乔治已经选好地了。"

克鲁克斯伸手绕到背后抚摩自己的脊柱。"我从没见过有谁真的要买地。"他说，"我只见过一些家伙想要地想得快疯了，但他们都把钱送到妓院和 21 点扑克游戏里去了。"他支吾着继续说道，"……如果你……你们需要一个免费劳动力——只管吃住，我很乐意来帮把手。我的残疾还没那么严重，只要我愿意，再费力的事情我也办得好。"

"你们有谁看见科里了吗？"

他们转头看向门口，探头往屋里看的是科里的老婆。她脸上化着浓妆，双唇微张，呼吸有些急促，似乎是跑过来的。

"科里不在这儿。"坎迪没好气地说。

她站在门口没动，对他们微微一笑，用一只手的拇指和食指揉搓着另一只手的指甲，她的目光在他们脸上看来看去。"他们把老弱病残都留在这儿了，"她终于说话了，"以为我不知道他们都去哪儿了吗？我都知道，包括科里。"

伦尼痴迷地看着她，坎迪和克鲁克斯则皱着眉头避开她的视线。坎迪说："你既然都知道，为什么还来问我们科里去哪儿了？"

她玩味地看着他们。"有意思，"她说，"每次我要是碰到一个独处的男人，我和他往往很聊得来。但只要有两个男人待在一起，他们就都不说话了，光在那儿生气。"她垂下手指，双手叉在腰上，"事实是，你们彼此之间都很害怕对方，害怕被人抓住把柄。"

过了一会儿，克鲁克斯说："或许你还是先回自己房间吧，我们不想惹麻烦。"

"嘿，我又没给你们添麻烦。你们以为我就不想跟别人聊会儿天吗？你们以为我喜欢整天杵在那个房子里？"

坎迪把手腕处的断肢放到膝盖上，用手轻轻地抚摸着，不客气地说："你有丈夫了，不能和其他家伙搅在一起，那样只会添乱子。"

那姑娘气愤地说："我当然有丈夫了，你们也都见过他。挺不错的人，不是吗？他整天都说要好好收拾那些不讨他喜欢的家伙，可没人能讨得他的欢心。你们觉得我就要待在那个狭窄的房间里，听科里说他要先出两记左勾拳，然后再来一记右勾拳？'左右连击，'他说，'只要来个左右连击，那人就会倒地不起。'"她停顿了一下，不再生气而是好奇地问道，"你们说，科里的手是怎么回事？"

房里一阵尴尬的沉默。坎迪偷偷地看了看伦尼，然后咳了咳："这个嘛……科里……他的手卡在机器里了，夫人，就是那样被压碎了。"

她盯着他们看了一会儿，然后大笑道："瞎扯！你以为你能骗过我？科里肯定是惹上了不该惹的麻烦。被机器卡住了——胡说八道！嘿，他手都碎了还怎么给别人左右连击？谁干的？"

坎迪不悦地重复道："是卡到机器里了。"

"也行，"她轻蔑地说，"也行，愿意瞒着就瞒着吧。我有什么可在乎的？你们这些没用的家伙还真是自我感觉良好。你们把我当成什么了？小孩子吗？我告诉你们，我本来可以演电影的，还不止一部电影。有个家伙曾说他可以捧我……"她愤愤得喘不过气来，"礼拜六晚上，其他所有人都出去找乐子了。其他所有人！可我在做什么呢？站在这儿和一群流浪汉说话——一个黑人，一个傻子，一个糟老头——还聊得很开心，因为这儿除了他们就没有其他人了。"

伦尼嘴唇半张地看着她，克鲁克斯再次回到了那副保护黑人自尊的骇人模样，但老坎迪变得不一样了。他猛地站起身来，把他屁股下的钉桶撞倒在地。"我受够了，"他生气地说，"这儿不欢迎你，我们都要你别待在这儿。我告诉你，你这样的女人根本不知道我们的价值。你这样的蠢货根本就不懂，我们才不是流浪汉。就算你把我们炒了，就算你真这么做了，你以为我们沿着公路再去找一份像这样的差劲工作吗？你哪里知道，我们可以到自己的农场里去，没必要非待在这儿！我们会有一座房子，会养一群鸡，种一些果树，那儿会比这儿漂亮一百倍。我们还会有朋友，这一切我们都能拥有。我们以前或许会害怕被炒掉，但现在不会了。我们有自己的地了，那是我们的，我们可以去那儿。"

科里的老婆笑了起来。"瞎扯，"她说，"你这样的家伙我可见多了。口袋里只要有两分钱，立马就去买玉米威士忌了，恨不得连杯底都吸进肚子里。我了解你们这样的货色。"

坎迪的脸变得越来越红，但在她说完这番话之前，他便控制了自己的情绪，掌控这样的局面对他来说不在话下。"我知道，"他轻声说，"你最好还是回去滚你的铁环吧。我们跟你没什么好说的。我们能得到什么心里清楚，压根儿不在意你是否知道。你最好现在就走人，毕竟科里可不想看到自己的老婆和几个流浪汉一起待在畜棚里。"

她看看这个，又看看那个，但他们都不理她。她盯着伦尼看的时间最久，一直到他尴尬地垂下眼睛。她突然说："你脸上的瘀青是怎么来的？"

伦尼内疚地抬头往上看："谁……我吗？"

"就是你。"

伦尼求助地看向坎迪，然后再次低头看向自己的衣摆。"他的手卡进机器里了。"他说。

科里的老婆大笑道："行，机器。我以后再跟你好好聊聊，我喜欢机器。"

坎迪插话道："你离他远点儿，不许招惹他。我会把你说的话告诉乔治，乔治不会让你缠上伦尼的。"

"乔治是谁？"她问道，"和你一起来的那个小个子男人？"

伦尼开心地笑了笑。"是他，"他说，"就是他，他会让我来照顾兔子。"

"哦，如果你想要的话，我可以找几只兔子来。"

克鲁克斯起身离开床铺，面对着她。"我受够了，"他冷冷地说，"你没有权利到一个黑人的房间里来，你没有权利在这儿胡搅蛮缠。你现在就离开这儿，立刻就走。你要不走，我就要老板不许你再踏进畜棚半步。"

她不屑地看着他。"听好了，黑人，"她说，"你要是再不闭嘴，你知道我会怎么做吗？"

克鲁克斯绝望地注视着她，然后坐到自己的床上，缩成一团。

她继续威逼道："你知道我会怎么做吗？"

克鲁克斯似乎变得更卑微了，他整个人都靠在墙上。"知道了，夫人。"

"哼，你就好好待在你这儿吧，黑人。我轻轻松松就能让你被吊到树上去，真是一点儿意思都没有。"

克鲁克斯将自己的存在感降到了最低。没了个性，没了自我——没有任何能够引起别人喜欢或讨厌的东西。他用呆板的声音说："知道了，夫人。"

她在他面前站了片刻，仿佛是在等他采取行动，这样她就能再次痛责他一顿；但克鲁克斯就一动不动地坐在那儿，他目光看向了另一边，收敛了所有锋芒。最后她把注意力转向了另外两人。

老坎迪兴趣盎然地看着她。"你要真那么做，我们会说出来的，"他轻声说，"我们会跟别人说是你在陷害克鲁克斯。"

"想说就说，"她大声说道，"没人会听你们的，你们心知肚明，没人会听你们的。"

坎迪退却了。"是啊……"他也承认，"没人会听我们的。"

伦尼嘀咕道："要是乔治在这儿就好了，要是乔治在这儿就好了。"

坎迪抬腿走到他身边。"别担心了，"他说，"我刚刚听到那些家伙都回来了。我敢打赌，乔治现在就在工棚里。"他转向科里的老婆。"你现在最好先回去吧，"他轻声说，"现在就走，我们不会告诉科里你来过这儿。"

她冷冷地审视着他："我不信你真的听到了。"

"还是不要抱着侥幸的心理，"他说，"你要是没法确定，还是别冒险的好。"

她转向伦尼："我很高兴你捏碎了科里的手，那是他活该，有时我真想亲自收拾他一顿。"她悄悄地出门而去，消失在黑暗的畜棚里。她穿过畜棚时，辔头链叮当作响，一些马儿发出了喷鼻声，一些马儿跺了跺蹄子。

克鲁克斯似乎慢慢地离开了自己的保护层。"你说他们都回来了，是真的吗？"他问道。

"是真的，我都听到了。"

"啊，我什么都没听到。"

"大门砰地响了一声，"坎迪说，然后继续说道，"天哪，科里老婆走的时候发出的动静可真小，我猜她肯定经常练习。"

克鲁克斯现在完全避开了这个话题。"或许你们也该走了，"他说，"我不想让你们再待在这儿了。即便不喜欢，黑人也得有些权利。"

坎迪说："那个婊子不该跟你说那样的话。"

"那没什么。"克鲁克斯呆呆地说，"你们进来后，我都忘记自己的身份了。她说的都是事实。"

畜棚里传来了马儿的喷鼻声和辔头链的响声，还有一个声音在呼喊："伦尼！喂，伦尼，你在畜棚里吗？"

"是乔治，"伦尼叫道，然后回应道，"这儿，乔治，我在这儿。"

乔治立马便出现在门口，他不以为意地看了看四周："你在克鲁克斯的房里干什么？你不该到这儿来。"

克鲁克斯点点头："我跟他们说了，但他们不管不顾地进来了。"

"哦，你为什么不把他们赶出去？"

"我不介意，"克鲁克斯说，"伦尼这家伙人不错。"

这时，坎迪突然醒悟了。"哦，乔治！我算了又算，终于算清楚了，我们单靠兔子也能赚钱。"

乔治皱起了眉头说："我应该跟你说过，不要把这事告诉别人。"

坎迪垂头丧气地说："只告诉了克鲁克斯。"

乔治说："好了，你们还是先出来吧。天哪，看样子我是离开一分钟都不行。"

坎迪和伦尼站起身，走向门口。克鲁克斯喊道："坎迪！"

"啊？"

"还记得我说过的锄草和做零活儿的事吗？"

"哦，"坎迪说，"我记得。"

"嗯，那忘了吧，"克鲁克斯说，"我没那意思，只是开个玩笑，我可不想去那样的地方。"

"哦，行，你要是真那么觉得那就算了。晚安。"

三人走出门外。他们穿过畜棚时，马儿发出了喷鼻声，辔头链仍旧叮当作响。

克鲁克斯坐在床上，盯着门口看了一会儿，伸手把药油拿过来。他拉高背后的衬衣，往红润的掌心里倒了一点儿药，伸手往后慢慢地按揉自己的后背。

第五章

大畜棚的一端堆着新收的麦秆，麦秆顶的滑轮上挂着一个杰克逊牌四齿干草叉。麦秆堆得像山一样，"山坡"一直延伸至畜棚的另一端，只有一小块地方还没被新的麦秆堆满，两侧是饲料槽，能从板条间瞥见几个马头。

那是一个礼拜日的下午，正在休息的马儿慢慢嚼着剩下的麦秆，跺着蹄子，咬着马槽的木头，将辔头链拽得当啷作响。午后的阳光射入畜棚墙上的裂缝，在麦秆上洒下一道道明亮的光。苍蝇在空中飞来飞去，在慵懒的午后发出嗡嗡的声音。

屋外传来了马蹄铁碰撞桩钉的声响和人群大声呼喊的声音，他们正在玩游戏，有人在鼓劲儿，有人在喝彩。但畜棚里异常安静，只听见嗡嗡的声音，给人一种慵懒、温暖的感觉。

畜棚里只有伦尼一个人，他坐在畜棚没有塞满麦秆的那头一个食槽的下面，边上有个填料箱。伦尼坐在麦秆上，看着眼前死了的一只狗崽，他看了许久，然后伸出大手，一丝不苟地从头摸到尾。

伦尼轻轻地对狗崽说："你为什么也会死？你又没有老鼠那么小。我又没有使劲儿拍你。"他将狗崽的头掰过来，看着它的脸，对它说，"要是乔治发现你死了，可能就不会让我照顾兔子了。"

他在麦秆堆里弄了个小窝，将狗崽放在里面，再用麦秆严严实实地遮住。但是，他继续盯着草堆下鼓起的小包，说："这也不算什么坏事，我至少不用藏到灌木丛里。噢，不行，可不能这样。我索性告诉乔治我发现狗崽的时候它就已经死了。"

他把狗崽扒拉了出来，仔细看了看，又从耳朵一直摸到尾巴，然后沮丧地说："可是他会知道的，什么事都瞒不过乔治。他准会说，'就是你干的，什么事都别想瞒我'。他还会说，'好了，你也甭想照顾兔子了！'"

他突然怒从心起。"该死的，"他大声喊道，"你为什么就死了？你又不像老鼠那么小。"他拾起狗崽，扔了出去，然后背过身去，屈膝坐在那里，嘟囔道，"好了，我也没法照顾兔子了。他不会让我照顾兔子的。"伦尼伤心极了，身子不停地前后摇晃。

外面又传来了马蹄铁打在铁桩上的声响，人群一阵欢呼。伦尼起身，捡起狗崽，放在麦秆上，重新坐了下来。他再次抚摸着狗崽。"你头又不大，"他说，"他们跟我说过你没有这么小，我哪里知道你这么容易死？"他用手指抚摸着狗崽软塌塌的耳朵。"也许乔治压根儿就不在意这种事呢，"他说，"也许对乔治来说这只该死的杂种屁都不是。"

这时，科里的老婆绕过最远的畜栏走了过来。她脚步轻盈，所以伦尼并没有瞧见她。她穿着色泽鲜艳的绵裙和那双饰有鸵鸟羽毛的拖鞋。她化着妆，小香肠似的发卷打理得整整齐齐的。她走到他跟前，伦尼抬起头才看到她。

他慌乱地将麦秆铺在狗崽身上，闷闷不乐地抬头看着她。

她说："那是什么，小可人？"

伦尼瞪着她："乔治让我不要跟你有任何关系——不能跟你说话什么的。"

她笑道："乔治说什么你都得听吗？"

伦尼低头看着麦秆。"我要是跟你说话或是干了别的什么，他就不会让我照顾兔子了。"

她轻声说："他是怕科里生气吧。可现在科里的手上还打着石膏呢。要是科里犯倔，你可以把他的另一只手捏碎。说什么只是卷进机器里了，我可不信。"

但伦尼不为所动："不，阁下，我啥也不会跟你说。"

她挨着他跪在麦秆上。"听着，"她说，"所有人都在玩马蹄铁的游戏。现在才四点左右，谁也不会半途退赛。我为什么不能跟你说说话呢？平日里谁也不跟我说话，我特别孤独。"

伦尼说："呃，反正我不能跟你说话。"

"我太孤单了。"她说，"你可以跟别人聊天，可我除了科里，连个说话的人都没有，否则他就会生气。要是没人跟你说话怎么办？"

伦尼说："反正我不会跟你说话，乔治担心我捅娄子。"

"你藏了什么？"她改变了话题。

悲伤的情绪一下涌上伦尼的心头。"只是我的狗崽，"他不无悲伤地说，"只是我的小狗崽。"他说着拨开狗崽身上的麦秆。

"啊，它死了。"女人叫道。

"它太小了，"伦尼说，"我只想跟它玩玩……它好像要咬我……我就假装要拍它一下……接下来……我就真拍了它一下，然后它就死了。"

女人安慰他说："别担心了，只是条笨狗而已，很容易再搞到一只。乡下到处都是狗。"

"没这么容易，"伦尼痛苦地解释道，"乔治不会让我照顾兔子了。"

"他为什么不让你照顾兔子？"

"呃，他说我要是干了什么坏事，就不会让我照顾兔子了。"

女人朝他靠近了些，用安慰的语气跟他说："别担心跟我说话的事。你听听外面那些人的动静。他们的比赛有四块钱赌注呢，比赛没完，谁也不会离开。"

"要是乔治看到我跟你说话，准会骂我个狗血淋头，"伦尼小心翼翼地说，"反正他是这么说的。"

女人的脸上一下生出怒火。"我怎么了？"她大声叫道，"连跟别人说话的权利都没有了吗？他们这是把我当什么人了？你是个好人。我不知道为什么不能跟你说话，我又没有害你。"

"啊，呸！"她说，"我能给你带来什么伤害？他们似乎谁也不在乎我怎么生活。我跟你说我不习惯这样的生活，本来我自己也能有一番作为。"她郁闷地说，"说不定现在也不晚。"然后她饱含激情，连绵不断地把这话说了出来，像是要在听众消失前一股脑全说出来似的。"我是萨利纳斯人，"她说，"到这儿的时候还是个孩子，后来一个剧团到这里演出，我认识里面的一个演员。他说我可以跟着剧团走，但我妈不让我去，说我还只有十五岁。但那人说我可以。要是我去了，就不会像现在这样过活了，我敢跟你打赌。"

伦尼来来回回地摸着狗崽。"我们会有一小块地，还会养兔子。"他解释说。

她继续飞快地讲着，生怕被人打断。"后来我又遇见了一个人，他是拍电影的，我们一起去了滨江舞厅，他说要介绍我去拍电影，还说我天生就是干这行的，他一回好莱坞，就给我写信说这事。"她仔细看着伦尼，想知道她有没有打动他。"可我从来没收到信，"她说，"我一直都觉得是我妈偷了信，唉，反正我再也不会待在那个地方了，哪儿也去不了，也不会有什么作为，我问她有没有拿我的信，她说没有。于是我就嫁给了科里。我们是当晚在滨江舞厅认识的。"她没好气地问，"你有没有在听？"

"我吗？当然。"

"嘿，有件事我从来没跟人说起过，也许我就不应该说出来，其实我不喜欢科里。他不是什么好人。"因为她要向伦尼吐露心声，于是又向他靠近了些，紧挨着他坐着，"我本可以去拍电影，穿漂亮的衣服，跟那些人一样，穿的全是漂亮的衣服。我还可以坐在豪华的酒店里，让他们拍照。等电影上映，我就跟他们看首映式，在广播里讲话，因为我是演电影的，干什么都不用花一分钱，可以跟大明星一样穿漂亮的衣服。"她抬头看着伦尼，手臂轻轻一挥，做了个优雅的姿势，证明她会表演。她的手指跟着手腕舞动着，优雅地翘起兰花指。

伦尼长长地叹了口气。外面再次传来了马蹄铁击打金属的声音，欢呼声又起。"有人得分了。"科里的老婆说。

太阳西沉，光线逐渐上移，阳光爬上墙头，照在食槽和马头上。

伦尼说："我把狗崽扔到外面，说不定乔治就不会发现了，他兴许还会让我照顾兔子呢。"

科里的老婆气哼哼地说："难道你满脑子只有兔子吗？"

"我们会有一小块地，"伦尼耐心地解释道，"还会有一幢房子，一个花园，在那里种上一片苜蓿，苜蓿自然是给兔子吃的，我会摘上满满一袋子苜蓿，拿去喂兔子。"

"你为什么满脑子都是兔子？"女人问。

伦尼认真想了一会儿才有了答案。他小心翼翼地朝她靠近些，最后紧挨着她身边："我喜欢摸感觉起来很舒服的东西。有一回我在集市看到几只长毛兔。它们很好摸，不骗你。有时，我还会摸老鼠呢，不过是在没有别的东西摸的情况下。"

科里的老婆稍微离他远了一点儿。"我怎么觉得你是个疯子。"她说。

"才不是呢。"伦尼急忙解释道,"乔治说我不是。我喜欢摸舒服、柔软的东西。"

她稍微感到安心一点儿了。"嘿,谁不喜欢呢?"她说,"大伙都喜欢。我就喜欢摸丝绸和天鹅绒。你喜欢摸天鹅绒吗?"

伦尼很开心,咯咯笑起来。"当然啦,我对天发誓,"他快活地喊起来,"我还有一块呢。是一位女士给我的,那位女士是我的克拉拉婶婶,就是她给我的——差不多这么大。我真希望那块天鹅绒就在我身上。"他蹙起眉头。"可是我把它弄丢了,"他说,"好久都没见到它了。"

科里的老婆冲他笑起来。"你就是个疯子,"她说,"不过,你是个好人,可就是像个大婴儿一样。人家也能明白你的意思。我梳头时,有时候就会坐在那里一直摸头发,因为真的太柔软了。"她的手指捋过顶上的头发,好让伦尼看到。"有些人的头发很粗糙,"她得意地说,"比如科里的头发就跟铁丝一样。但是我的又软又细,因为我经常梳头发,这样头发就会变得很细。来——你摸摸。"她拉着伦尼的手,放到头上,"就摸这儿,感觉一下有多柔软。"

伦尼用大手指摸着她的头发。

"别把我的头发弄乱了。"她说。

伦尼说:"哎呀,真舒服。"他摸得更起劲儿了,"哎呀,真好摸。"

"小心点儿,好啦,你会把我的头发都弄乱的。"接着她生气地大喊道,"住手,你把我的头发都弄乱了。"她猛地将头一甩,伦尼仍然抓住她的头发。"放开,"她喊道,"给我放开!"

伦尼很是恐慌,脸都变得扭曲了。女人随即开始尖叫起来。伦尼用另一只手捂住她的口鼻。"求你别这样,"他哀求道,"噢,求你别喊了。乔治会生气的。"

她在他手下猛烈地挣扎着，脚踢着麦秆，扭动着身体，想要挣脱开来。伦尼的手下传来了闷声闷气的尖叫声，他吓得哭了起来。"噢！求你别喊了。"他哀求道，"乔治会说我干了坏事，就不会让我照顾兔子了。"他将手移开一点儿，女人粗哑的叫声迅速传了出来。这下伦尼生气了。"别叫了，"他说，"我不要你喊出来。乔治说得真没错儿，你会让我惹上麻烦的，别这样了。"她继续挣扎着，眼神因恐惧而变得狂乱。接下来，伦尼开始摇晃她的身体，很是生气。"别再叫了。"他说，继续摇晃她。她的身体像鱼一样扑腾着，然后就不动了，因为伦尼把她的脖子折断了。

他低头看着她，小心地把捂在她嘴上的手拿开，她一动不动地躺在那儿。"我也不想伤害你，"他说，"可是你叫得这么大声，乔治会生气的。"但是她没有回答，也没有动，他弯腰凑过去，抬起她的一只胳膊，又让它垂下来。他一时也糊涂了，吓得小声嘀咕起来："我干坏事了，我又干坏事了。"

他抓起一把麦秆，遮住她的半边身子。

畜棚外传来了人群叫喊以及马蹄铁和金属两次碰撞的声响，这是伦尼第一次注意外面的动静。他在麦秆堆里蹲下来，听了听。"我又闯大祸了，"他说，"我不该这样，乔治准会生气的。他……他说过……要藏在灌木丛里，等他来接我。他准会生气的。藏在灌木丛里，等他来接我。他当初就是这么说的。"伦尼折了回去，看了看死去的姑娘，狗崽躺在她身边，伦尼把狗崽抱起来。"我还是把它扔掉吧。"他说，"待在这里可实在太糟糕了。"他把狗崽放在大衣下，蹑手蹑脚地走到畜棚墙边，透过墙上的缝隙看了看外面的马蹄铁比赛。跟着，他又小心翼翼地绕过最后一个马槽，溜掉了。

这会儿，几缕阳光高高地挂在墙上，畜棚里的光线渐暗。科里的老婆躺在地上，半边身子盖着麦秆。

　　畜棚里异常安静，午后的农场一片沉寂，连马蹄铁碰撞的声响和人群的欢呼声似乎也比往常更小了。户外的时光在流逝，畜棚里的空气越发浑浊。一只鸽子从敞开的门里飞了进来，盘旋了一阵儿又飞了出去。最里端的畜栏后面走出一只雌牧羊犬，狗儿精瘦的身子很长，肚子上挂着沉甸甸的奶头。它朝狗崽躺着的货箱走去，中途闻到了科里死去的老婆的气味，脊柱上的毛顿时竖了起来。它呜咽着，畏畏缩缩地朝货箱走去，跳向狗崽中间。

　　科里的老婆躺在那儿，黄色的麦秆遮住半边身子。所有的卑劣、心机、不满，以及渴望被人关注的心思都从她脸上消失了。她看起来非常漂亮、单纯，她的面容看起来是那般可爱、年轻。搽了胭脂的面颊和鲜红的嘴唇让她看起来是那样的富有生气，仿佛只是浅睡一般。她双唇微张，小香肠似的卷发散落在麦秆上。

　　有时候，一瞬间的驻足、盘桓不去，停留的时间远不止瞬间那么短。此刻，所有声音和动作都停留了，绝不是像一瞬间那样稍纵即逝。

　　然后时间会再次苏醒，慢慢流逝。马儿在食槽的一端跺着脚，将辔头链拉得哐当作响。屋外，说话的声音越来越大，越来越清晰。

　　老坎迪的声音从最后一个畜栏那头传来。"伦尼，"他喊道，"噢，伦尼！你在里面吗？我又算了算，伦尼，我告诉你咱们还能干点儿什么。"老坎迪出现在了最后一个畜栏的尽头。"噢，伦尼！"他再次喊道，然后停了下来，整个身体都僵住了。他用光溜溜的断肢摸了摸花白的胡须。"我不知道你在这儿。"他对科里的老婆说。

　　见她没有回应，他又朝近前走了走。"你可不能睡在这儿，"他显然不太赞成，然后终于来到她身边……"噢，天哪！"他无助地四下看了看，摸了摸胡茬，吓了一跳，快步出了畜棚。

但畜棚里又变得闹哄哄的。马儿跺着脚，打着响鼻，咀嚼着草地上的麦秆，用力拽着辔头上的链子。坎迪很快便回来了，乔治跟在他身边。

乔治说："你到底想要我看什么？"

坎迪指着科里的老婆。乔治定睛看了看。

"她怎么了？"他问，走近些，然后跟坎迪一样惊呼道，"噢，天哪！"他在女人身边跪下来，将手放在她的心脏上方，良久才慢慢站起来，动作都僵硬了，他的脸就跟木头一样梆硬，目光冷冰冰的。

坎迪说："究竟怎么回事？"

乔治冷冷地看着他。"你难道想不出来？"乔治问道。坎迪没有说话。"我应该知道了。"乔治绝望地说，"我想也许在我的脑海里我是这么想的。"

"我们该怎么办？乔治，现在该怎么办才好？"

乔治良久才回答："我想……我们应该告诉……他们。我想我们得把他关起来，不能让他跑了。天哪，那个可怜的混蛋会生生被饿死。"他试图安慰自己，"也许他们会把他锁起来，不会对他怎么样。"

但坎迪激动地说："我们应该把他放了。你不了解科里这个人。科里准会给他动私刑。科里会要他的命。"

乔治看着坎迪张合的嘴唇。"对，"他终于说道，"没错，科里的确会要他的命，其他人也不会放过他。"他又看了看科里的老婆。

接下来坎迪说出了他最担心的事。"可是你和我还能去买那一小块地，对吗，乔治？咱俩还可以去那里好好过活，不是吗，乔治？对不对？"

乔治还没来得及回答，坎迪就垂下头，低头看着麦秆。他心中已经有了答案。

乔治轻声说："我想我从一开始就知道了，我想我早就知道我们没办法做到。他以前老喜欢听我讲，弄得我自己都信以为真了。"

"那么……全都结束了？"坎迪无比郁闷地说。

乔治没有回答他的问题，只是说："我会在这里干一个月，挣五十块，去某个蹩脚的妓院待一整晚，或是去打台球，等到所有人都回家，然后再回来干一个月，再赚五十块。"

坎迪说："他是个相当不错的人，我不相信他会干这事。"

乔治仍然盯着科里的老婆。"伦尼从来不会故意干坏事，"他说，"虽然他老是闯祸，但没有一次是故意使坏。"他直起身子，转头看着坎迪。"听着，我们得把这事告诉大伙。我想他们应该会把他抓回来，没别的法子了。兴许他们不会伤害他。"他的声调变得尖锐起来，"我不会让他们伤害伦尼的。你听好了。那些人可能会觉得这事跟我也有干系。我先去工棚，你等会儿再出去，把她的死讯告诉大家，我会跟其他人一起出来，装作从没见过她，你能做到吗？这样他们就不会觉得我也掺和这事了。"

坎迪说："当然，乔治，我没问题。"

"那好。你在这儿等几分钟，然后再跑出去，假装你刚刚发现她的尸体。"乔治转身，迅速走出畜棚。

老坎迪看着他离去，回头茫然无措地看着科里的老婆，悲伤和愤怒的情绪慢慢变成言语从嘴里蹦了出来。"你这个该死的贱货，"他恶毒地说，"都是你造成的，不是吗？这下高兴了吧。就知道你会把什么都弄得一团糟。你就不是个好人，你从来就不是个好人，你这个臭婊子。"他抽噎着说，声音也变得颤抖起来。"我本可以帮他们在花园里锄锄草，洗洗碗。"他停顿了一会儿，继续用单调的声音重复那几句话，"要是马戏团来，或者有球赛看……我们尽管去就是了……只需要来一句，'去他妈的工作'，只管直接去就好了。哪里用得着征求什么人的同意。我们可以养头猪、喂几只鸡……到了冬天，有烧得正旺的小火炉……碰上下雨天……我们只管坐着就好了。"他的眼睛被泪水弄得模糊了，跟着，他转身，颤颤巍巍地走出畜棚，用断肢摸了摸又硬又粗的胡茬。

户外，马蹄铁比赛的声音戛然而止，人们在高声质问着什么，脚步声如同鼓点一般响起，人们冲进畜棚，斯利姆、卡尔森、小惠特、科里，克鲁克斯在后面一点儿，不大引人注意。坎迪跟在他们后头，乔治则在最后面，他穿着牛仔外套，扣子也扣上了。黑色的帽子压得很低，遮住了眼睛。男人们绕过最后一个畜栏，终于发现了身处昏暗环境下的科里的老婆。他们停了下来，一动不动地站在那儿，看着这一幕。

斯利姆没有出声，朝她走过去，摸了摸她的手腕，继而又用那细长的手指摸她的面颊，然后将手伸到稍微有些扭曲的脖颈下面，在她的脖子上摸了一阵儿。他站起来，人群围了上来，不祥的气氛被打破了。

这时，科里突然变得异常激动。"我知道是谁干的，"他大声叫道，"肯定是那个块头很大的狗杂种干的。我知道是他，错不了……其他人都在玩马蹄铁。"他勃然大怒，"我一定要抓住他，我这就去拿猎枪，我要亲手崩了那个狗杂种，把他的肚子打穿了。快，你们还愣着干什么！"他疯也似的跑出畜棚。卡尔森说："我去拿我的鲁格尔。"他也跑了出去。

斯利姆轻轻转过头。"我估计就是伦尼干的，"他说，"她的脖子断了，很有可能是伦尼干的。"

乔治没有回答，只是慢慢点点头。他的帽子压在脑门上，连眼睛都被遮住了。

斯利姆继续说："也许跟你说起的在威德的那件事一样。"

乔治又点点头。

斯利姆叹了口气："唉，看来我们得把他抓回来。你觉得他会往哪边走？"

乔治好像费了好大的工夫才把这话说出来。"他……兴许往南走了。"他说，"我们是从北边过来的，所以他可能会往南走。"

"看来我们得把他抓回来。"斯利姆重复道。

乔治走近了些。"抓他回来后，有没有可能只是把他关起来？他是个精神病，斯利姆，他从来不是故意要伤害谁。"

斯利姆点点头。"有可能，"他说，"如果我们让科里留在这里就有可能。但科里要崩了他。科里仍然在为手的事生气。他们就算把他关起来，也会绑住他，把他关在笼子里。这就糟了，乔治。"

"我知道，"乔治说，"我知道。"

这时，卡尔森跑了进来。"那个混蛋偷了我的鲁格尔，"他高声叫道，"枪不在袋子里了。"科里跟在他后头，没受伤的那只手拿着一把猎枪，这会儿，科里已经冷静下来了。

"好啦，伙计们，"他说，"黑人有把猎枪，卡尔森，你拿着。要是你瞧见他了，别让他跑了，冲他的肚子开枪，这样，他就会弯下腰来。"

惠特兴奋地说："可是我没枪。"

科里喊道："你去索莱达叫个警察来，找艾尔·威尔茨就行了，他是副治安官，出发吧。"他转身狐疑地看着乔治说："小子，你也跟我们一起去。"

"好，"乔治说，"我跟你们去就是，可是听着，科里，那个可怜的家伙是个疯子，别朝他开枪，他不知道自己干了什么。"

"别朝他开枪？"科里大声说，"他拿了卡尔森的鲁格尔，我们不开枪才怪。"

乔治轻声说："说不定卡尔森的枪丢了呢？"

"我今天早上还看见了呢，"卡尔森说，"不会的，肯定是被人拿走了。"

斯利姆站在那儿，低头看着科里的老婆，说："你也许应该留下来陪你的老婆。"

科里的脸涨得通红。"我非去不可，"他说，"我要亲手把那狗杂种的肠子打出来，就算剩下一只手了，我也得抓住他。"

斯利姆转向坎迪："坎迪，那你留下来吧，其余的人最好立即出发。"

他们随即便走了。乔治在坎迪身边停留了一会儿，两人都低头看着死去的姑娘，直到科里喊道："你，乔治，最好跟上，要不我们也会觉得这事你也掺和了。"

乔治拖着沉重的脚步，慢慢跟上人群。

等他们都离开后，坎迪蹲在麦秆上，看着科里老婆的脸。"可怜的混蛋。"他轻声说。

人群的说话声渐弱，畜棚里慢慢变得昏暗，马儿在畜栏里走动着，将辔头链扯得咣当响。老坎迪躺在麦秆上，用胳膊遮住眼睛。

第六章

　　傍晚时分，萨利纳斯河河道上的一汪绿色深潭平静无波，水面没有一丝涟漪。太阳不再照耀山谷，只有加比兰山脉的山坡还沐浴在阳光下，玫瑰色的霞光笼罩着起伏的山顶。但在水潭边的斑驳梧桐树之间，还留有阴凉的树荫。

　　一条水蛇流畅地划过水面，左右摆动着它那潜望镜一般的蛇头。它游到对面，恰好来到一只站立在浅滩里一动不动的苍鹭的脚边。苍鹭毫无声息地低下头，伸喙去啄，一下子叼住了蛇头，随即张口将小蛇吞下，只剩下蛇尾在狂乱地摆动。

　　一阵疾风从远处吹来，树梢被吹得像波浪一样颤动。梧桐树的叶子向上翘起，露出银色的侧边，地上的棕色干叶被风卷起几英尺高，四处飘散。绿色的水面随风起了层层微波。

　　风来得急，去得也快，空地再次安静下来。苍鹭站在浅滩里，纹丝不动地等待着。又有一条小水蛇游过水面，不住地摆动潜望镜般的脑袋。

　　伦尼突然从灌木丛中走了出来，他一路走来悄无声息，活像一头慢慢移动的大熊。苍鹭展翅而飞，离开河水，沿河飞走了。小蛇一头钻进了潭边的芦苇丛中。

　　伦尼悄悄地来到水潭边缘。他跪下来，将嘴唇探到河面，喝起水来。一只小鸟飞过他身后的枯叶，他猛地抬起头，对准声音的来源，紧张地用眼看、用耳听，看见是只小鸟，这才低下头，继续喝水。

他喝完水便坐在岸边，侧对着水潭，方便观察小路的入口。他抱着双腿，将下巴抵在膝盖上。

阳光在山谷里逐渐升高，随着光线的移动，山峰似乎在越发璀璨的光芒下燃烧着。

伦尼轻声道："他妈的，我可没忘。藏在灌木丛里等乔治来。"他拉低帽子，遮住眼睛。"乔治一定会把我臭骂一顿。"他说，"乔治准盼着一个人待着，不愿意我打扰他。"他扭头看着明亮的山顶，"我还是去那里找个山洞吧。"他说。然后，他继续悲伤地喃喃自语，"……再也吃不到番茄酱了，不过我才不在乎。乔治不要我了……我就走。我就走。"

接着，从伦尼的脑袋里出现了一个又胖又矮的老太太。她戴着一副凸面厚眼镜，穿着一件带口袋的条纹棉布大围裙，她衣着笔挺，干净利落。她站在伦尼面前，双手叉腰，皱着眉头，不满地瞧着他。

她开口说话，发出的却是伦尼的声音。"我和你说了多少次了。"她说道，"我告诉你，要好好对乔治，他是个多好的人啊，对你那么照顾。你倒好，向来都这么没心没肺。你老是干坏事。"

伦尼回答她："我努力了，克拉拉婶婶。我一直都很努力，可我就是管不住我自己。"

"你从来都不替乔治着想。"她继续用伦尼的声音说道，"他一向对你尽心尽力。他有一块馅饼，总是分一半给你，有时比一半还多。要是有番茄酱，他全都给你。"

"我知道。"伦尼苦恼地说，"我试过了，克拉拉婶婶。我一直都在尝试呢。"

她打断了他："要不是有你这个累赘，他早过上好日子了。他拿到工钱，大可以去逛妓院，要不就去台球厅里玩几把。但他却必须照顾你。"

伦尼伤心地抽泣起来。"我知道,克拉拉婶婶。我这就去山里,找个山洞住,再也不给乔治找麻烦了。"

"你就知道耍嘴皮子。"她严厉地说,"你总把这话挂在嘴边,但是,你他妈的很清楚,你永远也不会这么做。你只会黏着乔治,做他一辈子的跟屁虫。"

伦尼说:"我可以走。反正现在乔治也不会让我喂兔子了。"

克拉拉婶婶消失了,这次从伦尼的脑袋里冒出了一只巨大的兔子。兔子蹲坐在他面前,冲他扑棱耳朵,皱着鼻子。兔子也用伦尼的声音说起话来。

"喂兔子。"兔子轻蔑地说,"你这个狗杂种、臭呆瓜。你连舔兔子的脚底板都不配。你老是忘了喂它们,让它们挨饿。你准能干出这样的好事。那乔治会怎么想呢?"

"我决不会忘。"伦尼大声说。

"你肯定会。"兔子道,"你就是一根烂木头,一摊烂泥。天知道,乔治拼尽了全力,把你从阴沟里拉出来,只可惜你不争气。如果你以为乔治会让你喂兔子,那你真是蠢到无可救药的地步了。他不会让你去的,他会用棍子打你,给你一顿臭揍。"

这会儿,伦尼挑衅地反驳道:"他不会的。乔治才干不出那种事。我认识乔治很久了,我也忘了是从什么时候开始就认识他了,反正他绝不会用棍子打我。他对我好着呢。他绝不会这么凶。"

"他都讨厌死你了。"兔子说,"他一定会打得你满地找牙,然后丢下你一个人走。"

"他不会的。"伦尼疯狂地喊道,"他才不会做那样的事,我了解乔治。我和他一起到处打零工。"

但兔子一遍遍地轻声重复道:"他肯定不要你了,你这狗杂种、臭呆瓜。他一定会甩下你。他会丢下你一个人，你这狗杂种、臭呆瓜。"

伦尼用手捂住耳朵。"他不会的，我告诉你，他一定不会。"他大喊道，"啊！乔治，乔治，乔治！"

乔治静悄悄地走出灌木丛，兔子惊慌地钻回了伦尼的脑袋。

乔治轻声说："你他妈的乱喊什么？"

伦尼跪在地上。"你不会丢下我吧，乔治？我知道你不会的。"

乔治僵硬地走近，坐在他旁边。"不会。"

"我就知道。"伦尼叫道，"你不是那种人。"

乔治沉默不语。

伦尼说："乔治。"

"嗯？"

"我又干坏事了。"

"无所谓了。"乔治说，他再次沉默下来。

此时，只有最高处的山脊还处在阳光下。山谷里的阴影泛着青色，十分柔和。远处传来人们互相呼喊的声音。乔治扭过头，听着喊声。

伦尼说："乔治。"

"嗯？"

"你又要臭骂我一顿吧？"

"臭骂你一顿？"

"是呀，你以前常这样的。你老说什么'要不是你给我添乱，我能赚到五十块……'。"

"老天，伦尼！你不记得发生了什么事，却记得我说过的每句话。"

"这不是你说的吗？"

乔治打起精神。他木然地说："如果只有我一个人，那我该活得多轻松啊。"他的声音不含一丝情感，没有抑扬顿挫，"我可以找份工，还不会弄上一身麻烦。"他停了下来。

"接着说。"伦尼说道，"到了月末……"

"到了月末，我能拿到五十块，到时候我就去……妓院……"他再次停下。

伦尼热切地望着他："继续说啊，乔治。你不继续骂我了吗？"

"不了。"乔治道。

"我可以走的。"伦尼说，"你如果不要我了，我就去山里找个山洞住。"

乔治又一次打起精神。"不。"他说，"我要你留下来和我待在这里。"

伦尼见缝插针："就跟以前一样，给我讲讲吧。"

"讲什么？"

"讲讲别人，也讲讲我们。"

乔治说："我们这样的人没有亲人。挣到一点儿钱，就马上花光。在这世上孑然一身，没人关心……"

"但我们不是这样。"伦尼快乐地喊道，"现在讲讲我们吧。"

乔治静默了一会儿。"但我们不是这样。"他说。

"因为……"

"因为我有你，而且……"

"我也有你。我们拥有对方，就是这样，我们互相关心。"伦尼得意扬扬地喊道。

傍晚的微风拂过空地，树叶沙沙作响，绿色的水潭起了水波。人们的叫喊声再次响了起来，这次比刚才更近了。

乔治摘掉帽子。他颤抖地说："伦尼，把你的帽子摘下来吧。

吹吹风，舒服极了。"

伦尼乖乖地摘下帽子，放在他面前的地面上。山谷里的阴影更加朦胧，夜幕很快就要降临。风送来了灌木丛里的脚步声。

伦尼说："讲讲我们以后的事吧。"

乔治一直在听远处的声响。有那么一刻，他变得认真务实起来："伦尼，你看着河对岸，这样我给你讲，你就能看到我讲的情形了。"

伦尼扭头，他的视线越过水潭，落在对岸越来越幽暗的加比兰山的山坡上。"我们会有一小片地。"乔治说。他把手伸进侧兜，掏出了卡尔森的鲁格尔手枪；他打开保险栓，把握着枪的手放在伦尼背后的地面上。他盯着伦尼的后脑勺，也就是脊柱和头骨相交的地方。

一个男人的声音从河的上游飘来，随即传来另一个男人的回答。

"接着讲啊。"伦尼说。

乔治举起枪，他的手不停地哆嗦，再次垂到了地上。

"继续说啊。"伦尼道，"然后呢？我们会有一小块地。"

"我们养一头奶牛。"乔治说，"再养一头猪和几只鸡……在房子边上，我们……种一小片苜蓿……"

"用来喂兔子。"伦尼大叫道。

"用来喂兔子。"乔治重复道。

"我来喂兔子。"

"你来喂兔子。"

伦尼幸福地咯咯笑了起来："我们靠种地过日子。"

"是的。"

伦尼扭过头。

"不，伦尼。你看着河对岸，好像你能看到我们的土地。"

伦尼遵命行事。乔治低头看着手枪。

此时，灌木丛里响起了嘈杂的脚步声。乔治扭头朝那个方向看去。

"说呀，乔治。我们什么时候才能得到那块地？"

"快了。"

"我和你两个人。"

"我……和你。大家都会对你很好，再也不会有任何麻烦。大家不互相伤害，也不偷东西。"

伦尼说："乔治，我还以为你要生我的气呢。"

"没有。"乔治道，"没有，伦尼。我没生气。我从来都没生过你的气，现在也没有。我希望你知道这一点。"

现在人声很近了。乔治举起手枪，仔细听着人们的声音。

伦尼央求道："我们现在就去吧，我们现在去买那块地吧。"

"当然，就是现在。我去，我们一起去。"

乔治举起枪，把枪拿稳，他把枪管凑到伦尼的后脑勺处。他的手剧烈地颤抖，但他的脸上很平静，他的手也很稳。他扣动了扳机。枪声在群山之间回荡。伦尼浑身一震，缓缓地向前栽倒在沙地上，躺在那里，一动不动了。

乔治浑身颤抖，盯着那把枪，然后，他猛地把枪丢了出去，枪落到岸边，距离一堆从前留下的灰烬不远。

灌木丛中似乎满是叫喊声和奔跑的脚步声。斯利姆的喊声响起："乔治，你在哪里，乔治？"

但乔治僵硬地坐在岸边，盯着他的右手，他正是用这只手丢开了手枪。人群跑到空地上，科里冲在最前面。他看到伦尼躺在沙地上。"找到他了，老天。"他走过去，低头瞧着伦尼，然后，他又瞧着乔治。"一枪命中后脑。"他轻声说。

斯利姆径直走向乔治，紧挨着他坐下。"别想太多。"斯利姆道，"有时候，该做的事就得做。"

但卡尔森走过来站在乔治面前。"你是怎么打死他的？"他问。"就这么打死的。"乔治疲倦地回答。

"他拿了我的枪？"

"没错。他拿了你的枪。"

"你从他手里夺回了我的枪，然后拿枪杀了他？"

"是的，就是这样。"乔治的声音几乎轻不可闻。他牢牢地盯着握过枪的右手。

斯利姆猛地一拉乔治的手肘："行啦，乔治。我陪你去喝一杯吧。"

乔治任由斯利姆将自己拉起来："没错，喝一杯。"

斯利姆说道："乔治，你也没法子。我发誓，你的确是迫不得已的，跟我走吧。"他带着乔治走上小路，向公路的方向走去。

科里和卡尔森望着他们的背影。卡尔森问道："你说他们俩有什么可烦恼的？"

月亮下去了

The Moon is Down

致帕特·科维奇

一位伟大的编辑、挚友

第一章

十点四十五分，一切尘埃落定。城镇被占领，守护者被打败，战斗结束了。对于这次战役，侵略者跟其他较大规模的战役一样，也进行了周密的部署。就在这个礼拜日的早晨，邮差和警察都乘坐镇里颇受欢迎的杂货店老板科瑞尔先生的船外出钓鱼了。这天，他把那艘漂亮的帆船借了出去。当邮差和警察看见那艘深色小型运输舰满载士兵，悄无声息地经过身边时，他们已经远在几英里的大海上了。既然他们是这座城镇的官员，这自然是他们的职责所在。于是，两人掉转船头，但等他们进入港口后，城镇已被一营军队占领。这名警察和邮差连他们在市政厅的办公室都进不去。他们坚持捍卫自己的权利，却被当成战俘关进了城里的监狱。

本地部队总共才十二个人，都在这个礼拜日的早晨出去了，因为杂货店老板科瑞尔先生捐赠了午饭、靶子、弹药和奖品，让他们在山丘后面六英里处，他家那片漂亮的林间空地举行打靶比赛。本地的守卫部队都是些散漫惯了的大个子年轻人。当他们听到飞机的声音，看到远处的降落伞时，才加速跑回了城镇。他们到达后，侵略者在道路两旁架起了机关枪。那些平日里懒散的士兵缺乏战斗经验，更是没吃过败仗，他们只是用步枪还击，机枪扫射了一阵后，其中有六个人当时就被打成了筛子，三个人也只剩下半条命了，最后三个拿着枪逃进了山里。

十点三十分，侵略者的乐队便已在镇里的广场上吹起美妙却叫人感伤的音乐，市民们嘴唇微微张开，惊恐地瞪着眼睛，站在那里，听着音乐，直直地盯着那些头戴灰色钢盔、端着冲锋枪的人。

十点三十八分，那六个被打成筛子的士兵被埋葬了，降落伞也收好了，一营军队驻扎在了科瑞尔先生位于码头附近的货仓里，架子上摆放着为部队装备的毯子和折叠床。

十点四十五分，老迈的镇长奥登接到了侵略者兰泽尔上校接见他的正式通知，接见仪式被安排在十一点整准时开始，就安排在有五个房间的镇长官邸中。

官邸的会客厅装饰得十分温馨、舒适。镀金的椅子上铺着磨旧了的织锦，僵硬地立在那里，如同众多无所事事的仆人。一个拱形的大理石壁炉里的火尽管没有火焰，却烧得通红，炉边放着手工图绘的煤斗，壁炉架的两旁立着两个大花瓶，中间是一个布满了纹理的大瓷钟，到处刻着东倒西歪的小天使。房间里深红的墙纸上印着金色的人像，白色的木器既美观又整洁。墙上有一幅很大的画，画的是一群大狗勇救身处险境的小孩的故事，似乎只要有了大狗，水火地震都伤害不了小孩。

年迈的温特医生坐在壁炉旁，他留着胡须，是个善良、朴实的人，也是城里的历史学家兼医生。他的两个大拇指在大腿上转来转去，惊奇地看着这一幕。温特医生非常纯朴，只有思想深邃的人才能理解他的深邃之处。他抬头看着镇长的男仆约瑟夫，想知道约瑟夫有没有注意他翻滚大拇指的绝技。

"十一点？"温特医生问道。

约瑟夫心不在焉地答道："是的，先生。通知上说是十一点。"

"你看过通知了？"

"没有，先生，是镇长阁下读给我听的。"

约瑟夫四处检查那些镀金椅子，想看看是否还在他原来放置的地方。约瑟夫习惯性地怒视着家具，像是这些家具会对他无礼、喜欢恶作剧或是布满了灰尘似的。在奥登镇长统治的世界里，约瑟夫便是这些家具、银器、碗碟的头儿。约瑟夫年纪大了，身材瘦削，一脸严肃。他的一生极为复杂，只有思想深邃的人才知道他其实是个简单的人。他并没有发现温特医生转动大拇指有何异常之处，反而觉得心烦气躁。约瑟夫发现城里来了许多外国人，当地的部队死的死，被抓的被抓，怀疑出什么天大的事了。迟早，约瑟夫都会明白过来。他不喜欢轻率的举动，不喜欢翻滚大拇指，也不想看到那些家具就胡思乱想。温特医生将椅子从原来的地方挪动了几英寸，约瑟夫不耐烦地等着他将椅子放回原处。

温特医生重复道："是十一点，他们也会到这儿来的。他们都是时间观念很强的人，约瑟夫。"

约瑟夫没有在听，只是回答道："是的，先生。"

"时间观念很强的人。"医生重复道。

"是的，先生。"约瑟夫说。

"时间和机器。"

"是的，先生。"

"他们急匆匆地奔赴自己的命运，像是一刻也不容耽搁似的。他们用双肩扛着起伏不定的世界前行。"

约瑟夫说："非常正确，先生。"他这么说完全是因为他懒得说"是的，先生"了。

其实约瑟夫并不赞同这样的话，因为对他在任何事情上发表什么见解都没有帮助。如果约瑟夫在那天晚些时候对厨娘来这么一句，"时间观念很强的人"，这样的话显然毫无意义。安妮会问："谁啊？"然后又问："为什么啊？"最后会说："约瑟夫，这不胡扯吗？"以前约瑟夫也曾把温特医生的话传到楼下，结果都一样：安妮总觉得净是些胡扯的话。

温特医生从大拇指上抬起头，看着约瑟夫整理椅子。"镇长在干什么？"

"在更衣，准备接见上校，先生。"

"你不帮他吗？他一个人穿不好衣服。"

"夫人在帮忙，希望他拿出最好的状态，她……"——约瑟夫的脸稍稍红了——"夫人正在帮他拔耳毛，先生，有点儿痒，他不让我做。"

"那当然痒啦。"温特医生说。

"夫人非要亲自动手。"约瑟夫说。

温特医生突然笑起来，然后起身将手伸到火旁，约瑟夫熟练地闪到他后面，把椅子放到原处。

"真有我们的，"医生说，"我们马上要亡国了，城镇都已经被占领了，镇长却准备去接见征服者。此刻，镇长正扭来扭去，夫人则摁着他的脖子，替他修剪耳毛。"

"最近他身上的毛发确实比较粗糙，"约瑟夫说，"眉毛也是。比起拔掉耳毛，修剪眉毛更让他恼怒。他说那样会很痛。我甚至怀疑夫人会不会干这活儿。"

"她总要尝试一番的。"温特医生说。

"她想把他打扮得漂漂亮亮的，先生。"

这时，一张戴钢盔的脸正从入口处的玻璃窗往里张望，然后传来了敲门声。似乎屋子里某种温暖的光亮突然消失了，蒙上了一层灰暗的光。

温特医生抬头看了看钟，说："他们提前来了，约瑟夫，让他们进来。"

约瑟夫走到门口，开了门。一名穿着长外套的士兵走了进来。那人头戴钢盔，挎着一支冲锋枪。他飞快地瞥了一眼房间四周，然后站在一旁。他身后一名军官站在门口。那人的制服很普通，显示他军衔的东西在肩膀上。

那名军官迈入门里，看着温特医生。他活像一位画得夸张的英国绅士，头戴一顶宽边软帽，脸色通红，长长的鼻子很是讨喜。他穿上制服的样子就跟大多数英国军官一样极不自然。他站在门口，盯着温特医生，问道："阁下，你是奥登镇长吗？"

医生笑了笑。"不，不，我不是。"

"你总是官员吧？"

"不是的，我是城里的医生，是镇长的朋友。"

那名军官问道："奥登镇长在哪儿？"

"正在穿戴打扮，准备迎接你。你是上校本人吗？"

"不是的。我是本蒂克上尉。"他鞠了一躬，温特医生也微微鞠躬还了个礼。本蒂克上尉继续说话，但对于要说的话似乎感到难为情。"先生，按照我们军队的规定，我们的指挥官进入一间屋子前，必须搜查是否有武器。我们并没有不敬的意思，先生。"他回头喊道，"中士。"

那名中士很快走向约瑟夫，摸了摸他的口袋，说："没有，长官。"

本蒂克上尉对温特医生说："见谅。"中士走到温特医生面前，拍了拍他的口袋，手在外套内袋处停了下来，很快伸进里面，掏出一个扁平的黑色小皮夹，交给本蒂克上尉。本蒂克上尉打开皮夹，发现里面有几样简单的外科工具：两把解剖刀，一些缝合针，几个夹子，还有几个注射针。他再次合上皮夹，把它交给温特医生。

温特医生说："你看，我只不过是个村医。有一次，我必须用菜刀帮一个人做阑尾手术，自那以后，我每次都会把这些东西带在身上。"

本蒂克说："看来这屋子里还有武器吧？"他说着打开一本放在口袋里的小皮册子。

温特医生说："你这么清楚啊？"

"是的，我们的人已经在这里工作一段时间了。"

温特医生说道："我建议你不要说出这个人是谁。"

本蒂克说："不过，眼下他的工作已经全部完成了，现在告诉你也无妨了。他叫科瑞尔。"

温特医生惊讶地说："乔治·科瑞尔？天哪，太不可思议了！他为这个城镇付出过很多。今天早上他还为在山上举行的打靶比赛准备了很多奖品。"他说着眼里闪出恍然大悟的神情，嘴巴慢慢闭上了，随即说："我明白了，所以他才安排了这场比赛。我终于明白了。居然是乔治·科瑞尔，这也太不可思议了！"

这时，左边的门开了，奥登镇长走了进来，用小指头掏着右耳朵。他穿着一件正式的晨礼服，那条代表他官职的链徽挂在脖子上。他留着一丛花白的胡须，两只眼睛的上方分别有一丛浓密的眉毛。他花白的头发刚刚梳理好，现在就不听使唤了，挣扎着想要竖起来。他做镇长有些年头了，在这座城镇里，他就是"镇长"的代名词，成年人看到印刷或是手写的"镇长"的字样，脑海里都会出现奥登镇长的形象。他和他的官职融为了一体。镇长的官职给了他尊严，而他赋予了其温度。

夫人从他背后出现了，她个头很小，满脸皱纹，看起来凶巴巴的，认定眼前的这个男人就是他一手打扮出来的，是她的作品。她相信，下次她还能把他打扮得更好看。在她的一生中，她也就有一两次机会了解他的整个为人，但她了解的那部分却是那样细腻、深刻，他喜欢什么样的口味，哪里不舒服，要是他粗心大意了，或者有什么小恙，都逃不过她的眼睛。但是对他的想法、理想或者渴望做什么，她压根儿就不清楚。然而，她在这一生中，却也有几次看到了满天星光。

她绕到镇长前面，抓住他的手，将他的手指从挠拨的耳朵里拿了出来，放在身体一侧，像是从婴儿的嘴里把大拇指拿出来一样。

"我就不信了，真会像你说的那样现在就扎得痛了。"她对温特医生说，"他还不让我帮他修剪眉毛呢。"

"痛呢。"奥登镇长说。

"好吧，如果你非要觉得我什么也干不了，那也行。"说话间她又整了整他本已经笔挺的领带。"真高兴你也在这儿，医生，"她说，"你看看会有几个人来？"然后她抬头看了看，发现了本蒂克上尉。"噢，"她说，"上校！"

本蒂克上尉说："不是的，夫人。我只是为上校打前哨的。中士！"

这会儿，中士正在翻看靠枕，想看看画后面有什么东西，他飞快地走向奥登镇长，搜查他的口袋。

本蒂克上尉说："请原谅他，先生，我们的规矩就是这样。"

他再次看了一眼手中的小本子。"镇长阁下，我知道这里还有武器，想必还有两件吧？"

"武器？你是说枪吧。是的，我有一支霰弹枪和一支猎枪。"奥登镇长极不情愿地说，"你知道，我现在也很少打猎了，虽然我总是想去，但每次到了打猎的季节，我都没出门。现在不像以前了，我早就没兴趣了。"

本蒂克上尉不依不饶："镇长阁下，枪在哪儿？"

镇长摸了摸面颊，佯装在思考。"啊，我想想……"他转头看着夫人说，"枪是不是在卧室的柜子后面？跟手杖放在一起吗？"

夫人说："是的，柜子里的衣服全都沾上了一股子油味，我真希望你能把那玩意儿放到别的地方。"

本蒂克上尉喊了声："中士！"中士应声进了卧室。

"这样的任务还真是得罪人，抱歉。"中尉说。

过了一会儿，中士拿着一支双管霰弹枪和一支配有背带、品相非常不错的猎枪回来了。他把枪放在大门的一侧。

本蒂克上尉说："好啦，谢谢，镇长阁下，谢谢，夫人。"

他转身轻轻朝温特医生鞠了一躬。"谢谢你，医生，兰泽尔上校会直接到这里来，早安。"

他从前门走了出去，中士跟在后面，一只手里拿着两支枪，冲锋枪挎在右胳膊上。

夫人道："一开始我还以为他是上校呢，不过这个小伙子长得可真帅气。"

温特医生不无讽刺地说："不，他只是来保护上校的。"

夫人心想："不知道还有多少军官会来？"她看着约瑟夫，发现他正厚着脸皮偷听。她冲他摇摇头，蹙起眉，又回头去做刚才正在做的琐事了，重新把家具上的灰掸了一遍。

夫人又问道："你觉得还会有多少人来？"

温特医生气呼呼地拉出一把椅子，再次坐下来。"我不知道。"他说。

"好吧，"她冲约瑟夫皱起眉头，"我们已经聊过这事了，是要给他们倒茶还是敬酒呢？要是这么做的话，我还不知道他们有几个人来呢，要是不这么做，那要怎么做呢？"

温特医生摇摇头，笑道："我不知道，我们许久没去征服别人了，也很久没被别人征服了。我也不知道怎么做合适。"

奥登镇长又往他发痒的耳朵里挠了挠，说："呃，我觉得我们什么也不用做，到时候百姓会反感的。我不想跟他们喝酒。我也不知道原因。"

夫人再次求助医生。"古时候的那些首领不也互相致敬，一起喝酒吗？"

温特医生点点头。"没错，他们的确是这样做的。"他慢慢摇摇头，"也许这就是不同之处。过去的国王和王子打仗的时候好比是在狩猎，要是猎杀了一只狐狸，他们会聚在一起享受狩猎早餐。但奥登镇长可能是对的：兴许那些百姓并不喜欢他去跟侵略者喝酒。"

夫人说："大伙都在下面听音乐，安妮跟我说的，要是他们也能这么做，我们为什么就不能保持文明的礼节呢？"

镇长直视了她一会儿，声音变得尖锐起来。"夫人，我希望得到你的许可，我们不必去喝酒，眼下百姓都犯糊涂了。他们一直都生活在和平年代，都不相信会有战争了。他们会受到教训的，将来就不会再犯糊涂了。他们选我当了镇长，是希望我不要犯糊涂。今天早上，镇里的六个孩子牺牲了，想必我们也不用举办狩猎早餐会了。人们来打仗可不是为了消遣。"

奥登镇长看了一眼表，这时，约瑟夫端着一小杯浓咖啡进来了，镇长心不在焉地接过咖啡。"谢谢，"他说，抿了一口，"我应该清楚，"他满怀歉意地对温特医生说，"我应该——你知道有多少侵略者吗？"

"不是很多，"医生说，"我想不会超过二百五十个，但都端着小冲锋枪。"

镇长再次喝了一小口咖啡，又提到了一个问题。"我们国家别的领土怎么样了？"

医生耸起肩膀，又垂了下来。

"哪儿都没抵抗吗？"镇长继续沮丧地说。

医生再次耸了耸肩膀。"我不知道。电报线都被切断了，电报局也被占领了。没有任何消息。"

"我们的人呢？我们的士兵呢？"

"不清楚。"医生说。

这时，约瑟夫插话道："我听说——是安妮听说……"

"听说什么，约瑟夫？"

"六个人死了，先生，是被冲锋枪打死的。安妮听说三个人受伤被俘了。"

"可我们有十二个人。"

"安妮听说有三个逃走了。"

镇长猛地转过头来。"都有谁逃了？"他厉声问道。

"我不知道，先生，安妮也没听说。"

夫人用一根手指摸了摸桌上的灰尘，她说："要是他们来了，你就待在电铃旁边。我们说不定需要点儿小东西。你穿上另一件外套吧，约瑟夫，有纽扣的那件。"她想了一会儿又说，"对了，约瑟夫，吩咐你的事做完了你就出去。站在一旁听别人讲话不雅观，这是粗鲁的表现。"

"好的，夫人。"约瑟夫说。

"就别上酒了，约瑟夫，不过如果你手头上有香烟的话，放几根在那个小银匣里。可别在你的鞋子上擦燃火柴，去给上校点烟，要在火柴盒上划。"

"好的，夫人。"

奥登镇长解开外套的纽扣，把表拿出来，看了一眼，又放了回去，然后再次扣上外套，有一粒纽扣扣到上面的扣眼了，夫人走过去，重新帮他扣好。

这时，温特医生问道："几点了？"

"差五分十一点。"

"他们时间观念很强，"医生说，"会准时来的。你要我走吗？"

奥登镇长一脸惊讶地说："走？不……不，你得留下。"他轻柔地笑了笑。"我有点儿害怕，"他抱歉地说，"呃，也不是害怕，而是紧张。"他无助地说，"我们很久没被占领过了吧……"他停下来听了听。远处传来了军乐的声音，是进行曲。他们转向音乐传来的方向，聆听着。

夫人说："他们往这儿来了。我不希望一下子来这么多人，这个房间也不是很大。"

温特医生不无讽刺地说："夫人更喜欢凡尔赛宫的镜厅吧？"

她咬着嘴唇，四下看了看，心里想的是把征服者安排在什么地方。"这个房间还真是挺小的。"她说。

军乐响了一阵儿声音渐弱，传来轻轻的敲门声。

"这会儿是谁呢？约瑟夫，要是别的什么人，跟他说晚些时候再来，我们正忙着呢。"

敲门声再次响起，约瑟夫走到门边，打开一条缝，然后又把门打开了一点儿。一个灰色的人影出现了，那人戴着钢盔，套着长手套。

"兰泽尔上校向你们致敬，"那人说，"上校希望镇长接见他。"

约瑟夫把门打开。戴钢盔的男子踏步走了进来，迅速扫了一眼房间，然后立在一旁。"兰泽尔上校驾到！"他大声宣布。

接下来，又有一个戴钢盔的男子走了进来，军衔显示在肩膀上，他身后跟着一个个子相当矮的人，穿着一件黑色的西服。上校中等年纪，脸色阴郁，形容憔悴。他有着士兵该有的方肩膀，但眼神却不像普通士兵那般毫无表情。他身边小个子是个秃头，面颊绯红，一双黑色的小眼睛，嘴唇富有肉感。

兰泽尔上校取下头盔，飞快鞠了一躬："阁下！"他又朝夫人鞠了一躬："夫人！"然后他说："请关上门，下士。"约瑟夫迅速关好门，稍稍得意地看着那名士兵。

兰泽尔怀疑地看着医生，镇长连忙介绍道："这位是温特医生。"

"是官员吗？"上校问道。

"只是医生，长官，我也许可以说他也是当地的历史学家。"

兰泽尔微微鞠了一躬，说："温特医生，我无意冒犯，但在你的历史上还得写上这一页，说不定……"

温特医生笑道："说不定要好几页呢。"

兰泽尔上校稍稍转向同伴。"我想你们都认识科瑞尔先生吧。"他说。

镇长说："乔治·科瑞尔吗？我当然认识了，你好吗，乔治？"

温特医生赶紧插话，语气却非常正式。"阁下，我们的朋友乔治·科瑞尔为这个城镇的入侵做了很多工作；我们的恩人乔治·科瑞尔把我们的士兵都送进了山里；我们的座上宾乔治·科瑞尔把镇里所有的武器都列了清单。他可是我们的朋友啊！"

科瑞尔生气地说："我是为我的信仰工作！这是一件光荣的事。"

奥登微微张开嘴，都有些糊涂了，他的目光无助地在温特和科瑞尔身上逡巡。"这不是真的，"他说，"乔治，这不是真的！你曾跟我一起坐在桌旁，跟我一起喝波特酒。天哪，你还帮我设计医院！这不可能是真的！"

他目不转睛地盯着科瑞尔，科瑞尔也不甘示弱地看着他。沉默良久后，镇长慢慢绷紧了脸，变得异常严肃，他的整个身体都僵硬了，然后转向兰泽尔上校，说："我不愿在这位先生在场的情况下谈话。"

科瑞尔说："我有权待在这儿，我跟其他人一样也是军人，只不过没有穿制服罢了。"

镇长重复道："我不愿在这位先生在场的情况下谈话。"

兰泽尔上校说："你能离开吗，科瑞尔先生？"

"我有权待在这儿。"科瑞尔说。

兰泽尔上校厉声重复了刚才的话："你能离开吗，科瑞尔先生？你这是违抗上级的命令！"

"呃，不是的，长官。"

"那就请你走，科瑞尔先生！"兰泽尔上校说。

科瑞尔愤怒地看了一眼镇长，然后转身飞快地朝门口走去。温特医生咯咯笑道："这一页在我的史书上倒是真不错。"兰泽尔上校瞪了他一眼，但并没说话。

这时，右边的门开了，头发蓬乱、两眼通红的安妮的那张怒气冲冲的脸从门口探了进来。"夫人，后门廊上有很多当兵的，"她说，"就站在那儿。"

"他们不会进来的。"兰泽尔上校说，"这只是军事上的一种程序而已。"

夫人冷冰冰地说："安妮，你要是有什么要说的，就让约瑟夫带个话吧。"

"我也没弄清楚怎么回事，可他们想进来，"安妮说，"他们闻到了咖啡的香味。"

"安妮！"

"好的，夫人。"她退了下去。

"我可以坐下吗？"上校问完随即解释道，"我们很久都没合过眼了。"

镇长看起来像是刚从睡梦中醒来似的。"可以，"他说，"当然可以啦，请坐！"

兰泽尔上校看着夫人，她坐了下来，他也疲惫不堪地坐在一把椅子上。奥登镇长仍旧站立着，就像还在半梦半醒中。

上校说："我们希望尽量跟你们好好合作，阁下，你也知道，这完全就像是一笔冒险的生意，我们需要这里的煤矿资源和捕鱼权，尽可能避免摩擦。"

镇长说："我现在还没有收到任何消息，也不知道我们国家别的地方情况怎样了。"

"都被占领了，"上校说，"我们的计划非常周全。"

"到处都没抵抗吗？"

上校满怀同情地看着他。"我希望这样的事情没有发生过。没错，有的地方会有抵抗，但这样只能造成流血事件。我们的计划非常周全。"

奥登仍然坚持他的观点。"那就是说有抵抗了？"

"有啊，但这种抵抗实在是愚蠢。就跟这里的情况一样，立马就被我们消灭了。抵抗是一件既可悲又愚蠢的事。"

温特医生知道镇长想迫不及待地表达他的观点。"是的，"他说，"非常愚蠢，可他们到底抵抗了没有？"

兰泽尔上校回答道："只有少数几个地方有抵抗，而且都已经过去，整体而言，没什么动静。"

温特说："人们还不知道发生什么事情了。"

"他们马上就要醒悟过来了，"兰泽尔说，"不会再犯傻了。"他清了清嗓子，声音变得清脆了些许。"好啦，先生，我得聊聊正事了，现在真是累坏了，但在我睡觉之前，我得先把事情安排好。"他坐在椅子上往前挪了挪，"比起军人，我更像个工程师。其实整个事情倒更像个工程，而不是简单的征服。我们必须从地底下挖出煤来，然后再运出去。我们有技术人员，但本地人必须继续在煤矿里干活。我说明白了吗？我们也不希望做出过分的事情来。"

奥登说："是的，事情已经相当清楚了，但要是人们不愿在矿里工作呢？"

上校说："我希望他们有这个愿望，因为他们必须这么做。我们得搞到煤。"

"可要是他们不去呢？"

"必须去。他们应该会守纪律的，他们也不想惹麻烦。"他等着镇长的回答，但镇长没说话。"难道不是这样吗，先生？"上校问道。

镇长把玩着链徽。"我不知道，先生。他们在自己政府的统治下倒是安分守己。我不知道在你们的统治下会怎样。你也明白，这里从未被人占领过。我们自己的政府已经成立四百多年了。"

上校飞快地说："这点我们清楚，所以我们还是要保住你们的政府。你还是镇长，由你发号施令，奖惩赏罚也由你来执行，这样他们就不会惹祸了。"

奥登镇长看着温特医生。"你怎么看？"

"我不知道，"温特医生说，"看看事情会发展成什么样倒也有趣。我觉得还会有麻烦，他们可不是善茬。"

奥登镇长说："我也不知道。"他转向上校，"先生，虽然我跟他们的出身一样，但我仍然不明白他们在干什么。也许你知道。也许情况跟你和我们了解的完全不同。有些人会接受被委派的领导，并且服从他们。但我的百姓选了我，既然他们可以让我坐在这个位置，也可以罢免我。一旦我们为你们做事，他们就会罢免我，我真的不知道。"

上校说："如果你让他们遵守秩序，实际上是在帮助他们。"

"帮助他们？"

"是的，帮助他们。如果你的职责是保护他们，让他们免受伤害的话。要是他们反抗，绝对没什么好果子吃。你也知道，我们必须得到煤。上头并没有告诉我们怎么去做，只是命令我们一定要得到煤。但是你要保护你的百姓，就必须命令他们工作，这样才能保他们周全。"

奥登镇长问道："可要是他们不想要周全呢？"

"那你也必须为他们考虑。"

奥登有些骄傲地说："我的人不需要别人为他们考虑。也许他们跟你们的人不同。我也搞不清，但这点我很肯定。"

这时，约瑟夫飞快地走了进来，倾身向前，急着要说话。夫人问道："什么事，约瑟夫？把银烟匣子拿来。"

"对不起，夫人，"约瑟夫说，"对不起，镇长阁下。"

"你到底有什么事？"镇长问道。

"跟安妮有关，"他说，"她在生气，先生。"

"怎么啦？"夫人没好气地问道。

"安妮不喜欢后廊那些当兵的。"

上校问道："你们惹麻烦了吗？"

"他们从门缝里往安妮身上瞅。"约瑟夫说，"她最讨厌这个了。"

上校说："他们在执行命令，又不会伤害她。"

"可安妮讨厌被人盯着。"约瑟夫说。

夫人问道："约瑟夫，叫安妮当心点儿就行了。"

"好的，夫人。"约瑟夫走了出去。

上校的眼睑疲惫地垂了下来。"还有件事，镇长阁下，"他说，"我和我的参谋可以留在这里吗？"

奥登镇长想了想说："这个地方不大。外面还有更大、更舒适的地方。"

过了一会儿，约瑟夫拿着银烟匣子回来了，他打开烟匣，将它递到上校面前，上校拿了一支烟，约瑟夫夸张地帮他点燃，上校吐了一大口烟。

"不是这样的，"他说，"我们发现参谋人员住在当地政府的官邸会更安静。"

"你是说，这样百姓就会觉得我们勾搭在一起了？"奥登道。

"是的，就是这个想法。"

奥登无助地看着温特医生，温特什么也没表示，只是面露苦笑。奥登轻声说："我可以拒绝接受这个光荣的安排吗？"

"抱歉，"上校说，"不行，这是我上级的命令。"

"百姓不会喜欢的。"奥登说。

"你老提什么百姓！他们的武装已经被解除了，哪有什么发言权。"

奥登摇了摇头。"你不知道，先生。"

这时，门口传来女人愤怒的声音，跟着是一声重击和男人的叫喊声。约瑟夫急急忙忙地从门里走了进来。"她在泼开水。"约瑟夫说，"人气得不行。"

门外传来了发号施令的声音和重重的脚步声。兰泽尔上校费力地站了起来。"你连仆人都管不了吗，先生？"他质问道。

奥登镇长面带微笑。"我很少管束他们，"他说，"她开心的时候做得一手好菜。有人受伤了吗？"他问约瑟夫。

"水是开的，先生。"

兰泽尔上校说："我们只是为了完成任务而已。这只是工程方面的工作，你必须惩罚你的厨娘。"

"不行啊，"奥登说，"她会辞工的。"

"现在是非常时期，她可不能走。"

"那她会泼开水的。"温特医生说。

门开了，一名士兵站在门口。"长官，我要逮捕这个女人吗？"

"有人受伤了吗？"兰泽尔问。

"是的，长官，有人被烫伤了，还有个人被她咬了。我们抓住她了，长官。"

兰泽尔一脸无助，继而说道："把她放了，从后廊撤了吧。"

"是的，长官。"那名士兵随即把门关了。

兰泽尔说："我可以把她枪毙，也可以把她关起来。"

"那到时咱们就没有厨子了。"奥登说。

"听着，"上校道，"我们得到的命令是跟你的人和睦相处。"

夫人说："失陪一下，我去看看那些士兵有没有伤害安妮。"她说完便出去了。

兰泽尔站了起来。"我跟你说了我都累坏了，先生。我一定得睡一会儿才行。你要跟我们好好合作才行，这可是为你们好。"见镇长没有回答，他重复道，"这可是为了你们好，行吗？"

奥登说："这个镇子并不大。我也清楚。百姓都糊涂了，我也一样。"

"可是你会试着跟我们合作吗？"

奥登摇摇头。"我不知道。镇里人决定干什么，我八成也会跟他们一样。"

"可这里由你说了算啊。"

奥登笑道："你可能不会相信，但这又是事实，是整个镇的人说了算。我也不知道怎么会这样，也不知道为什么会这样。我们的行动虽然没有你们的快，但一旦确定方向，我们的人就会拧成一股绳。我也被搞糊涂了，现在还不知道怎么办。"

兰泽尔疲惫地说："我希望我们能够和睦相处，这样对大家都方便很多。我希望我们能够信任你，我可不愿为了维持秩序而采取军事行动。"

奥登镇长没有出声。

"我希望我们能信任你。"兰泽尔重复道。

奥登将手指塞进耳朵里，挠了挠。"我不知道。"他说。

这时，夫人从门里进来了。"安妮气坏了。"她说，"她就在隔壁，正跟克莉丝汀说话，克莉丝汀也很生气。"

"克莉丝汀比安妮还会做菜呢。"镇长说。

第二章

　　镇长的府邸并不大，兰泽尔上校的部下将二楼改成了他们的司令部。除上校外房里还有五个人。亨特少校身材矮小，人倒是可靠，他觉得人要是靠不住，便不配活在这世上。亨特少校曾是一名工程师，要不是这场战争，恐怕也没人会让他来指挥军队。因为他会把部下当成数字一样排成行，再加减乘除一番。他不像什么数学家，倒更像个算术家。无论是幽默还是音乐，抑或是高等数学里的神秘感，通通都入不了他的法眼。对他来说，人在身高、体重和肤色上有所差别，就像 6 跟 8 是不一样的，可其他地方都是相同的。他结过几次婚，但却始终搞不明白，为什么他的妻子在离开他之前变得神经兮兮的。

　　本蒂克上尉是个恋家的人，他喜欢狗，也喜欢粉嘟嘟的孩子和圣诞节。按他的年纪本不该只是个上尉，但他没什么抱负，所以一直停在上尉的位置上。开战前，他对英国乡村绅士情有独钟，他穿着英式服装，养着英国爱犬，用英式烟斗抽着从英国寄来的混合烟丝，还订阅了那些乡间杂志——里面尽是些吹捧园艺，以及没完没了对比英国塞特犬和戈登塞特猎犬优缺点的文章。本蒂克上尉一放假就跑去苏塞克斯，他喜欢在布达佩斯和巴黎的街头被人们误认为是英国人。然而这场战争彻底改变了他的生活，他抽了那么久的烟斗，拿了那么久的手杖，一下子就都抛到一边了。五年前，他曾给《泰晤士报》写信，讲述了米德兰兹郡野草枯萎的样子，还署上了艾德蒙·特威切尔先生的笔名。《泰晤士报》

居然刊登了那封信！

就一名上尉而言，如果说本蒂克上尉是上了岁数，那么洛夫特上尉则是太年轻了。洛夫特是一名中规中矩的上尉。他顶着上尉的头衔生活，顶着上尉的头衔呼吸。他无时无刻不彰显军人的本色。他的雄心壮志逼着自己步步高升。他就像是牛奶上涌起的奶油。他稍息立正的时候像舞蹈家一样。他不但对所有军人礼节了如指掌，且处处循规蹈矩。将军们对他心有余悸，因为他了解的军人行为规范远比他们要多得多。在洛夫特上尉看来，从军才是动物发展的最高境界。他脑海里的上帝一定是位战功卓著的老将军，从军队退了伍，也到了头发花白的年纪，他回忆着以前打过的仗，一年中会到墓地去几次，在副官的坟前摆上些花环。洛夫特上尉坚信，女人都爱穿军装的男人，否则还能怎样。要是不出意外，他四十五岁便能成为准将，画报上还会出现他被一群戴着丝带阔边帽的女人围在中间的照片，那些女人个子都很高，面色苍白，却不失英气。

普雷克中尉和托德中尉是愤世嫉俗的大学生，当代政治的熏陶让他们对那位天才建立起的伟大的新制度坚信不疑。这两个年轻人喜欢感情用事，有时泪流满面，有时暴跳如雷。普雷克中尉用一小块蓝色缎带包了绺头发，装在手表后盖里，可头发经常会松散开来，堵住摆轮，所以他只得再戴块腕表看时间。普雷克曾是一名舞伴，他是个快乐的小伙子，无论如何也没法像个领导一样板着个脸，没法像领导一样盛气凌人。他恨透了颓废艺术，还亲手毁了几张画。他有时会给夜总会的朋友画几张素描，他画得相当不错，人们常说他应该是个画家才对。普雷克有几个金发碧眼的姐妹，她们是他的骄傲，所以当他以为她们受到了冒犯时，他会大闹一场。姑娘们有些担心，害怕真有人会无中生有。普雷克中尉一闲下来，便整天琢磨着勾引托德中尉的妹妹。托德中尉的妹妹是个金发碧眼的姑娘，体态丰腴，喜欢勾引成熟男人，哪里会看得上普雷克中尉那撩拨她头发的把戏。

托德中尉是位诗人，却是位苦情诗人，幻想着那种高尚青年爱上穷人家姑娘的完美爱情。托德钟情于黑色浪漫，他的想象力和人生经历一样丰富。他有时会压低嗓子朗诵一些无韵诗，想象着自己面前站着几个皮肤黝黑的女人。他渴望能战死沙场，英勇的领袖会为青年的死悲痛不已，而背景里是正在流泪的父母。他常常幻想自己死亡的画面，灿烂的夕阳洒落在破败的武器上，照得武器熠熠生光，部下围在他身边，低垂着头默不作声。瓦尔基里[1]乘着一朵厚厚的云彩疾驰而来，她身材丰满，闪耀着母性的光辉，又如女仆般勤勤恳恳，就在这时，瓦格纳歌剧中的雷声响彻整片天空。他甚至想好了临终遗言。

这几个便是兰泽尔上校的部下，他们没把战争当回事儿，觉得那不过就是孩子们玩的"小羊快跑"的游戏罢了。在亨特少校看来，战争就像算术题，赶快做完便能坐到壁炉前休息；洛夫特上尉则把战争当作成长过程中再正常不过的事；普雷克中尉和托德中尉觉得一切恍然如梦，一切都不像是真实存在的。然而战争已然打响——他们武器精良、计划周密，而他们需要对付的敌人却手无寸铁、毫无防备。他们战无不胜，损伤甚微。在压力下，他们也会如常人一样或是感到胆怯，或是变得英勇。他们当中，只有兰泽尔上校才真正明白旷日持久的战争意味着什么。

二十年前，兰泽尔上校在比利时和法国待过，他逼着自己不去想他所了解的一切——战争里有背叛和仇恨，有混日子的无能

---

[1] 北欧神话中引领英灵的死神。

将军，有折磨、杀戮、疾病和厌倦，待一切尘埃落定，除了新一轮的厌倦和憎恨，战争无力改变任何状况。兰泽尔提醒自己，他是军人，服从命令是天职。他不愿多问，也不愿多想，只要执行命令便好；他不去想上一次的战争有多么痛苦，也不敢想这次的战争也定是一样。这场战争不同于以往，他每天都这样劝上自己五十次；这场战争定会截然不同。

无论是在行军中还是在发生暴乱时，不管是在足球比赛里还是在战争里，形势总会变得扑朔迷离；真实成了虚幻，心头会涌起一层疑雾。紧张、刺激、厌倦，一举一动，都会化作一个灰色的梦，梦醒时分，你根本记不起自己是如何杀人、如何下令杀人的。那些没在场的人和你描述起事情的经过时，你会含含糊糊地说："没错，我想应该就是那个样子。"

兰泽尔上校和几个部下占领了镇长府邸楼上的三间屋子。他们把行军床、毯子和装备放在卧室里。把旁边那间正对着一楼小客厅的房间改成了俱乐部，不过那里面跟舒适安逸可挨不上边。里面有几把椅子、几张桌子，他们在那里写写信，读读信，有时还会聊聊天，点上几杯咖啡，制订作战计划或者休息。窗户两侧的墙上挂着几幅画，画上画着牛、湖，以及小小的农舍。从窗户向外望去，小镇尽收眼底，一直绵延到海边，码头上停放着拴好的小船，运煤的驳船停在码头上装煤，驶向大海。他们俯瞰着小镇，它蜿蜒绕过广场延伸至海边；渔船抛了锚，卷起船帆停泊在海湾中。他们还能闻到从岸边飘来的死鱼的臭气。

屋子中央摆着一张很大的桌子，亨特少校就坐在桌前。他的画板倚着桌子抵着膝盖，他正用丁字尺和三角板设计新的铁路岔道。画板有些不稳，少校生起气来，扭头大喊："普雷克！"而后又大嚷一声："普雷克中尉！"

卧室的门开了，中尉走了出来，他的半张脸上满是剃须膏，手里还举着牙刷。"怎么了？"他问道。

亨特少校轻轻摇晃着画板说："打包行李时没带画板三脚架吗？"

"不知道，长官。"普雷克答道，"我还没去察看行李。"

"好吧，那就现在去看看，没问题吧？现在这样子根本没法工作。上色前我还得再画一遍。"

普雷克答道："我刮完胡子就去。"

亨特没好气地说："岔道怎么都比你的形象重要吧？快去看看那一堆东西下面有没有压着个和高尔夫球袋差不多的帆布包。"

普雷克一溜烟进了卧室。右边的门大敞着，洛夫特上尉走了进去。他戴着头盔，带着野外双筒望远镜、佩枪，身上还挂着各种各样的小皮盒。他一进门就开始将身上的装备都取下来。

"我看本蒂克是疯了。"他说，"他居然戴着军帽擅离职守，就在那条街上瞎溜达。"

洛夫特把望远镜放在桌上，摘下头盔，又取下装着防毒面具的袋子。不一会儿，桌子上就有了一小堆装备。

亨特说："别把东西放这儿，我还要在这儿工作。他怎么不戴顶普通帽子？找顶帽子又不费劲。我真受不了这些瓶瓶罐罐，沉不说，还看不见里面装的是什么。"

洛夫特一本正经地说："擅离职守可不是好习惯，对这里的人不好。我们得遵守军人行为规范，随时保持警惕，不要朝令夕改，要不然麻烦就会找上门来。"

"你为什么会这么想？"亨特问。

洛夫特微微挺了挺身子，笃定地抿抿双唇。就为他这股自信劲，早晚得有人给他鼻子来上一拳。他说："不是我这么想。我

123

不过复述了占领区行为手册第十章第一节第二条的内容罢了。手册写得相当严谨。""你——"他刚要说什么,而后又改口说,"每个人都该好好读读第十章第一节第二条。"

亨特说:"不知道写手册的那家伙有没有来过占领区。这里的人对我们一点儿威胁都没有。他们看上去都很善良、顺从。"

普雷克走进房间里,他的半张脸上还涂着剃须膏。他手里拎着个棕色的筒状帆布包。托德中尉也跟着他进了屋。"这就是那玩意儿?"普雷克问。

"没错。快打开,把它支起来。"

普雷克和托德急忙打开三脚架,确定能放稳后,就把它摆在了亨特身旁。少校把画板放在三脚架上,左右调整了一下位置,便吱扭扭地用螺丝钉固定住画板。

洛夫特上尉说:"你脸上还有肥皂沫,你知道的吧,中尉?"

"是的,长官。"普雷克说,"我正刮胡子呢,少校就叫我去拿三脚架。"

"好吧,你最好去洗洗。"洛夫特说,"上校没准儿会看到你。"

"噢,他不会在乎这个。他才不在乎这种小事。"

托德正忙活着,他越过亨特的肩膀看了一眼他们。

洛夫特说:"好吧,他可能并不关心,可看上去终归不大好。"

普雷克拿出手帕擦了擦脸上的肥皂沫。托德指着少校画板上的一张小画说:"这座桥很漂亮,少校。可我们要把这座桥建在什么地方呢?"

亨特低头看着画,又扭头看了眼托德。"哈?噢,我们什么桥都不用建,不过是幅画而已。"

"那你为什么要画这桥?"

亨特似乎有些局促。"呃,要知道,我家后院有个铁路模型,我打算在小河上建座桥，把铁路建到河边去，可我还没来得及建桥。我想我没准可以在离家的这段时间内把它设计出来。"

普雷克中尉从口袋里拿出一张折叠的影印画，打开后举在手中仔细端详。画里是个女孩，又瘦又高，穿着长裙，涂着睫毛膏，她体态丰腴，套着镂空丝袜，穿着低杯紧身胸衣，透过黑色蕾丝扇子窥视着周围。普雷克中尉把它举得高高的，问道："她难道不漂亮吗？"托德中尉不以为然地说："我不喜欢她。"

"不喜欢她哪儿？"

"就是不喜欢。"托德说，"你拿着她的画干什么？"

普雷克说："因为我特别喜欢她，还以为你也会喜欢呢。"

"我可不喜欢。"托德说。

"你是说，如果有机会和她约会，你会拒绝？"

托德说："当然。"

"好吧，你真是疯了。"普雷克走到窗帘前，他说，"我就把她粘在这里，让你好好琢磨一会儿。"他把那幅画别在了窗帘上。

洛夫特上尉忙着收拾装备，他说道："我觉得把画放在那可不好，中尉。你最好把它拿下来。当地人看到了得怎么想我们。"

亨特抬起头来。"什么东西？"他顺着他们的目光看了一眼画，问道："那是谁？"

"她是个演员。"普雷克回答道。

亨特仔细端详着她："噢，你认识她？"

托德说："她是个妓女。"

亨特说："噢，这么说，你认识她？"

普雷克盯着托德说："老实交代，你怎么知道她是妓女？"

"她这打扮多半是个妓女。"托德说。

"你认识她吗？"

"不认识，我也不想认识。"

普雷克开口说："那你是怎么知道的？"这时洛夫特打断了他们，他说："你最好把那照片拿下来。你要是乐意，可以挂在你床头上。这个房间是办公的地方。"

普雷克不耐烦地看着他，还没来得及反驳，洛夫特上尉又道："这是命令，中尉。"可怜的普雷克只得折好影印画，把它装回口袋。他佯装开心地换了个话题。"镇里倒是有几个漂亮姑娘还不错。"他说，"等我们安顿下来，一切步入正轨，我就去了解了解她们。"

洛夫特说："你最好读读第十章第一节第二条的内容，里面有整整一节都在讲怎么处理性欲的问题。"他拿起筒状帆布包、望远镜和其他装备走了出去。托德中尉越过亨特的肩膀望着他们说："真聪明——运煤车可以直接从煤矿开到船边。"

亨特慢慢从工作中回过神来，说："我们得快点行动，把煤都运走。这活儿可不轻松。真是谢天谢地，这里的人都很镇定、理智。"

洛夫特回了房间，手里居然没拿一件装备。他站在窗边，望望码头，又望望煤矿，说："他们都很镇定、理智，完全是因为我们表现得很镇定、理智。我想他们该夸我们才对。所以我才总强调做什么都得按章程办事。要知道，章程写得相当严谨。"

门开了，兰泽尔上校走了进来。一进门他便脱下外套。他的部下都向他行了军礼——尽管不够规范，但也说得过去。兰泽尔说："洛夫特上尉，你能下楼替换下本蒂克吗？他有些不舒服，说是头晕。"

"没问题，长官。"洛夫特说，"我能提醒一下你吗，长官？我刚刚才执勤回来。"

兰泽尔认真看着他说："我希望你不会介意，上尉。"

"当然不会，长官，我只是希望你能知道这事。"

兰泽尔放松下来，他咯咯地笑着说："你是希望我做报告时提到你，对吗？"

"提一下也无妨，长官。"

"只要提的次数够多，"兰泽尔接着说，"你的胸前就能有个小小的军功章啦。""那可是军事生涯的里程碑，长官。"

兰泽尔叹了口气："没错，我猜也是。可你不能总是惦记它们，上尉。"

"长官？"洛夫特开口问。

"你以后会明白的——也许会的。"

洛夫特上尉迅速穿戴好装备。"是的，长官。"他说着出了门，鞋踩在木质楼梯上咔嗒作响。兰泽尔饶有兴趣地看着他下了楼，轻声说："他生来就是当兵的料。"亨特抬起头，紧抓着铅笔说："他生来就是个笨蛋。"

"不。"兰泽尔说，"像他这样的兵，不少都成了政治家。用不了多久，他就能进总参谋部。他会从领导的角度来看待战争，所以他会一直热爱战争。"

普雷克中尉问："你觉得战争什么时候能结束，长官？"

"结束？结束？你指的是什么？"

普雷克中尉继续问道："我们什么时候能赢？"

兰泽尔摇摇头说："噢，不知道。这世上还有不少敌人。"

"可我们能打败他们。"普雷克说。

兰泽尔回道："是吗？"

"不是吗？"

"是的，没错，我们战无不胜。"

普雷克兴奋地说："好吧，要是圣诞节相安无事，你觉得我们能不能休几天假？"

"不知道。"兰泽尔说，"这要看本部的指示。你想回家过圣诞？"

"嗯，我是有点想回家了。"

"你没准能回去。"兰泽尔说，"没准能。"

托德中尉说："即便战争结束，我们也不会放弃这片领地，对吧，长官？"

"这我不知道。"上校问道，"为什么这么说？"

"呃。"托德说，"这座城市很美，这里的人也不错。我们的人——有些人——兴许想留在这里。"

兰泽尔打趣道："你是不是看上哪块地方了？"

"呃。"托德说，"这里有不少美丽的农场。要是四五个农场能合而为一，我倒觉得是个不错的落脚地。"

"你家里没农场吗？"

"没了，长官，已经没了。通货膨胀把家里的地弄没了。"

兰泽尔不想再和这些孩子多说什么，便说道："啊，好吧，我们眼下还要打仗，还要运煤。你觉得要先置办产业，再指望坐等战争结束吗？上面会给我们下命令。洛夫特上尉一定会这样告诉你们。"他变了态度，说道，"亨特，钢明天就到，你这周就可以开始修路了。"

门外传来了敲门声，一个哨兵探进了头。他说："科瑞尔先生要见你，长官。"

"带他进来。"上校说，又对旁人说，"这个人就是帮我们做准备工作的家伙。我们和他之间说不定会有些麻烦。"

"他做得怎么样？"托德问。

"他做得很不错，可这里的人再也不会喜欢他了，不知道我们会不会喜欢他。"

"他确实值得表扬。"托德说。

"当然。"兰泽尔说,"别以为他不会邀功。"

科瑞尔搓着双手走了进来,表现得既亲善又友好。他依然穿着那身黑色的西装,头上却裹了块白色的绷带,头发上粘着两条交叉的胶带。他来到屋子中央说:"早上好,上校。昨天在楼下遇到了些麻烦,我本该当时就来见你,可我知道你日理万机。"

"早上好。"上校答道,而后他的手在空中画了个圆说,"他们是我的部下,科瑞尔先生。"

"这几个小伙子真不错。"科瑞尔说,"他们工作很出色。呃,我也尽力做好了准备工作。"

亨特低头看着画板,他拿出钢笔,蘸了蘸墨水,开始上色。

兰泽尔说:"你做得很好。不过,我倒是希望你没杀那六个人,但愿他们的士兵没有回来。"

科瑞尔摊开手,轻松地说:"这么大的镇,况且还有煤矿,死六个人没什么大不了的。"

兰泽尔厉声说:"要是杀人能解决问题,我们何乐而不为?可有些时候,还是不要滥杀的好。"

科瑞尔打量着屋里的军官。他看了一眼边上的中尉说:"上校,我们……能不能……单独谈谈?"

"当然可以,如果你想的话。普雷克中尉、托德中尉,你们能回自己的房间吗?"上校对科瑞尔说,"亨特少校在忙工作,他一忙起来根本不会理会周围的声音。"亨特抬起头,微微一笑,旋即又低下头。年轻的中尉离开了房间,他们一离开,兰泽尔便开口说道:"好了,就剩我们了。你不坐吗?"

"谢谢,长官。"科瑞尔坐在了桌子后面。

兰泽尔盯着科瑞尔头上的绷带，开门见山地说："他们这就想要你的命了？"

科瑞尔伸手摸了摸绷带。"你说这个？噢，今天早上从悬崖上掉下块石头，正好砸在我脑袋上。"

"你确定不是有人故意扔下来的？"

"你什么意思？"科瑞尔问，"他们都不是暴民。他们有几百年没打过仗了，早就忘了打打杀杀的滋味。"

"好吧，你和他们生活在一起，"上校说，"你应该很了解他们。"他走到科瑞尔身边。"你要是安然无恙，就说明这里的人和世界上其他地方的人都不一样。我以前也占领过其他国家。二十年前，我去过比利时和法国。"他轻轻摇了摇头，似乎想让自己清醒一些，他硬生生地继续说道，"你做得不错。我们应该感谢你。我在报告里提到了你。"

"谢谢，长官，"科瑞尔说，"我尽了全力。"

兰泽尔有些不耐烦地说："好吧，先生，我们现在该怎么做？你打算回首都吗？你要是着急走，我们可以让你坐运煤船，要是可以等等，就坐驱逐舰。"

科瑞尔说："可我不想回去。我想待在这里。"

兰泽尔想了一会儿说："要知道，我这里人手不多。我可没法保证你的安全。"

"我不需要保护。我说过了，这里的人并非暴民。"

兰泽尔盯着绷带看了一会儿。亨特抬起头说："你最好戴个头盔。"随即又低头工作起来。

科瑞尔坐在椅子上，向前挪了挪身子："我特别想和你谈谈，上校。我想我也许能在民政部帮上点儿忙。"

兰泽尔抬脚走到窗前，他望了望窗外，又转身轻轻问道："你

130

有什么打算？"

"呃，你们总得有个信得过的民政部长。奥登镇长现在下了台——呃，如果我能顶替他的职位，我想政府和军方一定能够通力合作。"

兰泽尔的眼睛瞪得大大的，眼底闪着光亮。他走到科瑞尔身旁，尖声问道："你有没有在报告里提起这事儿？"

科瑞尔说："呃，没错，当然，我在报告里分析了这个情况。"

兰泽尔打断了他的话："自从我们来了这里，除了镇长，你和百姓说过一句话吗？"

"呃，没有。要知道，他们受了惊吓，根本没料到我们会来。"他咯咯地笑了起来，"是的，长官，他们压根就没料到。"

兰泽尔追问道："所以你并不了解他们究竟是怎么想的？"

"什么意思？他们都被吓到了。"科瑞尔说，"他们——呃，还在做梦呢。"

"你不知道他们对你是什么看法？"兰泽尔问道。

"我在这里有不少朋友。我了解大家。"

"今天早上有人从你店里买过东西吗？"

"好吧，当然，生意的确不景气。"科瑞尔回答道，"还没有人来买过东西。"

兰泽尔突然放松下来。他走回椅子，坐了下来，还跷起了二郎腿。他轻轻地说："你的工作的确不容易，你也很勇敢，值得大力嘉奖。"

"谢谢，长官。"

"他们很快就会对你恨之入骨的。"上校说。

"我不在乎，长官。他们是敌人。"

兰泽尔顿了顿，过了很久才轻声说："连我们都不会尊重你。"

科瑞尔激动地跳了起来。"领袖可不是这么说的！"他说，"领袖曾说过，所有的工作人员都能得到同等的尊重。"

兰泽尔继续轻声说道："我希望领袖能明白，我希望他能明白所有士兵的心思。"他用近乎同情的语气说，"的确应该好好犒劳你。"他静静地坐了一会儿，又打起精神说："不过我们得说清楚了，我是这里的负责人。我的工作是把煤炭运走。要做到这点，必须秩序井然、纪律严明。我需要了解这里的人在想些什么。我必须洞察形势，避免暴乱。你明白吗？"

"呃，我能搞到你想知道的情报，长官。要是当上镇长，我一定会尽忠职守。"科瑞尔说。

兰泽尔摇了摇头。"我还没接到上级的命令，只能靠自己的判断。我想你永远都不知道这里接下来会发生什么。我想应该不会再有人愿意和你说话；除了那些唯利是图的小人，也没人再愿意接近你。我想要是没人保护你，你随时会有生命危险。你要是能回首都去，我反倒很高兴，你还能得到应有的奖赏。"

"但我的归宿就在这儿，长官。"科瑞尔说，"我已经想好了自己的归宿，我在报告里写得一清二楚。"

兰泽尔似乎没有听到他在说些什么，继续说道："奥登镇长不单是镇长那么简单。他代表这里的百姓。他无须多问便能明白他们在做什么、想什么，因为他会想他们所想。看住他，我就能了解他们。他必须留下。这是我的判断。"

科瑞尔说："长官，我这么辛辛苦苦地工作，难道最后只落得个被遣返回国的命？"

"是的，没错。"兰泽尔慢悠悠地说，"从长远看，你留在这里只会误事。即便他们现在不恨你，将来也会恨你入骨。只要他们动了造反的心思，头一个没命的就是你。我建议你还是回去的好。"

科瑞尔硬生生地说："想必你还是让我等到报告有了回复再说吧。"

"那是当然。不过为了你的安全,我还是建议你回去。说实话,科瑞尔先生,你在这里一点儿价值也没有。不过——呃,肯定还有别的计划或是别的国家需要你。你没准马上就要去某个新的国家,去某座新的城镇。你要是去个新地方,准能赢得信任,没准能派去一座更大的城镇,甚至去一座真正的城市,肩负起更大的责任。我想我一定会为你在这里的工作表现多多美言。"

科瑞尔满眼闪烁着喜悦的光芒。"谢谢,长官。"他说,"我工作的确很努力。也许你是对的,但还请你允许我等到回复后再走吧。"

兰泽尔一时说不出话来,他的眼睛眯成了一条缝。他厉声说:"戴上头盔,躲在屋里,晚上千万别出门,最重要的是,不要喝酒。不要相信任何人,不管是男人还是女人都别信,明白了吗?"

科瑞尔可怜兮兮地看着上校。"我想你没明白。我自己有间小屋,有个漂亮的乡下姑娘在那里等我,我甚至觉得她有点儿喜欢我。这儿都是一些纯朴、平和的人罢了。我了解他们。"

兰泽尔说道:"这儿没有平和的人。你什么时候才能明白?这儿的人都不友善。你难道还不明白?我们侵略了这个国家——而你为我们工作,你就是他们口中的叛徒。"他面红耳赤,拉高了嗓门,"你难道还不明白,我们正在和这些人打仗?"

科瑞尔有些得意地说:"可我们打败了他们。"

上校站起身,无奈地晃了晃胳膊。亨特抬起头,伸手扶住摇摇晃晃的画板。亨特说:"小心点儿,长官。我正在上色,我可不想从头再来一遍。"

兰泽尔低头看着他说："对不起。"随即又像在给人讲课一般，继续说道，"吃败仗不过是一时的事，又不会永远翻不了身。我们也被打败过，现在不也在进攻别人嘛。吃败仗根本说明不了问题。这你都不明白吗？你知道他们关起门来都说些什么吗？"

科瑞尔问道："你知道？"

"不知道，但我猜一定有问题。"

科瑞尔拐弯抹角地说："你是在害怕吗，上校？占领这里的指挥官也会害怕吗？"

兰泽尔一屁股坐下来："也许是这样。"他随即厌烦地说，"我最讨厌那些根本没经历过战争却自以为是的家伙。"他托着下巴继续道："我记得布鲁塞尔有个小巧的老妇人——慈祥的面容、花白的头发；她只有四英尺十一英寸高；一双纤细的手给人一种饱经沧桑的感觉。皮肤下的血管几乎都变成黑色了。她头发斑驳，戴着一条黑色围巾。她常常用颤抖、甜美的声音为我们唱国歌。从哪儿能找到香烟、从哪儿能找到妓女，她了如指掌。"他把手放下来，突然停住了声音，仿佛像睡着了一般。"我们并不知道她儿子是被我们处决的。"他说，"最后，我们准备枪毙她时，她已经用她长长的黑色帽针杀了我们十二个战友。那根帽针我现在还保留着，它上面有颗珐琅纽扣，扣子上是只红蓝相间的鸟。"

科瑞尔说："但是你们枪毙了她？"

"我们当然毙了她。"

"那暗杀停止了吗？"科瑞尔问。

"没有，暗杀仍在继续。我们最终撤军的时候，老百姓截下了掉队的战友，不是把他们烧死，就是把他们的眼睛挖了出来，甚至把几个战友钉死在十字架上。"

科瑞尔大声说："你不该告诉我这些，上校。"

"真不该记得这种事。"兰泽尔说。

科瑞尔说:"你要是怕了,就不该带兵打仗。"

兰泽尔轻声说:"你也知道,我懂得如何行军打仗。要是你也懂这个,就不会犯这种低级的错误。"

"你也和那些年轻的军官讲这些事吗?"

兰泽尔摇摇头说:"不,他们不会相信我的。"

"那你为什么要告诉我?"

"因为,科瑞尔先生,你的任务完成了。我记得有一次……"他正说着,门外传来一阵混乱的脚步声,门猛地开了。哨兵探头看了一眼,洛夫特上尉越过他冲了进来。洛夫特性格刚硬,冷着一张脸,军人范儿十足,他说:"有麻烦了,长官。"

"什么麻烦?"

"我得向你报告,长官,本蒂克上尉被人杀了。"

兰泽尔说:"噢——天哪——本蒂克!"

楼梯上又传来一串脚步声,两个人抬着担架走了进来,担架上躺着个人,身上盖着毯子。

兰泽尔问道:"你确定他死了?"

"确定无疑。"洛夫特硬生生地说。

几个中尉从卧室赶了过来,他们微微张着嘴,看起来吓坏了。兰泽尔说:"把他放在那边。"他指着窗旁的墙壁说。担架手一离开,兰泽尔就跪下来,掀起毯子一角,然后又迅速放了下来。他跪在地上问洛夫特:"谁干的?"

"一个矿工。"洛夫特说。

"怎么回事?"

"我当时在场,长官。"

"好吧,赶紧把事情说清楚啊!赶紧的,妈的!"

洛夫特挺直身子，一板一眼地说："我按照上校的命令跟本蒂克上尉换班。当时，本蒂克上尉正打算回来，我正好遇到了麻烦，一个矿工拒不上工。他叫嚣着要做什么自由人。我命令他回去工作，他举着一把鹤嘴锄向我冲来。本蒂克上尉本想阻止他。"他略微指了指那具尸体。

兰泽尔仍然跪在地上，缓缓地点点头。"本蒂克是个奇怪的家伙。"他说，"他热爱英国人，他热爱英国人的一切。我想他并不喜欢打仗……你抓到那个人了吗？"

"是的，长官。"洛夫特说。

兰泽尔慢慢站起身来，似乎在自言自语。"看来这样的事情又要上演了。我们会枪毙这个人，然后就会出现二十个新敌人。可我们只知道这些，别的什么都不知道。"

普雷克说："你说什么，长官？"

兰泽尔回道："没什么，没说什么。我只是在思考。"他转过身，对洛夫特说："代我向奥登镇长致歉，让他立刻来见我。事关紧要！"

亨特少校抬起头来，小心翼翼地擦干钢笔，把它放进天鹅绒衬里的盒子中。

第三章

　　小镇里，人们面色凝重地走在街道上。他们眼中的惊讶神色不见了踪迹，好在愤怒之情还未取而代之。矿工在矿井里推着运煤车，一副闷闷不乐的样子。店主站在柜台后面招呼客人，却没有一个人搭理他。人们见面也只是招呼一声，人人都在想着这场战争，想着自己，想着过去，生活怎么一下子就变了副模样呢？

　　奥登镇长的客厅里生着一堆小火，还开着灯，因为外面阴沉沉的，空气中还弥漫着雾气。这间屋子也变了模样。铺着花毯的椅子被推到了后面，小桌子也被推到一旁。右侧的厅门处，约瑟夫和安妮正忙着把大大的方形餐桌弄进屋来。他们把餐桌侧立起来。约瑟夫站在客厅里，门口的安妮满脸通红。约瑟夫想办法把桌腿挪进屋，他大声喊道："先别推，安妮！——动手！"

　　"我正推呢。"安妮愤愤地说道，她的鼻子、眼睛都憋得通红。安妮总是一肚子气，就算家乡被这些士兵占领了，她的脾气还是那么坏。如今，她多年来的臭脾气突然被当成了爱国情怀。安妮往士兵身上泼热水，居然为她赢得了些许尊重，让她成了追求自由的典范。其实任谁弄乱她的门廊，她都会毫不犹豫地往他身上泼热水，可她就是这么稀里糊涂地成了英雄。自从她因为发火尝到了甜头，她脾气渐长，且捞到了不少好处。

　　"别蹭着桌底。"约瑟夫说。桌子卡在了门口。"稳当点儿！"约瑟夫提醒着。"我稳着呢。"安妮说。

　　约瑟夫往后站了站，仔细打量着桌子。安妮双手交叉在胸前盯着他。他试着抬起一条桌腿。"别推。"他说，"别使劲儿推。"
他一个人把桌子挪进了屋，安妮交叉着双手跟在后面走了进来。
"现在要把它放下来。"约瑟夫说。安妮最终还是帮着他把桌子的
四条腿放在地上，把桌子摆在了屋子中央。"得啦。"安妮说，"要
不是镇长让我帮忙，我才懒得管呢。他们有什么权利把桌子搬来
搬去？"

"他们能有什么权利？"约瑟夫说。

"一点儿没有。"安妮说。

"一点儿没有。"约瑟夫重复道，"我也觉得他们压根儿没权利，
可他们就是靠着枪和降落伞获得了权利；他们的确有权利，安妮。"

"他们没有。"安妮说，"他们干吗把桌子放这儿？这儿又不
是餐厅。"

约瑟夫将一把椅子搬到桌前，小心翼翼地摆在适当的位置，
而后又左右调整了一下。"他们打算举行审判。"他说，"他们要
审问亚历克斯·莫登。"

"莫莉·莫登的丈夫吗？"

"正是。"

"就因为他用鹤嘴锄打死了那个家伙？"

"没错。"约瑟夫说。

"可他是个好人。"安妮说，"他们没权利审问他。莫莉生日时，
他还送了她一条长长的红裙子。他们有什么权利审问亚历克斯？"

"呃。"约瑟夫解释道，"他杀了那个家伙。"

"就算是他干的，也是因为那个家伙对亚历克斯指手画脚在
先。我都听到了。亚历克斯可不愿意被人指使。他以前可是议员，
他父亲也是。莫莉·莫登做的蛋糕特别棒。"安妮体贴地说，"就
是糖霜太硬了。他们打算怎么对付亚历克斯？""枪毙他。"约瑟

夫难过地说。

"他们不能那么做。"

"把椅子拿过来，安妮。他们能，那帮人正打算那么做呢。"

安妮在他面前晃了晃僵硬的手指。"记住我的话。"她生气地说，"他们胆敢伤害亚历克斯，大家一定不会同意。我们喜欢亚历克斯。他以前伤害过谁吗？先回答我这个问题！"

"没有。"约瑟夫说。

"是啊，你等着看吧！他们要是胆敢伤害亚历克斯，大家一定会发疯的，我也会发疯的。我绝不会容忍他们这么做。"

"你打算怎么做？"约瑟夫问道。

"呵，我一定会亲手杀几个士兵。"安妮说。

"那他们也会枪毙你。"约瑟夫说。

"尽管放马过来！告诉你，约瑟夫，事情只会越来越糟——他们大晚上都会搅得我们不得安宁，滥杀无辜。"

约瑟夫搬了把椅子放在主位上，鬼鬼祟祟得像个阴谋家。他轻轻地说："安妮。"

她停下来，觉得他的语气有些不对劲儿。她走到他身旁。他说："你能保守秘密吗？"

她望向他的目光里带着几分钦佩的意味，因为他还从来没有过什么秘密。"当然，什么秘密？"

"呃，威廉·迪尔和沃尔特·多吉尔昨晚逃走了。"

"逃走了？逃去哪儿了？"

"他们逃到英国去了，坐船走的。"

安妮叹了口气，心情既高兴又满怀期待。"大家都知道了吗？"

"呃，不是所有人都知道，"约瑟夫说，"除了……"他迅速冲着天花板伸了伸大拇指。

"他们什么时候走的？我怎么什么动静都没听到？"

"你正忙着做事。"约瑟夫的声音冷冰冰的，脸上也没有一丝表情，"你知道科瑞尔吧？"

"当然。"

约瑟夫走到她身边。"我想他活不长了。"

"什么意思？"安妮问。

"呃，大家都在议论。"

安妮紧张地叹了口气。"啊哈！"

约瑟夫终于说了自己的看法。"人们正在团结起来。"他说，"大家都不想当亡国奴。很快会出大事。看仔细了，安妮。很快就会有你能帮上忙的事。"

安妮问："镇长呢？他有什么打算？他站在哪边？"

"没人知道。"约瑟夫说，"他什么都没说。"

"他不会和我们作对的。"安妮说。

"他没说。"约瑟夫道。

门把手动了一下，左边的门开了，奥登镇长慢悠悠地走了进来。他看上去十分疲惫，一下子苍老了不少。温特医生跟着他走了进来。"摆得不错，约瑟夫。谢谢了，安妮。看上去真的很好。"

两人出了屋，约瑟夫扭头看了看他们，然后关上门。

奥登镇长走到壁炉前，转身暖着后背。温特医生拉出摆在主位的椅子，坐了下来。"不知道我还能在这个位置上待多久。"奥登说，"老百姓对我半信半疑，敌人也是一样。我也不知道是好事还是坏事。"

"不知道。"温特说，"你相信自己，对吧？你心中没有疑虑吧？"

"疑虑？当然没有。我是镇长，只是很多事情我都不能理解。"

他指着桌子说，"我不知道他们为什么要在这间屋子里审判。他们打算在这儿指控亚历克斯·莫登犯了谋杀罪。你记得亚历克斯吗？他的妻子个子很小，叫莫莉。"

"记得。"温特说，"她原来在语法学校任教。没错儿，我记得。她特别漂亮，即便视力不好，也不愿戴眼镜。呃，我想亚历克斯杀死的一定是个军官。没人质疑这点。"

奥登镇长苦笑着说："没人质疑这点，那他们为何还要审判他？为什么不直接把他枪毙了？这不是怀不怀疑的事，也不是公不公正的问题。根本不是那么回事。为什么必须审判他——还在这间屋子里？"

温特说："我估摸是想装腔作势吧。应该是这么一回事：有时还真得做做样子，一旦把样子做足了，有时，人们反倒会满意这种虚头巴脑的东西。我们有军队——拿着枪的士兵——却又算不上军队，要知道。侵略者想举行审判，让大家相信这很公正。要知道亚历克斯的确杀了那个上尉。"

"没错，我知道。"奥登说。

温特继续说："要是在你家举行，人们觉得在这儿会公正……"

右边的门开了，他立刻住了嘴。一个年轻的女人走了进来。她大概三十岁，长得十分清秀。她手里拿着眼镜，穿着干净利落，看起来很激动。她立刻开口说："安妮让我到这儿来，先生。"

"噢，没错。"镇长说，"你是莫莉·莫登？"

"是的，先生。他们说亚历克斯要接受审判，还要被枪决。"

奥登盯着地板看了一会儿，莫莉又道："他们说由你来宣判，你要亲口下令处决他。"

奥登吃惊地抬起头："什么？谁说的？"

"镇上的人说的。"她直挺挺地站着问道，"你不会那么做的，对吧，先生？"她的语气透着恳求，又像是在命令。

"连我自己都没搞清到底是怎么回事，大家是如何知道的？"他说。

"这可真是个谜。"温特医生说，"这是个让全世界的统治者都头疼的问题——人们是怎么知道的。眼下，这个问题也让侵略者坐立不安。据说，消息是可以逃过审查散布出去的，纸是包不住火的。这可真是个谜。"

屋子突然暗了下来，女人抬起头，看上去有些惊恐。"是云。"她说，"据说快下雪了，今年的雪来得真早。"温特医生走到窗前，眯着眼望了望天空说："没错，这云可不小，也许很快就会飘走。"

奥登镇长打开台灯，却只多了一小圈亮光。他又关上灯，说："大白天的开灯只会徒增孤独。"

莫莉又来到他身边。"亚历克斯可不是能杀人的人。"她说，"他脾气急，但一直遵纪守法。他是个值得尊敬的人。"

奥登把手搭在她肩膀上说："我是看着亚历克斯长大的。我还认识他的父亲和祖父。他祖父过去是个捕熊人，你知道吗？"

莫莉没有理他。"你不会宣判亚历克斯死刑吧？"

"当然不会。"他说，"我怎么能宣判他死刑？"

"可大家都说会由你来宣判，这样才能维持秩序。"

奥登镇长站在椅子后面，紧紧地攥着椅背。"人们想要秩序吗，莫莉？"

"不知道。"她说，"他们想要自由。"

"呃，他们知道该如何获得自由吗？知道用什么办法来对付全副武装的敌人吗？"

"不知道。"莫莉说，"我想应该不知道。"

"你很聪明，莫莉，你知道该怎么办吗？"

"不知道，先生。我想人们觉得人善被人欺。他们想让士兵看看，他们并没有被打败。"

"他们根本没机会和敌人正面交锋。他们根本斗不过机枪。"温特医生说。

奥登说："如果你知道他们的打算，能来告诉我吗，莫莉？"

她一脸猜忌地看着他。"可以……"她说。

"你的意思是'不行'。你根本不相信我。"

"可亚历克斯怎么办？"她问道。

"我绝不会审判他。他又没对百姓犯什么罪。"镇长说。

莫莉迟疑了。她说："他们……他们会杀了亚历克斯吗？"

奥登盯着他说："好孩子，我的好孩子。"

她呆呆地站着。"谢谢。"

奥登走到她身边。她有气无力地说："别碰我。请别碰我。请别碰我。"他放下手。她一动不动地站了会儿，然后僵硬地转过身，出了门。

她一关上门，约瑟夫就走了进来。"不好意思，先生，上校要见你。我告诉他你在忙。我知道她在这儿，而且夫人也要见你。"

奥登说："请夫人进来。"

约瑟夫出了门，夫人立刻走了进来。

"我不知道该怎么打理咱家了。"她说，"家里人多得都容不下了。安妮的气儿就没消过。"

"嘘！"奥登说。

夫人惊愕地盯着他。"我不知道该……"

"嘘！"他说，"莎拉，你得赶去亚历克斯·莫登家。明白吗？我想让你陪着莫莉，她说不定会需要你。千万别说话，陪着她就好。"

夫人说："我的事多着呢……"

"莎拉，你得去陪着莫莉，别让她自己待着。现在就去。"

她慢慢缓过神来。"行。"她说道，"行，我这就去，什么时候能回来？"

"不知道。"他说，"到时候我会让安妮去找你。"

她轻轻地吻了他的脸颊，走了出去。奥登走到门口大声喊道："约瑟夫，请上校过来吧。"

兰泽尔进了门。他穿了身刚熨烫好的军装，腰带上还别着把装饰用的匕首。"早上好，镇长。我想和你随便聊聊。"他看了眼温特医生，继续说道，"咱俩单独谈谈。"

温特慢慢朝着门挪步，他刚到门口，奥登便开口说："医生！"

温特转过身："怎么了？"

"你今晚还过来吗？"

"你找我有事？"医生问。

"不……没什么事。我只是不想一个人待着而已。"

"那我过来。"医生说。

"对了医生，你看莫莉还好吧？"

"噢，我觉得她快崩溃了。她出身不错，她出身相当不错。要知道她可是肯德利家族的人。"

"我都忘了。"奥登说，"没错，她是肯德利家族的人，对吧？"

温特医生走出去，轻轻关上了身后的门。

兰泽尔彬彬有礼地等着。他看着门关上后，又看了看桌子和边上的椅子。"我真不知道如何开口，先生，我真是太抱歉了，真希望根本没出这档子事。"

奥登镇长鞠了个躬，兰泽尔接着说："我很喜欢你，先生，也很尊敬你。但我得公事公办。你一定会明白的。"

奥登一言不发，直直地盯着兰泽尔的眼睛。

"我们不会单独行动，也不会擅作主张。"

兰泽尔说着，盼着奥登能有所反应，可他什么都没说。

"我们需要服从命令，服从首都发来的命令。这个人杀了一位军官。"

奥登终于开口道："那你们当时为什么不击毙他？那时把他杀了再合适不过。"

兰泽尔摇了摇头。"要真如你所说，便一点儿用都没有。你我都明白，惩罚多半是为了遏制犯罪。所以，惩罚不仅仅是为了惩罚，更是要杀一儆百，必须公布于众，甚至还需要夸张点儿。"他伸出根手指，摸了摸后腰上的匕首。

奥登转过脸，望着窗外漆黑的天空。"今晚会下雪。"他说。

"奥登镇长，要知道，我们的命令绝无私情可言。我们必须采到煤。要是你的百姓不守规矩，我们便不得不用武力恢复秩序。"他的声音中透着严厉，"必要的时候我们会直接开枪击毙他们。你要想让他们免受伤害，就必须帮我们维持秩序。现在，我方政府认为，惩罚还是由地方政府来办，更有利于维护秩序。"

奥登柔声说："难怪百姓们早就知道这事。这可真是个谜。"他提高嗓门说，"你想让我在审讯过后，宣布处死亚历克斯·莫登？"

"没错，你只有这样做，才能避免今后出现更多的流血事件。"

奥登走到桌旁，拉出主位后的大椅子，坐了下来。突然之间，他似乎成了法官，而兰泽尔则成了被告。他敲打着桌面说："你和你的政府根本不了解情况。几个世纪以来，只有你的政府和百姓在溃败之后屡战屡败，而每一次，都是因为你们完全不了解情况。"他顿了顿，"你们的方法根本行不通。首先，我不过是镇长。

我无权宣布处死任何人。在这里，没有人能决定他人的生死。如果我那样做，就是犯法，和你们的所作所为有什么区别？"

"犯法？"兰泽尔说。

"你们刚到这儿就杀死了六个人。按照我们的法律，你们犯了谋杀罪，你们所有人都一样。你还谈什么法律，上校？你我之间并无法律可言。这是战争。要么你们把我们赶尽杀绝，要么我们便奋起反抗，将你们一网打尽，难道你不懂？你们一到这儿就犯了法，又用新法取而代之。你难道不知道？"

兰泽尔说："我能坐下吗？"

"还用问吗？你又在撒谎。你要是愿意，完全可以让我站起来。"

兰泽尔说："不，不管你相不相信，事实的确如此，我个人非常尊敬你和你的工作，而且，"他摸了摸额头，"要知道，先生，对我这种上了年纪，又经历过不少事的人来说，我怎么想根本无足轻重。我也许和你的看法一样，却什么都改变不了。我效忠的军队和政治体系是怎么想、会怎么做，我都左右不了。"

奥登说："可事实证明，每一次，他们的所作所为从一开始就是错的。"

兰泽尔痛苦地大笑："我有些阅历，我个人没准会赞同你的观点，甚至觉得军事思想和行为除了让你学会杀戮而变得一无是处别无他用。可我不能活在回忆里。我必须当众枪毙那个矿工，因为理论上，只有这样做，他们才能害怕，我的人才能安全。"

奥登说："那我们没什么好谈的了。"

"当然得谈，我们必须谈谈。我们希望你能帮忙。"

奥登静静地坐了一会儿说："让我来告诉你我打算怎么做。那天有几个人开枪杀死了我们的士兵？"

"噢，不到二十，我猜。"兰泽尔说。

"很好。如果你能枪毙他们，我就宣布枪毙莫登。"

"你在开玩笑！"上校说。

"我是认真的。"

"我不可能这么做。你知道的。"

"我知道。"奥登说，"你提出的要求我也恕难从命。"

兰泽尔说："我想我是想通了。看来还是得让科瑞尔当镇长。"他迅速抬起头，"你会参加审判吧？"

"是的，我会参加。这样亚历克斯就不会感到孤独了。"

兰泽尔看着他，难过地笑了笑。"我们总算完成了任务，对吧？"

"没错。"镇长说，"这任务根本完成不了，这件事情根本就做不到。"

"什么事情？"

"彻底毁了人类的精神追求。"

奥登低垂着头说："开始下雪了，还以为要等到晚上才会下。我喜欢雪花的香甜与寒冷。"

第四章

到了十一点，硕大柔软的雪花簌簌而下，遮住了天空的模样。人们在雪地里匆匆赶路，雪花堆积在门前、广场的雕像上，堆积在从煤矿通往码头的铁轨上。雪越堆越多，矿工推着运煤车往前走，小小的车轮却一个劲儿地打滑。小镇上方笼罩着一层怨气，远比云层来得更加厚重；小镇上方还笼罩着一层忧愁，而那赤裸裸的憎恨也愈发浓重。百姓不在街道上逗留，他们一进屋便立刻把门关好，却似乎躲在窗帘后窥探着外面的一切。每当有军人从街上走过，每当巡逻队在大街上执勤，一双双眼睛便冷冰冰、气呼呼地盯着他们。当人们去商店购买做午饭的小食材时，他们直接拿上东西付好钱便匆匆离开，根本不愿和店员寒暄。

镇长府邸的小客厅里亮着灯，灯光映着窗外飘落的雪花。法庭开审了。兰泽尔坐在上位，亨特紧挨在他右边，其次是托德，下端则坐着洛夫特上尉，他的面前还摆了一小摞文件。他们对面坐着奥登镇长。奥登镇长在上校的左边。普雷克紧挨着镇长，他正忙着在一张纸上涂涂画画。桌子旁边站着两名警卫，他们拿着刺刀，戴着头盔，活像两个小木偶。他们把亚历克斯·莫登夹在中间。亚历克斯·莫登是个魁梧的年轻人，额头又宽又低，眼睛深深地嵌在脸上，还长了个大大的尖鼻子。他的下巴很结实，一张大嘴肉乎乎的。他肩宽臀窄，手上戴着手铐，放在身前的双手一会儿攥紧，一会儿松开。他穿了条黑裤子和一件蓝色衬衫，衬衫的领口敞着，外面还套了件磨得发亮的深色外套。

洛夫特上尉读着面前的文件。"犯罪分子拒不接受命令回去工作,在第二次被勒令回去工作时持鹤嘴锄袭击洛夫特上尉。本蒂克上尉挺身而出……"

奥登镇长咳嗽了一声,待洛夫特一停下来,他便开口说:"坐下,亚历克斯。警卫去给他拿把椅子。"警卫顺从地转身,拉出一把椅子。

洛夫特说:"依照惯例,犯罪分子需站着受审。"

"让他坐下。"奥登说,"不过我们几个人知道罢了。你汇报时大可说他是站着受审的。"

"依照惯例,报告不得造假。"洛夫特说。

"坐,亚历克斯。"奥登重复道。

魁梧的年轻人坐了下来,他戴着手铐的双手搭在腿上,焦躁地动来动去。

洛夫特开了口:"这完全违背了……"

上校说:"让他坐吧。"

洛夫特上尉清了清喉咙。"'本蒂克上尉挺身而出,头部遭到重创,头骨碎裂。'后附验尸报告。我需要读一下吗?"

"不用。"兰泽尔说,"你先尽快陈述完。"

"有几个士兵目睹了这一切,他们的口供就附在上面。军事法庭认为,犯罪分子犯谋杀罪,应执行死刑。我需要读下口供吗?"

兰泽尔叹了口气:"不用。"他转身看着亚历克斯,"是你杀死了上尉,你不否认吧?"

亚历克斯痛苦地笑笑:"我的确打了他,但我没杀他。"

奥登说:"说得好,亚历克斯!"两人互相望了望,如同朋友一般。

洛夫特说:"你是想说凶手另有其人?"

"我不知道。"亚历克斯说,"我不过打了他,接下来有人打了我。"

兰泽尔上尉说:"你想辩解吗?我想没有什么能改变判决结果,但我们还是愿意听听。"

洛夫特说:"我得恭敬地提醒你,上校不该说这种话,这样说表示法庭有失公允。"

奥登冷冰冰地笑起来。上校看了看他,也轻笑一声。"你想如何辩解? "他重复道。

亚历克斯想单手比画一下,可另一只手也跟着提了起来。他有些窘迫,急忙把手放回腿上。"我当时很生气。"他说,"我脾气不好。他说我必须回去工作,可我是自由人。我脑子一热就打了他。我想我下手不轻,却没想到打错了人。"他指着洛夫特说,"他才是我想打的人,他才是。"

兰泽尔说:"你想打谁并不重要。不管你打到谁了,结果都会一样。你有对自己的所作所为感到后悔吗?"他对其他人说,"他要是后悔,记录还像点儿样。"

"后悔? "亚历克斯问,"我一点儿都不后悔。他命令我回去工作——我可是自由人!我以前可是议员。他胆敢命令我去工作。"

"但如果要执行死刑,你难道也不后悔吗? "

亚历克斯垂下头,认真地思考着。"不",他说,"你是想问,如果重来一次我还会不会这么做? "

"正是这意思。"

"不,"亚历克斯若有所思地说,"我觉得我不会后悔。"

兰泽尔说:"在记录里写上,犯罪分子悔不当初。判决自动生效。明白吗? "他冲着亚历克斯说:"法不容情。法庭认为你有罪，判处你立即枪决。我想你无须再受苦了。洛夫特上尉，我有遗漏什么吗？"

"你漏了我。"奥登说。他站起来，把椅子向后推，走到亚历克斯身边。亚历克斯因为长期的习惯让他毕恭毕敬地站了起来。"亚历克斯，我是百姓选出的镇长。"

"我知道，先生。"

"亚历克斯，这些家伙是侵略者。他们趁我们不备，用阴谋和武力占领了我们的家园。"

洛夫特上尉说："长官，他不能说这种话。"

兰泽尔说："嘘！与其让他们在那儿窃窃私语，倒不如说出来听听。"

奥登继续说着，似乎根本没有人打断过他似的："他们来的时候，百姓糊涂了，我也糊涂了。我们不知道该怎么去做、该怎么去想。你的行为为我们率先做出了典范。你的愤怒将化为所有人的愤怒。我知道镇上的人说我和他们是一伙的。我可以让全镇的人看看，可你——你就要死了。我希望你能明白。"

亚历克斯垂下头，而后又抬起来："我明白，先生。"

兰泽尔说："行刑队准备好了吗？"

"就在门外，长官。"

"谁是指挥？"

"托德中尉，长官。"

托德抬起头，下巴有些僵硬，他屏住了呼吸。

奥登轻轻地说："你害怕吗，亚历克斯？"

亚历克斯回答道："害怕，先生。"

"我不能开口让你勇敢点儿。换作是我，我也会害怕，就连年轻的战神也会胆怯。"

兰泽尔说:"让行刑队上来。"托德立刻起身走向门口。"他们到了,长官。"他把门打开,瞧见了几个戴着头盔的家伙。

奥登说:"亚历克斯,去吧,这些人将永世不得安宁,他们在死之前,日子都不会好过。你能让百姓团结起来。虽然你现在才认识到这点有点儿可惜,对你来说是个小小的慰藉,但事实就是如此,他们不会再有安宁之日了。"

亚历克斯紧闭着眼睛。奥登镇长探身亲吻了他的脸颊。"再见,亚历克斯。"他说。

警卫架着亚历克斯的胳膊出了门,这个年轻人一直紧闭着双眼。行刑队转过身,踏着整齐的步伐走出屋,来到了雪地。雪花不一会儿就盖住了他们的脚印。

桌子周围的人默默无语。奥登看向窗外,看到有个人迅速在雪地里扫了一块儿空地。他着迷似的盯着那边,然后一下子别过脸来,对上校说:"我希望你知道自己在做些什么。"

洛夫特上尉整理着文件。兰泽尔问:"在广场行刑吗,上尉?"

"是的,在广场行刑,必须当着百姓的面儿。"洛夫特说。

奥登说:"我希望你真知道。"

"唉。"上校说,"不管我们明不明白,他都必须死。"

屋子里一片死寂,大家都在侧耳倾听。等待的时间并不长。不远处传来了枪击声。兰泽尔长叹一声。奥登将手放在脑门上,深吸了口气。接着,窗外传来了一阵呼喊声,窗玻璃碎了,散落一地,普雷克中尉来回晃动着身子躲避。他伸手捂住肩膀,转过头看了看。

兰泽尔一跃而起,大喊道:"这么说,开始了!你伤得重吗,中尉?"

"我的肩膀。"普雷克说。

兰泽尔发出命令。"洛夫特上尉，雪地里会留下蛛丝马迹。去镇上挨家挨户收缴枪火。只要找到枪火，就把人抓起来。至于先生你，"他对镇长说，"我们会对你实施保护性拘禁。请明白这点：宁可错杀五人、十人，甚至百人，我们也要找到那个家伙。"

　　奥登静静地说："你的确经历过不少事。"

　　兰泽尔突然停了下来。他缓缓转过身，看着镇长，有那么一刻，他们是那么心有灵犀。兰泽尔挺了挺身子。"我是什么也记不得的人！"他厉声说，"收缴镇上所有的武器。抵抗的人统统抓起来。快，趁现在线索还在，赶紧行动。"

　　部下们找来头盔，打开手枪的保险栓，接着便开始往外走。奥登走到坏了的窗户前，不无伤感地说："多么香甜、寒冷的雪啊。"

第五章

　　日复一日，周复一周，月复一月，时间在慢慢地流逝。雪落下又融化，落下又融化，最后结了冰。小镇里黑乎乎的建筑上像是挂上了白色的铃铛，戴上了白色的帽子，长出了白色的眉毛。雪地里的战壕一直通到建筑物的门口。海湾里的运煤船空着驶来，却满载而出。不过，想把煤从地里挖出来并不容易。即便是有经验的矿工也接连出错。他们笨手笨脚，反应迟钝。机器一旦出毛病，需要花大把的时间才能修好。国家被占领后，百姓们不露声色地慢慢酝酿着复仇计划。叛徒和助纣为虐的家伙——他们只是想过上理想的好生活——却发现这样的政权并不牢靠，可熟人却对他们冷眼相看，不愿和他们说话。

　　空气中弥漫着死亡的气息。铁路依山而修，将小镇和整个国家连接起来，然而铁路上状况百出。雪崩封住了铁路，轨道四分五裂。若不事先检查道路，火车根本开不出去。为了复仇，不少百姓枉死。年轻人不时结伴逃亡英国。英国人轰炸煤矿，破坏了不少设施，不但杀死了敌人，也误杀了不少朋友。情况毫无起色。冷冰冰的憎恨随着凛冬而至，埋葬在心底的愠怒、酝酿着的仇恨有增无减。粮食也受到管制——只有顺从的人才能领到口粮，若拒不从命，便只能饿肚子——百姓只得默然地顺从。不过有一处的粮食根本没法管制，饿着肚子如何挖煤、如何搬煤？仇恨深深地埋在百姓的眼里，隐藏在他们平静的外表之下。

　　眼下，征服者反倒被包围了起来。一个营的士兵被敌人团团围住，敌人默不作声，却没有一个士兵胆敢有一丝松懈。一旦松懈，他们便会失踪，尸体会被抛在某个雪堆里。他们要敢单独出去找女人，就会失踪，尸体也会被抛在某个雪堆里。他们若是喝个烂醉，也会失踪。一个营的士兵只能一起唱歌，一起跳舞。舞步慢慢停下来，歌里却满是思乡之情。他们聊起爱自己的亲朋好友，他们多么渴望温暖和关怀。无论一天中有多少个小时身为军人，无论一年当中有多少个月身为军人，他们都还是普普通通的男人，他们需要女人、需要喝酒、需要音乐，也需要欢声笑语和闲情逸致的时光。当这一切都成了奢望时，他们的需要越发强烈。

人们最为思念的便是家。营里的士兵开始厌恶他们占领的国家，他们不爱搭理百姓，百姓也不爱搭理他们，占领者心中渐渐涌起一丝恐惧，他们担心战争永远无法结束，担心他们永远无法放松、无法回家，他们害怕有朝一日会崩溃，会被人像兔子一样追得满山乱窜，因为被奴役的人们从未放下过心中的仇恨。巡逻兵看到灯光，听到百姓的笑声，不由得凑近看看，然而他们一靠近，笑声便戛然而止，温暖也不复存在，百姓又变成了冷冰冰的"良民"。士兵闻到饭店里飘出的香气，走进去要了几份热菜，却发现这些菜不是咸得无法下咽，便是辣得无法入口。

士兵们读着从家乡传来的消息，读着从其他被占领的国家传来的消息，总是好事连连，有那么一会儿，他们信以为真，但转念却觉得一定是哪里出了问题。这里人人自危。"要是家里出了事，他们一定不会告诉我们，到那时就来不及了。这儿的百姓一定不会放过我们，他们会把我们杀个精光。"他们想起战友们曾经从比利时和苏联退兵的故事。有文化的人更是对莫斯科大撤退的惨状记忆犹新，那个时候，每个农民手里的干草叉都沾满鲜血，雪地里躺满了腐烂的尸体。

他们明白，一旦他们的精神垮掉了，一旦他们放松警惕，一旦他们睡得太久，这儿就会发生同样的情况。他们晚上睡不好觉，白天变得神经兮兮。士兵心中的疑问连军官也回答不上来。因为他们也一无所知，也没有人告诉他们实情。他们同样不相信家乡发来的报告。

久而久之，占领者反倒怕起被奴役的百姓来了，他们的神经变得脆弱，大晚上甚至对着影子开枪。冰冷、阴郁的寂静笼罩着他们。一周之内，三名士兵接连发疯，白天晚上哭闹不止，只得被遣返回国，然而等待他们的，却是家乡的"安乐死"。"安乐死"可不是什么好事，若不是听说了这个消息，还会有更多的士兵接连发疯。恐惧钻进了营房，令士兵们伤心不已；恐惧渗进巡逻兵的心底，令他们痛苦不堪。

过了年，夜晚变得更加漫长。下午三点天便黑了，直到第二天早上九点才会再次亮起来。跳动的灯光无法映在雪地上。根据法律规定，每扇窗户必须涂成黑色，以防轰炸机的袭击。然而一旦英国的轰炸机来袭，却总能在煤矿附近找到光亮。哨兵偶尔会击毙拿着灯笼的男人，有次甚至击毙了一位拿着手电筒的女人，然而一点儿用都没有，开枪也无济于事。

士兵的状况也是军官的真实写照。只是军官们接受过更加系统的训练，他们更加自律，也更有责任感。然而他们心中的恐惧却比士兵们还要多一分，他们的思乡之情更被牢牢地锁在心底。可他们却承受着双重压力，被奴役的百姓盼着他们犯错，而他们手下的士兵则想找到他们的弱点，所以他们的精神几近崩溃。占领者的心头仿佛有千斤重担，每个人都明白，一旦出现第一道裂缝，无论占领者还是被奴役的百姓都将面临什么。

镇长府邸楼上的房间再无舒适可言。窗户上紧紧地钉着黑布，地面上散落着几小堆重要的装备——都是些绝不能出问题的仪器和装备，有望远镜、防毒面具，还有头盔。至少这儿的纪律松弛些，军官们似乎明白，如果不放松一下，机器也会坏掉。桌子上摆着两盏汽油灯，它们发出强烈而耀眼的光芒，给墙上投了几个巨大的黑影。它们咝咝作响，似乎在诉说着心中的不满。

亨特少校忙着自己的事。他现在总把画板放在手边，要不然他刚架好画板，炸弹便会接踵而来。他有些难过，像亨特少校这种人，建筑就是他的生命，然而这里需要设计建造的建筑太多了，他根本忙不过来。他坐在画板前，身后还亮着一盏灯，丁字尺沿着画板上下移动，铅笔也来来回回忙个不停。

普雷克中尉待在屋子中央的那张桌子后面，坐在靠背椅上读画报，他受了伤的手臂还吊在脖子上。托德中尉趴在桌子另一头儿写着信。他高高地捏着手里的笔，还不时抬头望望天花板，琢磨着该如何下笔。

普雷克翻了一页画报，说道："我闭着眼都能知道这条街上的所有店铺。"亨特仍旧埋头工作，托德又写下几个字。普雷克继续说："有家饭店就在这后面，照片上看不到。它叫波登饭馆。"

亨特头也不抬地说："我知道那家店，那儿的扇贝不错。"

"当然。"普雷克说，"那儿的东西都不错。每道菜的味道都很好。他们的咖啡……"

托德不再盯着手里的信，他抬起头说："他们现在可没咖啡了……也没有扇贝。"

"呃，这倒是没听说。"普雷克说，"他们以前卖，将来也还会卖。那儿有个女服务员。"他用那只没有受伤的手比画着她的身形。"金发碧眼，就是这样。"他低头看着画报，"她的眼睛最奇怪——我是说——总是水汪汪的，就像一直在笑，又像一直在哭。"他轻柔地说着，眼睛盯向天花板。"我和她出去过。她很可爱。可我不知道自己为什么没常常回去看看。不知道她还在不在那儿。"

托德忧郁地说："估计不在了。没准在工厂里找了份工作。"

普雷克哈哈大笑："我希望他们别给家里的女人提供定量口粮。"

"为什么不呢？"托德问。

普雷克戏谑道："你对女人不感兴趣，对吧？你压根儿就不感兴趣！"

托德说："我喜欢她们，不过因为她们是女人罢了。我可不想让她们爬进我的生活。"

普雷克嘲笑道："在我看来，她们一天到晚都在你身上爬。"

托德想换个话题，他说："这些汽油灯真他妈烦。少校，发电机什么时候能修好？"

少校不再盯着画板，缓缓抬起头来说："现在就该好了。我安排了得力的人修呢。我想从今往后，兵力还得再增加一倍。"

"抓到搞破坏的家伙了吗？"普雷克问。

亨特表情凝重地说："五个人都有嫌疑，我把他们统统抓了起来。"他琢磨着，"但凡了解发电机的人轻而易举就能毁了它。只要让它短路，不用出手，它自己就坏了。"他说，"灯应该随时会亮。"

普雷克依旧看着画报："真想知道什么时候才能有人来换我们的班。真想知道我们什么时候才能回家待上一段时间。少校，你难道不想回家休息休息？"

亨特抬起头，无助地愣了一会儿："没错儿，我当然想回家。"他缓过神来，"这条岔道我修了不下四次。我真搞不明白，炸弹为什么总炸这儿。我受够了这条线路。我们压根儿没时间填上这些弹坑，每次都得修改线路。地面冻得太硬了，看样子要做的事儿真不少。"

电灯突然亮了。托德不由自主地伸手关掉了汽油灯。房间里再也没了咝咝的声响。

托德说："谢天谢地！咝咝的动静快烦死我了。我总感觉有人在窃窃私语。"他折起写好的信说，"真奇怪，没几封信。我这两个礼拜只收到了一封信。"

普雷克说："也许没人给你写信。"

"有可能。"托德说。他转身看着少校，"要是家里出了什么事儿，我是说——你觉得他们会告诉我们吗——我是说坏消息，比如死了人这种事儿？"

亨特说："不知道。"

"好吧。"托德继续说道，"我真想离开这鬼地方！"

普雷克插话说："我还以为战争结束后你会留在这儿呢。"他学着托德的声音说，"把四五个农场合在一起，就成了个不错的地方，够一家子住了。不是吗？管着整个山谷，不是吗？百姓和善、草场肥美，这里有鹿，有孩子。难道不该是这样吗，托德？"

普雷克说话时，托德的手一直低低垂着。而后他的手紧紧地按着太阳穴，激动地说："闭嘴！别那么说话！这些百姓多么可怕、多么冷酷！他们从来不看你一眼。"他颤抖着说，"他们从不说话，像个死人一样回答你。他们听话，却恐怖至极。女人们也冷冰冰的！"

屋外有人轻声叩门，约瑟夫拿了筐煤进来。他悄悄进了屋，慢慢放下煤筐，没发出一丝声响。他没有抬头，看都不看屋里的人一眼，便又转身朝门走去。普雷克大声说："约瑟夫！"约瑟夫转过身，他不说话，也没有抬头，只是轻轻地鞠了个躬。普雷克扯着嗓门问："约瑟夫，有红酒或白兰地吗？"约瑟夫摇了摇头。

托德站起身来，气急败坏地嚷道："回答，你这混蛋！说话！"

约瑟夫没有抬头。他冷漠地说："没有，长官。没有，长官，这里没有红酒。"

托德怒气冲冲地说："也没白兰地？"

约瑟夫低着头，依旧冷漠地回答："没有白兰地，长官。"他一动不动地站着。

"你想干什么？"托德说。

"我想出去，长官。"

"那就滚，真他妈该死！"

约瑟夫转过身，悄无声息地出了门。托德从口袋里取出块儿手帕，擦了擦脸。亨特抬头看着他说："你不该让他那么轻易地打败你。"

托德一屁股坐在椅子上，按压着太阳穴，断断续续地说："我想要女人。我想回家。我想要女人。镇上有个女人，她很漂亮。我总是看着她。她长着金色的头发，就住在旧铁铺边上。我就想要她。"

普雷克说："注意点儿，别那么激动。"

就在那时，灯又灭了，屋子里漆黑一片。亨特一边说话一边划着火柴，想点燃汽油灯。他说："我还以为都修好了。看来一定是漏掉了哪个。可我不能总往那儿跑，况且那儿的人技术都不错。"

托德点燃了第一盏灯，然后又点燃了另一盏。亨特厉声对托德说："中尉，你要是憋不住就和我们说。千万别让敌人看到你这个样子，他们巴不得看到你精神崩溃的德行。别让敌人看到你这个样子。"

托德坐下来。灯光映在他脸上,咝咝的声响充斥了整个房间。他说:"没错!敌人无处不在!男人、女人,乃至孩子个个都是敌人!敌人无处不在!他们向门外张望,躲在窗帘后偷听。我们打败了他们,我们战无不胜,他们顺从地等着,他们就这样等着。半个地球都是我们的了。别的地方也是这样的状况吗,少校?"

亨特说:"不知道。"

"那就对了。"托德说,"我们什么都不知道。报告上说,一切都在掌握之中。被奴役的人们对我们的到来欢呼雀跃,对我们建立的新秩序拍手叫好。"他的声音变得越发微弱,"报告会怎么说我们?被欢迎、被拥戴,鲜花铺了一路?噢,这些可怕的百姓就在雪地里等着!"

亨特说:"发泄完了,现在感觉好点了吗?"

普雷克的拳头轻轻敲打着桌面,他说:"他不该那么说话。这些事埋在心里就好。他是军人,对吧?那就拿出个军人的样子来。"

门轻轻开了,洛夫特上尉走了进来,他的头盔和肩膀上落了一层厚厚的积雪。他鼻子冻得通红,大衣的领子高高地竖起来护着耳朵。他摘下头盔,雪落了一地。他拍打着肩膀说:"真他妈烦!"

"有麻烦?"亨特问。

"麻烦就没断过。看样子他们又毁了你的发电机。呃,我想我暂时解决了矿上的问题。"

"出什么乱子了?"亨特问。

"噢,老样子——消极怠工、自动倾卸车坏了。我倒是看到搞鬼的那个家伙了。我一枪打死了他。我想我现在知道该怎么办了,少校。我刚想出这个办法。我规定好每个人挖煤的数量。我不能饿死他们,否则他们就没法工作。但我知道该怎么办。要是挖不出煤，他们家里人就没饭吃。我们可以让矿工在矿上吃饭，没他们家里人的份儿。这办法应该能行。他们要么工作，要么就让自己的孩子饿肚子。我刚刚已经告诉他们了。"

"他们怎么说？"

洛夫特眯着眼睛，恶狠狠地说："说什么？他们能说什么？什么都没说！一句话都没说！不过我们倒看看到底能不能采出煤来。"他脱下外套抖了抖，却扫见门上开了个小缝儿。他蹑手蹑脚地走过去，猛地拉开门，又关了一下。"我记得关紧门了。"他说。

"你的确关紧了。"亨特说。

普雷克还在翻看着画报。他的声音恢复了正常："我们在东线用的枪真奇怪，我从来没见过。你呢，上尉？"

"噢，我见过。"洛夫特上尉说，"我见过它们开火，简直棒极了。它们无坚不摧。"

托德说："上尉，你有家乡的新消息吗？"

"有点儿。"洛夫特说。

"家里一切都好吗？"

"很好！"洛夫特说，"我们的军队所向披靡。"

"打败英国了吗？"

"英国人屡战屡败。"

"可还在抵抗？"

"除了几场空袭就没什么了。"

"俄国人呢？"

"全军溃败。"

托德追问："可他们还负隅抵抗？"

"不过几场小冲突罢了，没什么。"

"这么说，我们眼看就赢了，对吧，上尉？"托德问道。

"没错，我们的确快赢了。"

托德死死地盯着他说："你相信这些话，是吧，上尉？"

普雷克插话说："别让他再感慨了。"

洛夫特皱着眉，对托德说："我不知道你到底什么意思。"

托德说："我是说，我们过不了多久就能回家了，是吗？"

"呃，整编还需要些时间。"亨特说，"况且新秩序也不是一天两天就能施行的，对吧？"

托德说："那是要花上一辈子的时间吗？"

普雷克说："别让他再感慨了！"

洛夫特贴着托德说："中尉，我可不喜欢你说话的腔调。我也不喜欢怀疑的腔调。"

亨特扬起头说："别那么凶，洛夫特。他累了。我们都累了。"

"好吧，我也累了。"洛夫特说，"但我绝不会让叛国的念头跑到脑子里来。"

亨特说："别折磨他了，我说过了！上校在哪儿，知道吗？"

"他忙着写报告呢。他想请求增援。"洛夫特说，"这儿的工作远比我们想象的要麻烦得多。"

普雷克兴奋地问："能调来吗——我是说增援？"

"我怎么知道？"

"增援！"托德微微一笑，然后轻轻地说，"没准儿是调防。我们没准儿能回家待上一段时间。"他继续笑着说，"我没准儿能在街上走走，百姓见了我说'你好'，他们会说'那里有个当兵的'，他们替我高兴，也为有我在而高兴。到处都是朋友，我用不着担心转过身会遭遇什么不测。"

普雷克说："别感慨了！别让他乱说话了！"

洛夫特不耐烦地说："我们的麻烦够多了，好在军官倒是没疯的。"

托德继续说："你真的觉得能调防吗，上尉？"

"我可没这么说过。"

"可你说没准儿会。"

"我说不知道。听着，中尉，我们占领了半个地球。我们必须得监管上一段时间。你应该明白。"

"那另外一半呢？"托德问。

"他们只会绝望地抵抗上一阵。"洛夫特说。

"这么说，我们的军队会遍布全球？"

"暂时会这样。"

普雷克不安地说："你最好能让他闭嘴，你最好能让他闭嘴。别再说了。"

托德取出手帕揾了揾鼻子，像是疯了一样。他难堪地哈哈大笑。他说："我做了个好笑的梦。我想不过是场梦，没准只是个想法，说不好是个想法还是场梦。"

普雷克说："让他闭嘴，上尉！"

托德说："上尉，这里算是被征服了吗？"

"当然。"洛夫特说。

托德笑得有些疯癫："征服了，可我们却那么害怕；征服了，可我们却被包围了。"他的笑声变得刺耳，"我做了场梦——没准儿是个想法——雪地里都是黑影，门后躲着一张张的脸，窗帘后面也藏着无情的面庞。这要么只是我的想法，要么就是在做梦。"

普雷克说："让他闭嘴！"

托德说："我梦见领袖发了疯。"

洛夫特和亨特一齐哈哈大笑，洛夫特说："敌人早就发现他疯了。我得把这事写出来，寄回家。报纸上一定会刊登这个消息。

敌人已经发现我们的领袖有多么疯狂。"

托德继续笑着："我们一次次地征服，却越陷越深。"他哽咽了一下，急忙对着手帕咳嗽起来，"领袖也许疯了。苍蝇征服了捕蝇纸。苍蝇又征服了两百英里以外的新捕蝇纸。"他的笑声越发疯癫。

普雷克探过身，伸手晃了晃他："闭嘴！你给我闭嘴！你没权利这么说！"

洛夫特渐渐也发现这笑声有些疯癫。他走到托德身边，扇了他一巴掌。他说道："中尉，闭嘴！"

托德继续哈哈大笑。洛夫特又挥手扇了他一巴掌，说道："闭嘴，中尉！听到了吗？"

托德突然停了下来，屋里只剩下了汽油灯的咝咝声。托德吃惊地看着他的手，他摸了摸青肿的脸，又看了看自己的手。他低垂着脑袋说："我要回家。"

第六章

　　小镇广场附近有条小路，那儿的尖顶小屋和小商铺混杂在一起。落在人行道和马路上的雪已经被压得很瓷实，倒是篱笆和屋顶上还留着层厚厚的积雪。小屋紧闭的窗户上也堆满了雪花。人们铲去了院子里小路上的积雪。夜晚黑魆魆的，寒冷刺骨，为了不引起轰炸机的注意，每扇窗户都透不了光。马路上空无一人，要知道这儿的宵禁十分严厉。在白雪的映衬下，房子就像一团黑乎乎的硬块。每隔一会儿，六个巡逻兵就会在街上四下望望，每个人手里都有一支长长的手电筒。他们轻轻地在街上走着，靴子踏在结实的雪地里吱吱作响。他们裹着厚厚的外套，头盔下还戴着帽子，把下巴和嘴捂得严严实实，只露出两只眼睛。如同米粒一般大小的雪花落下来。

　　巡逻兵边走边聊，谈着他们想的东西——肉、热乎乎的汤、厚厚的黄油，还有漂亮女人以及她们的一颦一笑，她们的嘴唇、双眸。他们大多时候都在讨论这些事，可有时也会抱怨现在所做的一切，他们不想像现在这般孤独。

　　铁铺边上有栋尖顶小屋，看上去和其他的房子并无二致，也顶着层厚厚的雪帽。它紧闭的窗户透不出一丝光亮，大门紧锁。屋里的客厅中却燃着灯，卧室的门和厨房的门却敞开着。墙上有个铁炉子，里面还燃着微弱的煤火。客厅虽然简陋，却温暖舒适，地上铺着破旧的地毯，墙上糊着棕色的壁纸，上面还印着老式的金色鸢尾花。墙上挂着两幅画，一幅是一条死鱼躺在草编的盘子

166

里，另一幅则是只死了的松鸡挂在杉树枝上。右边的墙上挂着耶稣的画像，他正乘着波浪去解救无望的渔民。屋子里有两把靠背椅和一个沙发，上面还铺着鲜艳的毯子。屋子中央摆着个小圆桌，上面放着个罩着花灯罩的煤油灯，散发着温暖柔和的光芒。

通向过道的屋门就在炉子边上，从那儿便能赶到大门去。

桌子边上有把老旧的摇椅，上面还铺着个垫子，莫莉·莫登独自一人坐在那里。她忙着拆一件蓝色的旧毛衣，还把拆下的线缠在一个小球上。她手里的球可真是不小。她身旁的桌子上放着织了一半的毛衣，棒针还插在上面，旁边还有把大剪子。她把眼镜放在桌上，要知道她织毛衣时根本用不着它。她年轻漂亮，穿戴利落。她把金色的头发盘在头顶，上面还卡了个蓝色的蝴蝶结。她拆得很快。她一边忙着手里的活儿，一边不时望望通向过道的那扇门。烟囱里传来风儿轻柔的呼啸声。多么宁静的雪夜。

她突然停了下来，手一动不动。她看着门，侧耳倾听。巡逻兵低沉的脚步声从街上飘来，还能隐约听到他们说话的声音，那声音渐行渐远。莫莉接着拆毛衣，把毛线缠在那个球上。未几，她又停了下来。门边传来窸窣声，接着是三声短促的敲门声。莫莉放下毛衣，走到门前。

"谁？"她问道。

她转动门锁，开了门，一个穿着厚重斗篷的人挤了进来。是厨娘安妮，她眼睛红红的，脖子上还裹着条大大的围巾。她一闪而进，像是早已轻车熟路了，而后又赶紧关上了身后的门。她站在屋里，鼻子红扑扑的，她吸着鼻子，迅速打量了一眼房间。

莫莉说："晚上好，安妮。我不知道你今晚会来。把外套脱了，暖和暖和身子吧。外面太冷了。"

安妮说："那些士兵让冬天提前来了。我父亲总说战争会带

167

来坏天气，还是坏天气能招致战争来着。我记不清了。"

"把外套脱了到炉子这儿来吧。"

"不行。"安妮煞有介事地说，"他们要来了。"

"谁要来了？"莫莉说。

"镇长，"安妮说，"还有医生和安德斯家的两个孩子。"

"来这儿？"莫莉问，"干什么？"

安妮伸出手，拿出个小包裹。"吃吧。"她说，"我从上校盘子里偷的，是肉。"

莫莉打开包裹，把肉塞进嘴里，她边嚼边问："你吃了吗？"

安妮说："这是我做的，你觉得呢？我经常能弄到肉吃。"

"他们什么时候来？"

安妮吸了吸鼻子："安德斯家的孩子要坐船去英国，必须得走了。他们到现在还藏着呢。"

"是吗？"莫莉问，"为什么？"

"呃，今天他们的哥哥杰克因为破坏倾卸车被他们打死了。士兵还在搜寻他家的其他人。你知道他们会干出什么事来。"

"当然。"莫莉说，"我知道他们会干出什么事来。坐吧，安妮。"

"没时间了。"安妮说，"我得赶回去，告诉镇长你这儿很安全。"

莫莉说："有人看到你过来吗？"

安妮骄傲地笑着："没有，我可会躲啦。"

"到时候镇长要怎么溜出来？"

安妮哈哈大笑："约瑟夫会穿着他的睡衣，挨着夫人，睡在他的床上，以防他们发现！"她又哈哈笑道，"约瑟夫最好安静点儿。"

莫莉说："今晚可不适合出海。"

"总比在这儿被打死强。"

"那倒是，说得没错。镇长为什么要来我这儿？"

"不知道。他想嘱咐安德斯几句。我得走了，我就是来告诉你一声。"

莫莉说："他们什么时候能到？"

"噢，没准半个小时，说不定得 45 分钟。"安妮说，"我打头阵。没人会在意我这个老厨娘。"她朝着门走去，走了一半又转过身，似乎在怪莫莉让她说出了最后那几个词似的。她恶狠狠地说："我还没那么老！"她悄悄地溜了出去，关上了门。

莫莉又织了会儿毛衣，然后起身走到炉子边上掀开盖子。火光映红了她的脸。她拨弄着炭火，又加了几块新煤进去，盖上盖子。她还没走到椅子边，大门上便传来了敲门声。她穿过客厅，自言自语道："不知道她忘拿什么了。"她来到过道说，"你要什么？"

门外传来一个男人的声音。她打开门，一个男人说："我不会伤害你的。我不会伤害你的。"

莫莉退到屋里，托德中尉跟着她走了进来。莫莉说："你是谁？想干什么？你不能进来。你到底想干什么？"

托德中尉穿着件灰色的外套。他进了屋，摘掉头盔，祈求道："我不会伤害你的。请让我进去吧。"

莫莉说："你到底想干什么？"

她关上了他背后的门。他说："小姐，我不过想和你聊聊，仅此而已。我想听你说话，我就想听听你的声音。"

"你是在逼我吗？"莫莉问。

"不，小姐，请让我待一小会儿，我随后就走。"

"你到底想干什么？"

托德想要解释："你能明白吗？——你愿意相信我说的话吗？我们能不能忘了这场战争，一会儿就好？一会儿就好。我们能不能像普通人一样聊聊天，一会儿就好，可以吗？"

莫莉看了他很久，然后微笑着说："你还不知道我是谁，对吗？"

托德说："我在镇上见过你，我知道你很可爱，就想和你聊聊天。"

莫莉依旧微笑着。她轻柔地说："你根本不知道我是谁。"她坐在椅子上，托德像个孩子一般站在一旁，看上去傻乎乎的。莫莉继续轻轻地说："哎呀，你这是太孤独了，对吧？"

托德舔了舔嘴唇，焦急地说："没错。""你明白的。我知道你会明白。我知道你一定能明白，"他结结巴巴地说，"我孤独到快要生病了。我受不了这种寂静，受不了这种仇恨。"他乞求道，"我们能不能稍微聊聊？"

莫莉拿起毛衣，迅速扫了眼前门："你最多只能待上 15 分钟。坐会儿吧，中尉。"

她又看了眼大门。屋里传来咯吱咯吱的声响。托德警惕起来，问道："你家有人？"

"不，房顶上的雪太厚了。我男人死了后就没人清理它们了。"

托德温柔地说："谁干的？是我们干的吗？"

莫莉点点头，看着远处说："是的。"

他坐下来。"对不起。"过了一会儿，他说道，"希望我能帮上点儿忙。我可以帮你扫雪。"

"不。"莫莉说，"不用。"

"为什么？"

"因为百姓会以为我和你们是一伙儿的，他们会把我赶出去。我可不想被赶出去。"

托德说："没错，我知道是怎么回事了。你们恨透了我们。

可如果你愿意，我可以保护你。"

莫莉知道主动权在自己这里，她眯着眼睛，厉声说："这还用问吗？你们占领了这儿。你们的人什么都不用问，他们想要什么就拿什么。"

"我不想这样。"托德说，"这不是我期望的样子。"

莫莉哈哈大笑，挖苦道："你想让我喜欢你，是吗，中尉？"

"没错。"他直言道，然后他抬起头说，"你太漂亮、太温柔了。你的头发是那么闪亮。噢，我很久没在女人脸上看到过这么亲切的表情了！"

"从我脸上看到了亲切？"她问。

他紧紧地盯着她说："希望能看到。"

她看着地板道："你是在追求我吗，中尉？"

他笨拙地说："我希望你能喜欢我。我当然希望你能喜欢我。我也想从你眼中看到爱意。我在街上见过你，我看着你从我身边走过。我命令士兵不准骚扰你。他们骚扰过你吗？"

莫莉轻轻地说："谢谢。他们没有骚扰过我。"

他突然说："呃，我甚至还给你写了首诗。你想听听我的诗吗？"

她讽刺道："长吗？你很快就得走了。"

他说："不长，就是首短诗。"他伸手从上衣里拿出张折好的纸，递给了她。她靠向灯，戴上眼镜，轻轻地读着：

你的双眸像深邃的天空
拥有我，我们将不再分离
无限的忧愁涌上心头
淹没了我那颗想你的心

她折起纸，把它放在腿上："是你写的吗，中尉？"

"是的。"

她有些戏谑地说："写给我的？"

托德不安地答道："是的。"

她盯着他，微微一笑："不是你写的，中尉，对吧？"

他也笑了笑，像个谎话被揭穿的孩子一样："不是。"

莫莉问："你知道是谁写的吗？"

托德说："知道。海涅写的，《你那双湛蓝明眸》。我一直很喜欢这首诗。"他难为情地笑了，莫莉也跟着他笑了，突然间，他们一起大笑。他突然停了下来，眼里闪过一丝凄凉。"我很久没这么开怀大笑了。"他说，"他们说百姓会喜欢我们，会赞美我们。可事实并非如此，百姓们只会憎恨我们。"他急忙转移了话题，仿佛在赶时间一般，"你太美了。你和笑容一样美丽。"

莫莉说："你在向我表白，中尉，可现在你必须立刻离开了。"

托德说："我也说不准是不是在向你表白。男人需要爱情。缺少了爱情，他们会慢慢死去。他的内心在枯萎，如同干柴一般。我很孤独。"

莫莉站起身来。她紧张地盯着大门，走到炉子旁边，又走了回来，她的脸有些僵硬，一副精疲力竭的样子，她说道："你想和我上床，中尉？"

"我可没那么说！你怎么这么想？"

莫莉厉声说："我可能是想让你讨厌我。我结过婚。我的丈夫死了。要知道，我不是处女。"她的声音听上去十分痛苦。

托德说："我只希望你能喜欢我。"

莫莉说："我明白。你是个文明人。你知道只有做爱才能让爱情更加圆满、更加愉悦。"

托德说："别那么说！请千万别那么说！"

莫莉迅速扫了眼大门。她说："我们是被奴役的人，中尉。你们拿走了粮食。我饥饿难耐。你要是能给我找点儿吃的，我倒会对你多几分好感。"

托德说："什么意思？"

"我讨厌你吗，中尉？也许我正尽量讨厌你。我就值两根香肠而已。"

托德说："别这么说！"

"上次战争结束后的那些女人呢，中尉？男人只要拿上个鸡蛋或是一片面包就能随便挑几个女人。难道你想空着手就占有我吗，中尉？难道是我开的价太高了吗？"

他说："你刚刚是在骗我。你也恨我，是吧？我还以为你不恨我。"

"是的，我不恨你。"她说，"我现在饿坏了——所以才恨你！"

托德说："你想要什么我都能给你，只是……"

她打断他说："你想给这档子事弄个好听的名字？你不想要个妓女。你是这意思吗？"

托德说："我也不知道我到底是什么意思。你把这事搞得只剩下仇恨了。"

莫莉哈哈大笑："饿肚子可不是什么好事。两根香肠，两根美味的火腿可是这世上最好的东西。"

"别说了。"他说，"求你了！"

"为什么不能说？这是事实。"

"不是事实，也不可能是事实。"

她盯了他一会儿，坐回到椅子上，低头看着自己的腿说："是，这的确不是事实。我不恨你。我也很孤独。屋顶上的积雪也的确很厚。"

托德站起身来，走到她身边。他双手握着她的一只手，温柔地说："请不要恨我。我只是个中尉，不是我主动要来的，我不想与你为敌。我只是个普通人，不是什么侵略者。"

莫莉抚摸着他的手，轻柔地说："我明白，是的，我明白。"

托德说："我们的确有些权利，能决定人的生死。"

她把手放在他的脸颊上，过了一会儿，她开口道："没错。"

"我会保护你的。"他说，"我们的确有些权利，可以杀戮。"他把手搭在她的肩上。突然，她变得有些呆滞，一双眼睛睁得大大的，似乎看到了什么东西。他放下手问道："怎么了？你在看什么呢？"她目不转睛地盯着前面，他又问了一次："你看什么呢？"

莫莉如同幽灵般说着："我把他打扮得像个第一天去学校的小男孩。他很害怕。我给他系上衬衫的扣子，想安慰他，可是一点儿用都没有。他真的很害怕。"

托德说："你在说什么？"

莫莉似乎看到了她嘴里形容的那个人："我不明白他们为什么放他回家。他也很困惑。他不知道到底出了什么事。他出门的时候都没亲我一下。他很害怕，却特别勇敢，活像个第一天去上学的小男孩。"

托德站起身来。"是你丈夫吧？"

莫莉说："对，是我丈夫。我去找了镇长，可他也束手无策。他只好出门——他心情不好，还有些慌张——然后你们就把他拉出去枪毙了。那样的事可怕是可怕，但更奇怪。我到现在都不相信他死了。"

托德说："你丈夫！"

"是的，现在屋里静悄悄的，我才相信他真的死了。现在房顶上都是积雪，我才相信他真的死了。黎明前，我孤零零地躺在床上，身旁没有一丝温度，我才知道他真的死了。"

托德站在她面前，脸上露出了痛苦的神色。"晚安，"他说，"上帝会保佑你的。我以后还能再来吗？"

莫莉盯着墙壁，回忆着往事。"我不知道。"她说。

"我还会来的。"

"我不知道。"

他看了她一眼，悄悄地走出了房门，莫莉却还在盯着墙壁。"上帝会保佑我的！"她又呆望了一会儿墙壁。门静静地开了，安妮走了进来，可莫莉根本没注意到她。

安妮不满地说："门怎么开着？"

莫莉慢慢地转过头，她的双眼依然睁得大大的："是的，噢，是的，安妮。"

"门开着。有个男人走了出去。我看到他了，他像个当兵的。"

莫莉说："没错，安妮。"

"有个当兵的来这儿了？"

"是的，是有个当兵的来了。"

安妮满腹狐疑地问："他来干吗？"

"向我示爱。"

安妮说："小姐，你在干吗？你不是和他们一伙儿的，对吧？你不会和他们搅在一起，像科瑞尔一样吧？"

"不，我和他们没关系，安妮。"

安妮说："要是镇长和他们撞个正着，不管出点儿什么事都是你的错，都是你的错！"

"他不会再回来了。我不会让他回来的。"

安妮还是不大放心。她说道："我现在能叫他们进来吗？安全吗？"

"嗯，安全。他们在哪儿？"

"他们躲在篱笆后面。"安妮说。

"让他们进来吧。"

安妮走了出去，莫莉起身理了理头发，她摇摇头，让自己清醒些。过道传来了细细的声响。两个高个子的金发青年走了进来。他们穿着厚呢上衣，套着深色的高领毛衣，头上还戴着顶绒线帽，皮肤被寒风吹得格外粗糙，他们身强力壮，看上去像对双胞胎。威尔·安德斯和汤姆·安德斯兄弟二人都是渔夫。

"晚上好，莫莉，你都听说了吧？"

"安妮告诉我了。今晚走，天公可不作美。"

汤姆说："月光暗些反倒好。要是天儿好，飞机很容易发现我们。镇长想干什么，莫莉？"

"不知道。我听说你们哥哥的事了。我很遗憾。"

兄弟俩没有说话，似乎有些尴尬。汤姆说："你明白这种事，你应该比别人更明白这种事。"

"是的，没错，我明白。"

安妮又进了门，她嘶哑地低声说："他们来了！"奥登镇长和温特医生走了进来。他们脱掉外套，摘了帽子，放在了沙发上。奥登走到莫莉身边，亲吻了她的额头。

"晚上好，亲爱的。"

他转身对安妮说："站到过道去，安妮。要是巡逻队来了就在门上敲一下，他们走了再敲一下，要是有危险，就敲两下。给大门留道缝，要是有人来，你好能听到动静。"

安妮说："好的，先生。"她走到过道里，带上了身后的门。

温特医生站在炉子边烤手。"我们听说你们兄弟俩今晚就走。"

"我们别无选择。"汤姆说。

奥登点点头："没错，这我知道。我听说你们打算带上科瑞尔先生一起走。"

汤姆苦笑道："这可能是唯一的办法，我们得用他的船。我们不能把他留在这儿。在街上碰到他准没好事。"

奥登难过地说："我也希望他能离开这儿，只是你们带着他会很危险。"

"在街上碰到他没好事。"威尔重复着他兄弟的话，"把他留在这儿对百姓不利。"

温特问："你们能逮着他吗？他不是一直都很小心吗？"

"噢，没错，他的确很小心。不过他每天 12 点就会回家。我们到时候躲在他家墙后，应该能把他从后花园带到海边去。他的船就停在那儿。我们今天上过船，一切都准备好了。"

奥登重复着："我希望你们慎重些，带着他只会多一分风险。他要是弄出个响动，巡逻队就会赶过来。"

汤姆说："他弄不出响动的，最好能把他沉到海底。要是镇上这些人把他捉住了，那会死不少人。绝对不行，还是把他沉到海底的好。"

莫莉又拿起毛衣。她说："你们打算把他扔到海里去？"

威尔的脸泛起了红晕："他会自己跳下去，夫人。"他转身看着镇长，"你找我们有事，先生？"

"嘿，是的，我想和你们谈谈。我和温特医生想了想——什么公不公正、征服的事说得太多了。我们的确遭受了侵略，可我并不认为我们被他们征服了。"

门外传来急促的敲门声，屋里顿时鸦雀无声。莫莉没再织毛衣，镇长伸出的手停在了半空。汤姆挠着痒痒的手也僵在了耳朵后面。所有人都沉默了下来，都把目光转向了那扇门。一开始，门外只有些隐约的声响，渐渐地，那声音大了起来。巡逻兵踏着步，他们的靴子踩在雪地里发出吱吱作响的声音，他们聊着天走过大门，渐行渐远。门外又传来叩门声。屋里的人松了口气。

奥登说："安妮在外面一定冻坏了。"他拿起沙发上的外套，打开屋门，递给了安妮。"披着这个吧，安妮。"说完他又关上了门。

"要是没有她，我都不知道怎么办才好。"他说，"她哪儿都能去，她什么都能看到，什么都能听到。"

汤姆说："我们得尽快动身，先生。"

温特说："我希望你们别去管科瑞尔先生。"

"不行。在街上碰到他准没好事。"他用探寻的目光看着奥登镇长。

奥登慢慢地说："长话短说。咱们镇很小，公不公正都是小事。他们枪毙了你们的哥哥和亚历克斯·莫登。大家都恨透了叛徒。百姓怒不可遏，却不知道该如何反击，可这些都是小事。这是人和人之间的斗争，并非思想与思想的碰撞。"

温特说："让一位医生来思考取人性命的事情的确可笑，但我知道，被侵略的百姓早晚会反抗。我们没有武器，单凭满腔热血、血肉之躯根本打不赢。空有热血却手无寸铁只有死路一条。"

威尔·安德斯问道："你这么说是什么意思，先生？你想让我们怎么做？"

"我们想反抗，却没有能力。"奥登说，"他们现在让我们挨饿。饥饿会让我们变得更加不堪一击。你们两个要去英国了。也许没人会听你们说些什么，但一定要让他们知道我们的处境——知道我们小镇的处境——让他们给我们武器。"

汤姆问："你想要枪？"

门外又传来了急促的敲门声，大家僵在了原处。门外的巡逻兵急匆匆地跑着。威尔迅速走到门边。跑步声近在咫尺，门外传来几声模糊的命令，巡逻兵跑远了。门外又传来一声叩门声。

莫莉说："他们一定在追什么人。不知道这次会是谁。"

"我们得走了。"汤姆不安地说，"你想要枪，先生？我们得管他们要枪吗？"

"不，告诉他们我们的处境。有人在监视我们。只要我们有所行动，就会遭到报复。但如果我们能得到些简单的秘密武器，比如炸药这类隐蔽性强的武器，我们便能炸毁铁路，如果可能，再来点儿手榴弹，甚至毒药。"他愤怒地说，"战争本身就不是什么光彩的事。战争就是背叛，是谋杀。让我们以其人之道还治其人之身！让英国轰炸机在铁路上尽情扔炸弹吧，最好能给我们扔点儿小炸弹，我们好放在铁轨下面，放在他们的坦克下面。这样我们就有了武装，秘密武装。侵略者永远也搞不清我们谁手里有武器。让轰炸机给我们带点儿简单的武器吧。我们知道该怎么用！"

温特插话道："他们也搞不清该对付谁。士兵、巡逻兵永远也搞不清我们谁手里有武器。"

汤姆擦了擦额头。"我们要是能到英国，一定告诉他们，先生。可是——呃，我听说英国当局有人不放心把武器送到平民手中。"

奥登盯着他："噢！我没想过这个问题。好吧，看来只能等了。不管怎么说，要是这些家伙还在统治英国和美国，世界就完了。把我们的话转告给他们，如果他们愿意听的话。我们需要援助，如果能得到援助……"他的神情变得异常坚决,"如果能得到援助,我们就能自救。"

温特说:"只要他们给我们炸药,我们就能把它们藏在地下,以备不时之需。我们会让侵略者不得安宁!我们会炸毁他们的补给。"

一屋子的人兴奋不已,莫莉恶狠狠地说:"没错,我们能搅得他不得安宁。我们能让他们睡不着觉,让他们神经紧张,意志动摇。"

威尔轻声问:"就这些,先生?"

"是的。"奥登点点头,"这是最重要的。"

"他们要是不听呢?"

"尽力就好,就像你们今晚出海一样。"

"就这些,先生?"

门开了,安妮轻轻地走了进来。奥登接着说:"就这些。你们要是现在出发,我就让安妮去打探下情况。"他抬起头,看到安妮已经进了屋。安妮说:"有个当兵的从小路来了。好像是刚才来过的那个家伙。刚才有个当兵的来找过莫莉。"

大家看着莫莉。安妮说:"我锁上门了。"

"他到底什么意思?"莫莉问道,"他怎么又回来了?"

门外有人轻轻叩门。奥登走到莫莉身边:"怎么回事,莫莉?你遇到麻烦了?"

"没有,"她说,"没有!从后门走吧。你们能从后门出去。快,快点儿出去!"

大门外又传来叩门声。一个男人轻柔地喊着。莫莉打开通向厨房的门,说道:"快,快!"

镇长站在她面前:"你遇到麻烦了,莫莉?你没干过什么事吧？"

安妮冷冷地说："应该就是那个当兵的。他之前来过。"

"没错。"莫莉对镇长说，"没错，的确有个当兵的来过。"

镇长说："他想干什么？"

"他想向我示爱。"

"他没干什么吧？"奥登说。

"没有。"她说，"他什么都没干。快走，我应付得来。"

奥登说："莫莉，你要是有麻烦，我们可以帮你。"

"我的麻烦没人能帮上忙。"她说，"赶快走。"她把他们推出了门。

安妮还留在屋里。她看着莫莉说："小姐，那个当兵的到底想干吗？"

"我不知道他想干吗。"

"你会把秘密告诉他吗？"

"不会。"莫莉惊讶地重复了句，"不会。"而后厉声说道，"不会的，安妮，我一定不会！"

安妮皱了皱眉："小姐，你最好什么都不要跟他说！"她出了屋，关上了身后的门。

大门外又传来叩门声，一个男人的声音清晰可辨。

莫莉走到屋子中央的煤油灯旁，一副担子重重地压在了她的肩上。她低头盯着煤油灯，又看了看桌子，发现了毛衣边上那把大大的剪刀。她竟然抓着刀刃拿起了它。她攥着刀刃向下滑，握住了长长的刀柄。她握着剪刀，就像拿着把利刃似的。她满眼的惊恐。她低头看着灯，灯光打在了她的脸上。她慢慢地举起刀柄，揣进了裙子里。

叩门声还在继续，她听到了唤她的声音。她弯着腰待在灯前好一阵儿，突然吹灭了它。屋里漆黑一片，只有煤炉里映出点点红光。她开了门，不耐烦地说着，声音却十分甜美："我来了，中尉，我来了！"

第七章

漆黑的夜空万里无云，半轮残月洒下些微弱的光亮。屋外的风干巴巴的，在雪地里吹成了歌。一阵宁静的风缓缓地吹着，像是从北极慢吞吞赶来似的。地面上积雪很深，雪像沙一样干燥。房子四周堆满了积雪，它蜷缩在雪里，窗户黑乎乎的，把寒气严严实实地挡在了外面，只有几缕青烟从烟囱里飘了出来。

镇上的小路冻得十分结实，落在上面的雪也被踩得硬邦邦的。街上偶尔有几个冻得瑟瑟发抖的可怜巡逻兵走过，除此之外，便没了一丝声响。夜色里，一栋栋房子黑乎乎的，到了清晨还残留着些热气。几个卫兵站在煤矿洞口，他们举着望远镜观察天色，又把探听器对准天空，要知道，这可是轰炸的好天气。每当这种夜晚，刻着花纹的钢锭便会呼啸而下，随着一声巨响落成碎片。尽管月光只散发着微弱的光芒，可从天空俯瞰，地面清晰可见。

小镇一端，小小的房子中间有一条狗正在吠叫，似乎在述说着自己对寒冷与孤独的不满。它昂着头，没完没了地向上帝诉说这世界对自己如何不公。它唱得不错，声音浑厚洪亮，高低音错落有致。六个垂头丧气的巡逻兵在街上来来回回地挪着步，他们也听到了犬吠声。一个裹得严实的家伙说："我觉得它今晚叫得更难听了。我们应该打死它。"

另一个说："为什么？让它叫吧。我听着挺好。我家就有这么一条爱叫的狗。它根本停不下来，可恶的家伙。我不介意它叫。他们捉狗的时候把我的狗也带走了。"他如实说着，声音却透着些悲伤。

下士说："不能让狗把粮食都吃了。"

"噢，我不是在抱怨。我知道必须那么做。我没法像领袖那样高瞻远瞩。我只是觉得很好笑，这儿的人比我的粮食少多了，却还养着狗。他们都瘦成皮包骨了，我是说狗和百姓都一样。"

"他们都是傻子，"下士说，"所以才会这么快败下阵来。他们不会像我们这样高瞻远瞩。"

"不知道战争结束后他们还养不养狗。"士兵说，"我觉得我们可以从美国或是其他地方带些狗回去，让它们生息。你们觉得美国有什么狗？"

"不知道。"下士说，"估计狗和他们手里的其他东西一样发了疯。"他继续说，"狗好像没什么用。要不是给我们做侦查，好像真没用。"

"可能吧。"士兵说，"我听说领袖不喜欢狗。我听说他见了狗就浑身发痒，一个劲儿地打喷嚏。"

"你什么都知道。"下士说，"听！"巡逻队停下脚步，远远地听到飞机轰鸣的声音。

"他们来了。"下士说，"呃，好在这儿没灯。他们上次来已经是两个礼拜前了吧？"

"十二天前。"士兵说。

煤矿上的卫兵也听到了高空中飞机传来的轰鸣声。"它们飞得很高。"一个中士说。洛夫特上尉歪着头，从头盔的帽檐向外张望。"我估计得有两万英尺。"他说，"飞机没准就在我们头顶上。"

"没几架飞机。"中士侧耳听着，"估计超不过三架。要通知炮兵吗？"

"让他们做好准备，向兰泽尔上校报告——不，还是先别报告。

飞机没准不是冲着我们来的。它们快飞远了，没有俯冲的意思。"

"听上去它们正在盘旋。我想应该不超过两架。"中士说。

百姓躺在床上，耳畔传来了飞机的嗡嗡声，他们蜷缩在被子里，静静地听着。在镇长的府邸里，这微弱的声响惊醒了兰泽尔上校，他平躺在床上，睁大双眼盯着黑乎乎的天花板。他屏住呼吸，好听得更真切些。可他的心怦怦跳着，根本听不清。奥登镇长在睡梦中听到飞机的嗡嗡声，做起了梦，他动了动身子，低语起来。

两架土色的轰炸机在高空中盘旋。它们关上风门，不再咆哮，静静地在上空打着转儿。几百个小包裹从飞机腹部一个接一个地掉了下来，它们径直落下几英尺，然后撑开了小小的降落伞。小小的包裹静静地、慢慢地飘落下来。飞机打开风门，向上飞去，接着关上风门，又在空中盘旋着掉出些包裹，便朝着来时的路飞走了。

小小的降落伞像蓟花般在空中飘荡，风吹散了它们，如同蓟花般撒了一地。它们慢慢飘着，轻轻地落在地面上，有时，这十英寸的炸药包直直地立在雪地里，小小的降落伞轻轻地落在它们周围。它们落在雪地里，看上去黑乎乎的。它们落在雪白的山野中，落在山上的丛林中，落在树上、挂在枝头。有的落在小镇的屋顶上，有的落在小小的前院中，还有一个正好落在了传教士圣阿尔伯特的雕像的帽子上。

一个小小的降落伞掉在马路上，落在了巡逻兵面前，中士大喊："小心！是定时炸弹。"

"不够大呀。"一个士兵说。

"好吧，离远点儿。"中士取出手电，照了照那个东西，原来是个还没手帕大的降落伞。降落伞呈浅蓝色，和它一起飘落下来的还有个用蓝纸包着的包裹。

"谁都不许碰它。"中士说，"哈利，到煤矿那儿把上尉找来。我们盯着这该死的东西。"

天亮了，百姓从屋里走出来，发现了雪地里蓝色的东西。他们走过去，捡起包裹，撕开外面的纸，读着上面印着的字。他们知道这是礼物，一时间，捡到包裹的人变得鬼鬼祟祟，他们把长长的炸药管塞在衣服下面，找个隐蔽的地方藏了起来。

孩子们听说了礼物的事，他们像在寻找复活节彩蛋一样，把这里翻了个底朝天。运气好的孩子发现了蓝纸，他们急忙跑过去打开礼物，把炸药管藏起来，还跑去告诉了父母。有些胆小的百姓把炸药管交给了军方，可毕竟只有少数人这么做了。士兵们也像寻找复活节彩蛋一样，把这里翻了个底朝天，可他们和孩子比起来，水平还是差了不少。

镇长府邸的客厅里，餐桌边上还摆着几把椅子，自从亚历克斯·莫登死后，这里就一直是这个样子。镇长当家时，这里可要优雅得多。没放椅子的墙面看上去空荡荡的。桌子上还散落着几份文件，把这屋子弄得像间办公室似的。壁炉上的钟表敲了九下。天色阴沉，空中飘着几朵乌云。黎明时分，空中便积聚了厚厚的雪云。

安妮从镇长的房间走了出来，俯在桌上，盯着上面的文件。洛夫特上尉走了过来。他停在门口，发现了安妮。

"你在干什么？"他质问道。

安妮绷着脸说："是的，长官。"

"我问你在干什么？"

"我正要打扫房间，长官。"

"把东西放下，出去吧。"

安妮说："好的，长官。"她等他进了门，便匆匆跑开了。

洛夫特上尉转过身，冲着门外说："好了，拿进来吧。"一个士兵跟着他走了进来，他把枪扛在肩上，胳膊里还夹着不少蓝色的包裹，包裹的一头耷拉着几根带子和几块蓝布。

洛夫特说："把它们放在桌上。"士兵小心翼翼地把包裹放了下来。"到楼上去报告兰泽尔上校，我在这儿守着这些——东西。"士兵绕过桌椅，走了出去。

洛夫特走到桌前，拿起一个包裹，露出厌恶的神色。他把小小的蓝色降落伞举过头顶扔了出去，降落伞随即张开，慢慢飘向地面。他俯身捡起包裹，仔细检查起来。

兰泽尔上校迅速进了屋，身后还跟着亨特少校。亨特手里拿着张黄色的方纸。兰泽尔说："早上好，上尉。"他走到上位，坐了下来。他盯着小小的炸药管看了一阵，而后拿起一个。"坐，亨特。"他说，"检查过了吗？"

亨特拉出把椅子，一屁股坐下。他看着手里的黄纸。"没仔细查。"他说，"不过十英里的铁路，就被炸了三处。"

"好吧，你看看这些东西，有什么想法？"兰泽尔说。

亨特抓起炸药管，剥开外面的纸，里面露出个小包来。亨特拿出刀，插进了炸药管里。洛夫特上尉扭头看着。亨特闻了闻刀口，搓了搓手指："真笨。这是商用炸药。不知道硝化甘油的比例如何，得检测一下。"他看了看管底，"就是普通的雷管、雷酸汞和导火线——我猜要大约一分钟才能引爆。"他把炸药管扔到桌子上说，"这东西不值钱，特别好做。"

上校看着洛夫特："你估计他们扔了多少下来？"

"不知道，长官。"洛夫特说，"我们大概捡了 50 个炸药管，还有 90 个降落伞。不知道为什么，百姓们只捡了炸药管，倒是把降落伞留下了，这么看来，还有不少被藏了起来。"

兰泽尔挥了挥手。"这倒无关紧要。"他说，"他们想往下扔多少就能扔多少。我们管不了他们，也对付不了他们。他们并没有攻打任何人。"

洛夫特气急败坏地说："我们能让他们从地球上消失！"

亨特忙着撬开管子一头的铜雷管，兰泽尔说："没错——我们的确做得到。你看这包装纸了吗，亨特？"

"没有，还没顾得上。"

"太狠了，这东西包装纸是蓝色的，一眼就能发现。打开外包装，这儿……"兰泽尔上校说，他拿起个小包裹，"这儿是块巧克力。人人都会去寻找这东西。我们自己的士兵也想偷吃里面的巧克力。唉，孩子们更会乐此不疲，就像寻找复活节彩蛋一样。"

一个士兵走了进来，他在上校面前放了张黄纸便又出了屋。兰泽尔盯着它，发出了刺耳的笑声："有个消息告诉你，亨特。铁路又断了两处。"

亨特不再检查铜雷管，抬起头问："怎么回事？他们在各处都放了炸药？"

兰泽尔有些糊涂："真有意思。我把这事报告给了首都。敌军只在我们这里扔下了炸弹包裹。"

"这事你怎么看？"亨特问。

"呃，不好说。我想他们说不定在做实验。我猜这招如果能奏效，他们会把炸弹包裹扔得到处都是，但要是不管用就会作罢。"

"你打算怎么办？"亨特问。

"首都那边命令我毫不留情地摧毁他们的诡计，不能让他们到别的地方去扔炸弹包裹。"

亨特哀叹道："我怎么才能修好五段被毁的铁路？我手里可没那么多铁轨。"

"我觉得你可以拆些旧的岔道下来。"兰泽尔说。

亨特说:"那会把路基弄得一片狼藉。"

"呃,不管怎么说,只有这办法才能修路基。"

亨特少校把拆开的炸药管扔到那一堆管子上面。洛夫特插话说道:"我们必须立刻阻止这事,长官。我们必须在他们使用这些炸药之前,逮捕捡了炸药的百姓,严厉地惩罚他们。我们得忙起来,省得百姓们以为我们怕了。"

兰泽尔对着他微微一笑,说道:"别紧张,上尉。我们先得看看手里有什么,才能想出补救的方法。"

他从一堆炸药中拿出一个,拆下包装。他取出一小块巧克力,尝了尝说:"太狠了。巧克力真不错。连我自己都想吃得不行。分明是摸彩袋里的礼品。"他又拿起炸药,"你觉得这东西究竟如何,亨特?"

"我说过了。它们不值钱,这个炸药里有一根雷管和一分钟的导火线,炸起小地方来破坏力极强。对懂行的人来说它们很不错,但在不懂的人看来却一点儿用都没有。"

兰泽尔端详着包装里印的字:"看这个了吗?"

"扫了一眼。"亨特说。

"好吧,我仔细看了。我希望你能认真听听。"兰泽尔说着,读着纸上的内容,"致不愿被奴役的百姓:把它藏起来,别伤着自己。东西不久便能派上用场。这是朋友送给你们的礼物,更是你们送给侵略者的礼物。别指望它们能干出惊天动地的大事。"他略过几行,说道:"这里写着'铁路''晚上行动''阻断交通'。再看这儿:'使用说明——铁轨,放于铁轨连接处,用绳子系好,裹上泥土或踩实的雪块予以固定。引燃导火线,数到 60 方可爆炸。'"

他抬头看着亨特，亨特直言："就是这样。"兰泽尔又回头看了看刚刚略过的内容。"'桥梁：破坏，但不得摧毁'，看这儿'电线杆'，还有这儿'排水管、卡车'。"他放下蓝色的宣传单，"好吧，就这些。"

洛夫特怒气冲冲地说："我们必须得做点儿什么！必须得想办法控制局势。总部怎么说？"

兰泽尔噘着嘴，手指还拨弄着一个炸药管："他们不说我也猜得到。我接到命令：'设陷阱、给巧克力下毒。'"他顿了顿，接着说，"亨特，我是个好人，很忠诚，可有时听到总部的这种主意，我真的宁愿自己就是个普通人，是个瘸了腿的老头儿。他们总以为敌人愚蠢至极。我可没说他们就这点儿脑子，对吧？"

亨特饶有兴趣地说："你没说吗？"

"不，当然不行。可事情会变成什么样？一个人捡到炸药，正好踩中我们的陷阱，被炸得粉身碎骨。一个孩子吃了巧克力，中毒而亡。然后呢？"兰泽尔厉声说，然后他看着自己的双手，"他们会用木棍儿戳它，用套索砸它，然后再伸手去拿。他们会让猫来吃巧克力。该死的，少校，百姓很聪明。这种愚蠢的陷阱只能用一次。"洛夫特清了清嗓子，"长官，失败者才会说这种话。我们必须采取行动。你为什么觉得他们只往我们这儿扔了炸药，长官？"

兰泽尔说："不外乎两个原因，要么就是他们随便选了这座小镇，要么便是这座小镇和外面有联系。我们都清楚，有几个年轻人逃了出去。"

洛夫特无奈地重复着："我们必须采取行动，长官。"

兰泽尔看着他。"洛夫特，我打算推荐你去总参谋部。你不能还没搞清状况，就急着行动，得用新的办法来征服这里。这之前，我们可以常常收缴百姓的武器，让他们变得无知愚钝。可他们现在可以听收音机，我们阻止不了他们。我们甚至连他们的收音机在哪儿都一无所知。"

一个士兵从门口探进头来："科瑞尔先生想见你，长官。"

"让他等着。"兰泽尔回道，他继续对洛夫特说，"他们读了说明书，武器会从天而降。现在还只是炸药而已，上尉。过不了多久，他们还会扔下手榴弹和毒药。"

洛夫特不安地说："他们还没扔毒药呢。"

"是没扔，但他们一定会扔。想想看，要是百姓手里攥着小飞镖，就是那种可以射到靶子上的蠢东西，头儿上还涂着毒药，这致命的小东西可以悄无声息地飞过来，穿透制服，不发出一点儿声响，那你的军队，甚至你的士气还能像现在这样吗？将士们要是知道了毒药的事会怎样？他们，还有你，还能这样舒舒服服地吃喝吗？"

亨特干巴巴地说："你是在给敌人制订作战计划吗，上校？"

"不，我只是在想将来的事罢了。"

洛夫特说："长官，我们本该去搜寻炸药，却坐在这儿聊这些没用的东西。要是百姓当中有什么组织，我们必须找到并铲除它。"

"没错。"兰泽尔说，"我想，我们必须毫不留情地铲除它。你带特遣队过去，洛夫特。让普雷克也带上一队。真希望再多一些年轻军官。托德就那么死了，一点儿忙都帮不上。他为什么非出去和女人鬼混？"

洛夫特说："我真看不惯普雷克中尉的所作所为，长官。"

"他干什么了？"

"他什么都没干，只是总会一惊一乍、沮丧个脸。"

"没错。我知道。这事我说过无数次了。要知道，"兰泽尔说，"我要是能管住嘴，没准早就是少将了。为了取得胜利，我们训练我们的战士，不得不承认，他们打胜仗的时候确实无比光荣，可他们却不知道吃了败仗该怎么办。我们告诉他们，他们比别的年轻人更聪明、更勇敢。可当他们发现自己并没有比别人聪明一分、勇敢一分时，就被打击到了。"

洛夫特厉声说：" 你说的吃了败仗是什么意思？我们并没有战败？"

兰泽尔抬起头，冷冷地看了他好一会儿，一句话都没说。洛夫特终于眨了眨眼，补充道："长官。"

"谢谢。"兰泽尔说。

"别人忘记称呼长官时，你不会要求他们补上的吧，长官？"

"他们压根儿想不起来，所以也算不上冒犯。可你要是忘了，就说不过去。"

"是的，长官。"

"去吧，看住普雷克。开始搜吧，除非有人公然反抗，否则不得开枪，明白吗？"

"明白，长官。"洛夫特恭恭敬敬地行了个军礼，走出了房间。

亨特饶有兴趣地看着上校："你对他是不是太粗暴了？"

"没办法，他吓坏了。我了解他这种人。他害怕的时候只有纪律能救他，否则他会垮掉。他以纪律为生，就像别人靠着同情心过活一样。你最好去看看铁路。你应该也觉得他们今晚就打算炸了那里吧？"

亨特站起身来，说道："没错。我猜是首都发的命令吧。"

"是的。"

"他们有没有——"

"你了解他们的。"兰泽尔打断他说,"你知道他们会干什么。把带头的抓起来枪毙,抓几个人枪毙了,再多抓些人质充数……"他提高了嗓门,现在却又耳语起来,"百姓只会越来越愤怒,我们之间的仇只会越结越深。"

亨特犹豫了一会儿:"他们有除掉名单上的谁吗?"他微微指了指镇长的房间。兰泽尔摇了摇头:"没有,暂时还没有。现在也只是把他们抓起来了而已。"

亨特轻轻地说:"上校,我可否提个建议——你是不是累坏了,上校? 我能——要知道——我能给上面报告说你累坏了吗?"

兰泽尔用手捂着眼睛,待了好一会儿,他才挺起胸膛,沉下脸:"我不是普通人,亨特。我们的军官本就不多,你知道的。工作吧,少校。我得去见科瑞尔了。"

亨特微微一笑。他走过去开了门,站在门外说道:"是的,他在里面。"他转过头对兰泽尔说:"是普雷克,他想见你。"

"让他进来。"兰泽尔说。

普雷克走了进来,他看上去很不开心,一副咄咄逼人的样子:"兰泽尔上校,长官,我想……"

"坐。"兰泽尔说,"先坐下来休息休息。拿出个好军人的样儿来,中尉。"

普雷克的脸色好了不少。他坐在桌旁,把胳膊搭在了桌子上:"我想……"

兰泽尔说:"别说了,我知道你想怎样。你觉得事情不该是这个样子,对吧? 你以为一切都会很美好。"

"他们恨我们。"普雷克说,"他们恨透了我们。"

兰泽尔微微一笑:"我没准知道是怎么回事。年轻小伙子能当个好兵,可年轻小伙子也需要女人,对吧?"

"没错，就是这样。"

"呃。"兰泽尔和蔼地说，"她恨你吗？"

普雷克吃惊地望着他："不知道，长官。有时，我觉得她不过就是不高兴罢了。"

"你很痛苦？"

"我不喜欢这儿的一切，长官。"

"那是当然，你以为这儿会很好玩，是吧？托德中尉受不了了，可他一出去，却被人用剪刀捅死了。我可以调你回家。可这儿需要你，你还坚持调回家吗？"

普雷克不安地说："不，长官，我不能走。"

"很好。我现在告诉你，希望你能理解。你再也不是普通人了，你是个战士。你舒不舒服无关紧要，中尉，你的生命也无关紧要。你要能活着回去，会记住很多往事。这是你唯一能得到的东西。可现在，你必须服从命令、执行命令。尽管命令大多不怎么好，可这不是你该关心的事。我不会骗你，中尉。他们训练你，是为了让你服从命令，而不是要给你走过的路铺上鲜花。他们本该用真理让你的灵魂成长起来，却用谎言来误导你。"他的声音变得越发冷酷，"可你选择了这份工作，中尉。你是坚持还是放弃呢？我们可管不了你的灵魂。"

普雷克站了起来："谢谢，长官。"

"而那个女孩，"兰泽尔继续说，"那个女孩，中尉，你可以强奸她，也可以保护她，甚至也可以和她结婚——这都无所谓，只要你接到命令时，能枪毙她就行了。"

普雷克疲倦地说："我会的，长官，谢谢，长官。"

"我保证，还是知道真相的好。我保证，一定是这样，还是知道真相的好。去吧，中尉，要是科瑞尔还在外面，就让他进来。"

他看着普雷克中尉走出了门。

走进屋的科瑞尔完全像变了个人似的。他的左臂打着石膏，再也不是原来那个健谈、友好，脸上还总挂着笑容的科瑞尔了。他的脸棱角分明却面露苦色，眼睛斜着，活像两只死猪眼。

"我早就该来找你，上校。"他说，"可你缺乏合作的诚意，我才这么犹豫不决。"

兰泽尔说："我记得，你在等报告的回信。"

"我等的可远不止什么回信。你不让我掌权，你说我毫无用处。可你并没有意识到，我在这儿待的时间比你长。你不听我的建议，硬是让镇长继续管这儿。"

兰泽尔说："要不是因为他，我们的处境可能会更糟。"

"这只是你的看法罢了。"科瑞尔说，"那个家伙才是暴民的头头。"

"一派胡言。"兰泽尔说，"他可没那么多心思。"

科瑞尔伸出那只没有受伤的手，从右边口袋里取出个黑色笔记本，用手指翻开几页："你忘了，上校，我有自己的资源，我在这儿待的时间比你长。我要向你报告，镇上发生的每件事，奥登镇长都有参与。托德中尉被害的那晚，他就和凶手待在凶案现场。那个女人逃上山，正是躲进了他亲戚的家里。我跟踪她到了那儿，可她已经不见了。不管谁出逃，奥登都一清二楚，还帮了不少忙。我甚至强烈感觉他和那些小降落伞脱不了干系。"

兰泽尔急切地说："可你没法证明。"

"当然。"科瑞尔说，"我是证明不了，我从头到尾只是在怀疑罢了。但你现在说不定愿意听听我的建议了吧？"

兰泽尔轻轻地说："说来听听。"

"上校，这些可不仅仅是个建议。现在必须把奥登留下来当人质，只有镇子里不出事，才能保他一命。只要有一个人引燃一根炸药管上的导火线，他就完了。"

他又把手伸进口袋，取出本小小的折叠册子，他打开册子，摊在上校面前："这个，长官，就是总部给我的回复。你可以看到，总部让我掌权。"

兰泽尔盯着小册子，轻轻地说："你还真会越级行事，是吧？"他抬头看着科瑞尔，满眼的厌恶写在脸上："我听说你受伤了。怎么回事？"

科瑞尔说："你的中尉被害的那晚，我被人绑架了，是巡逻队救了我。那天晚上有人截了我的船逃跑了。上校，现在奥登镇长必须留下来做人质，我还用多说什么吗？"

兰泽尔说："他就在这儿，他又没跑，难道还不算是人质吗？"

远处突然传来一阵爆炸声，两个人急忙朝着声源望去。科瑞尔说："事实摆在眼前，上校，你明明知道，要是他们的实验成功了，每个被侵略的国家都会布满这种炸药。"

兰泽尔轻声重复着："那你觉得该怎么办？"

"我刚才说了，控制住奥登，才能控制暴乱。"

"要是他们反抗，我们就枪毙奥登？"

"接下来就是那名医生。他虽然没当什么官，可在这镇上的权威却仅次于镇长。"

"可他没当什么官。"

"百姓都信他。"

"那我们再枪毙他，然后呢？"

"我们便能掌权，叛乱也会土崩瓦解。只要我们杀了带头的，叛乱自然就会被镇压。"

兰泽尔不解地问："你真这么想？"

"当然。"

兰泽尔缓缓地摇了摇头，他叫道："警卫员！"门开了，一个士兵出现在门口。"中士，"兰泽尔说，"按我的命令去逮捕奥登镇长和温特医生。好好看着奥登，速速把温特带来见我。"

警卫说："明白，长官。"

兰泽尔抬头看着科瑞尔说："要知道，我希望你能明白自己在做什么。我真的希望你能明白自己在做什么。"

第八章

在小镇，消息一转眼就传开了。"镇长被抓起来啦！"人们时而在门口窃窃私语，时而迅速交换意味深长的眼神，而且，整个镇子洋溢着一种无声且微妙的欢乐氛围，这种欢乐虽然微弱，却十分强烈，有的人聚在一起，轻声聊着这件事，然后各走各的路，还有的人进商店买东西，探身向店员耳语几句，消息就这样传了过去。人们去乡下和树林里寻找炸药。孩子们在雪地里玩耍时找到了炸药，他们都很清楚该怎么做。他们打开包装，吃掉巧克力，再把炸药埋进雪地，然后去告诉父母炸药的位置。

一个人在乡村一处偏远的地方拾到一根雷管，他看了上面的说明，便自言自语地说："不知道还能不能用。"他把雷管插进雪地，点燃了导火线，然后跑远，开始数数，但他数得太快了。他数到六十八，炸药才爆炸。他说："还能炸。"就这样，他急急忙忙地去寻找其他雷管。

几乎像是收到了信号一样，人们一进家就关上大门，街上鸦雀无声。在煤矿，士兵仔细反复地搜查每一个进入矿井的矿工，当兵的都很紧张，态度粗鲁，对矿工们说话疾言厉色的。矿工都用冷冰冰的眼神瞧着他们，眼中隐藏着微弱而强烈的欢乐。

在镇长官邸的客厅里，桌子已经收拾干净，一个士兵守在奥登镇长的卧室门外。安妮跪在煤炉前，把小煤块塞进火里。她抬头看着站在奥登镇长门前的卫兵，恶狠狠地说："你们想把他怎么样？"士兵没有回答。

外面的门开了，另一个士兵拉着温特医生的胳膊走了进来。温特医生走进来后，他关上门，守在门内。温特医生说："你好，安妮，镇长怎么样？"

安妮指着卧室，说："他在屋里。"

"他没生病吧？"温特医生道。

"没有，看起来不像是病了。"安妮说，"我去看看能不能通知他你来了。"她向卫兵走过去，傲然地说，"去告诉镇长，温特医生来了，你听到我说的了吗？"

士兵没有回答，也没有动，但他身后的门开了，奥登镇长站在门口。他没理会卫兵，直接从他身边走进客厅。有那么一刻，卫兵似乎很想把他带回去，但他还是回到了门边的位置。奥登说："谢谢你，安妮。不要走远，我可能需要你。"

安妮说："放心吧，先生。夫人怎么样？"

"她在梳头。安妮，你要去见她吗？"

"是的，先生。"安妮说，她也从卫兵身边走过，走进卧室，关上了门。

奥登问道："医生，有什么事吗？"

温特医生讽刺地一笑，指着他身后的卫兵："我八成是被捕了。是我的这位朋友把我带来的。"

奥登说："果然不出所料啊。我很想知道他们现在会怎么办。"他们两个人盯着彼此看了很久，都很清楚对方心里在想什么。

跟着，奥登又说了起来，仿佛刚才的话并没有中断："你知道的，就算我想，我现在也无力阻止了。"

"我明白。"温特说道，"但他们不懂。"他说出了一个一直藏在他脑海里的想法，"大家都非常有时间观念，"他说道，"而现在时间所剩无几了。他们以为他们只有一个领导人，只有一颗脑袋，我们所有人都是这样。他们知道十颗脑袋被砍掉了，他们也就完了，但我们是自由的人；我们有多少人就有多少颗脑袋，到了有需要的时候，领导者会像蘑菇一样在我们之间涌现出来。"

奥登把一只手放在温特的肩膀上，说："谢谢你。我也很清楚这些，但我很高兴听你说出来。我们这些小人物是不会屈服的，对吧？"他焦虑地端详着温特的脸。

医生安慰他："是的，他们不会的。事实上，有了外界的帮助，他们会变得更强。"

有那么一会儿，房间里寂静无声。卫兵稍稍变换了一下姿势，他的步枪碰到了一颗纽扣，发出咔嗒一声。

奥登说："我现在可以和你说话，医生，但恐怕再也没有这样的机会了。我有件不太体面的事要告诉你。"他咳嗽一声，瞥了一眼身体僵直的士兵，但看样子他并没有注意他们的谈话，"我一直在想我活不长了。如果按照正常程序，他们一定会杀了我，而下一个死在他们手里的人就是你。"见温特沉默不语，他又说，"是这样吧？"

"我想是的。"温特走到一把镀金椅子边上，他正要坐上去，却发现椅子上的织锦破了，他拍拍椅面，仿佛这样就能将其修复。椅子破了，他轻轻坐下。

奥登继续说："你知道的，我很害怕，我一直在想我怎么才能逃跑，才能摆脱现在的处境。我一直想逃。我想求他们饶我一命，我这么想，实在太丢脸了。"

温特抬起头说："但你并没有那么做。"

"是的，我没有。"

"你以后也不会那么做。"

奥登有些犹豫："是的，我以后也不会。但我这么想过。"

200

温特轻声道："你怎么知道大家没有这么想过？你怎么知道我没有这么想过？"

"我不明白他们为什么也把你抓了起来。"奥登说，"但想必他们是不会饶你性命的。"

"也许吧。"温特说。他不停地揉搓大拇指，两只眼紧紧盯着大拇指。

"你知道的。"奥登沉默了片刻，然后说，"你知道的，医生，我是个小人物，这里是个小镇，但小人物身上的微弱火花必定也能爆发出熊熊烈焰。我害怕，我吓得肝胆俱裂，我想尽各种办法让自己免于一死，但那种念头已经消失了，现在，我被一种狂喜包围了，仿佛我变得更伟大了，变得更好了，你知道我是怎么想的吗，医生？"他笑着回忆，"你还记得在学校里学过的《申辩篇》吗？你还记得苏格拉底是怎么说的吗？有些人会说，'苏格拉底呀，你不觉得羞愧吗，过着这样一种很可能不得善终的生活？'对这些人，我可以坚定地说，'你错了，任何一个有价值的人都不应该总是计较生死，他做一件事，应该考虑的是他自己做得对还是错'。"奥登停顿片刻，试着回忆。

温特医生这会儿紧张地向前坐坐，他补充道："'是作为一个正直的人还是邪恶的人。'我想你背得不完全正确。你一向学习都不太好。你在指责他们的时候也错了。"

奥登咯咯笑了起来："你还记得？"

"是的。"温特急切地说，"简直历历在目。你忘了一句话，也可能是忘了一个词。那是在毕业典礼上，你特别兴奋，甚至都不记得把衬衣下摆塞进裤子，全露在了外面。你还搞不懂大伙儿为什么笑。"

奥登轻轻一笑，他悄悄地把手伸到身后，去摸他的衬衫下摆是否掉了出来。"我当时把自己当成了苏格拉底。"他说，"我还指责学校董事会。我竟然指责他们！我大吼大叫，我能看到他们满脸通红。"

温特说："大家都屏住呼吸，要不然非得笑出来。你的衬衫下摆都掉在外面了。"

奥登镇长大笑起来："那是多久之前的事了？四十年？"

"四十六年。"

卧室门边的卫兵悄悄走到守着外门的卫兵旁边。他们小声嘀咕着，像是孩子们在学校里交头接耳。

"你站岗站多久了？"

"已经一整夜了，我的眼睛都睁不开了。"

"我也是。昨天来的船上有你妻子的信吗？"

"有！她还问你好。她说她听说你受伤了。她的信上没多说什么。"

"告诉她我很好。"

"当然……我写信的时候和她说。"

镇长抬起头，望着天花板，他嘟囔着说："呜……呜……呜。不知道我还想不想得起来……怎么说来着？"

温特给他提示："'现在，那些谴责……'"

奥登轻声说道："'现在，那些谴责我的人……'"

兰泽尔上校轻声走进客厅，两个卫兵马上立正站好。上校听到他们在说话，便停下来竖耳倾听。

奥登注视着天花板，聚精会神地回忆曾经说过的那些话。"'现在，那些谴责我的人',"他说，"'我很乐意向你们预言……因为我快死了……而人临死的时候是赋有预言能力的。我……我要向你们这些杀害我的凶手预言：我死去之后，立刻就有……'"

温特站起来说："是'离去'。"

奥登看着他："什么？"

温特说："是'离去'，不是'死去'。你以前就犯过这个错误。四十六年前，你就犯过这个错误。"

"不对，就是'死'，就是'死'。"奥登环顾四周，发现兰泽尔上校正瞧着他。他问："是'死'吧？"

兰泽尔上校道："是'离去'。应该是'我离去之后，立刻就有……'"

温特医生坚持道："听到了吧，二对一。'离去'是对的。你以前就犯过同样的错误。"

奥登直视前方，他沉浸在回忆中，对外界视而不见。然后，他继续说："'我要向你们这些杀害我的凶手预言，我死……离去之后，立刻就有比你们加之于我的更重得多的惩罚在等待你们。'"

温特鼓励地点点头，兰泽尔上校颔首，他们似乎是在尝试帮他回忆。奥登又道："'你们杀了我，因为你们想逃脱指责，不必再对自己的行为做出解释……'"

普雷克中尉兴奋地走进来，大叫道："兰泽尔上校！"

兰泽尔上校说："嘘……"他伸出一只手，示意他不要作声。

"'那你们就错了。'"奥登继续轻声说道，他的声音越来越有力，"'我说，未来将有比现在更多的人指责你们。'"他轻轻挥着手，像是在演讲："'我从前所劝诫的那些指责你们的人，他们的年纪比较轻，他们更不体谅你们，对你们更愤怒。'"他皱起眉头，努力回忆着。

普雷克中尉道："兰泽尔上校，我们发现有人携带炸药。"

兰泽尔说："嘘。"

奥登继续说："'如果你们以为用杀人的办法就能防止别人谴

责你们的罪恶生活，那你们就错了。'"他双眉紧蹙，思考着，牢牢注视着天花板，然后，他尴尬地笑笑，说道："我就记得这些。其余的都忘了。"

温特医生说："经过了四十六年，你还记得这些，已经很不错了。再说了，就是在四十六年前，你也背得不太熟。"

普雷克中尉插话道："兰泽尔上校，我们发现了几个身上有炸药的人。"

"抓了吗？"

"是的，先生。洛夫特上尉和……"

兰泽尔说道："告诉洛夫特上尉看好他们。"他打起精神，走进房间，说："奥登，那些事该停止了。"

镇长对他无助地笑笑："停不下来的，先生。"

兰泽尔厉声道："我扣下你当人质，是为了让你的人乖乖听话。这是我的命令。"

"但事情是不可能停止的。"奥登直白地说，"你不明白。要是我成了累赘，那没有我，他们照样会该怎么做还怎么做。"

兰泽尔说："把你内心真正的想法告诉我。如果你的人知道，要是他们再点一根引信，你就将被枪决，他们会怎么样？"

镇长无助地看着温特医生。然后，卧室的门开了，夫人走了出来，一只手里拿着镇长的官职链徽："你忘了这个。"

奥登说："什么？啊，是的。"他低下头，夫人将链徽套在他的脖子上，他说，"谢谢，亲爱的。"

夫人抱怨道："你总是想不起戴。你老是不记得。"

镇长看着他手里链徽的末端，圆形金属挂坠上刻着他的职务的标志，兰泽尔追问道："他们会怎么做？"

"不清楚。"镇长说，"我想他们还是会点燃引信。"

"如果你要求他们别那么做呢？"

温特道："上校，今天早晨我看到一个小男孩堆了一个雪人，三个成年士兵看着他会不会把雪人堆成你的样子。他堆得倒是挺像，然后，他们把雪人毁了。"

兰泽尔没有理会医生。"如果你要求他们别那么做呢？"他重复道。

奥登露出了一副半睡半醒的样子，他的眼皮向下垂，同时还在试图思考。"我不是一个非常勇敢的人，先生。我认为他们还是会点燃引信。"他挤出这些话，"我希望他们点燃引信，但如果我要他们不那么做，他们会难过的。"

夫人说："你们在说什么？"

"先别说话，亲爱的。"镇长道。

"你认为他们还是会点燃？"兰泽尔不肯轻易罢休。

"是的，他们会点燃。我的生死都由不得我自己，这你也是知道的，先生。但是，我可以选择怎么生怎么死。如果我要他们不反抗，他们会难过，但他们还是会战斗。如果我让他们战斗，他们会很高兴，我这个不太勇敢的人就能让他们变得更勇敢一些。"镇长大声说道，然后他充满歉意地笑笑，"你看到了。这么做很容易，毕竟对我而言，结局都是一样的。"

兰泽尔说："就算你说'是'，我们也可以告诉他们你说的是'不'。我们可以对他们说，你求我们不要杀你。"

温特愤怒地插话道："他们早晚都会知道真相。秘密总有泄露的那一天。你们有个人一天晚上失控了，他说苍蝇反控了捕蝇纸，现在全国上下都听说过这句话。他们还编了一首歌呢。苍蝇反控了捕蝇纸。秘密是守不住的，上校。"

此时，从煤矿那里传来了一声尖锐的笛声。一阵疾风吹来，卷着干雪吹打着窗户。

奥登抚摸着他的金链徽。"看到了吧，先生，没有任何人能阻止这件事。你们将被摧毁，将被赶走。"他轻声说，他的声音非常低，"人们不喜欢被征服，先生，所以他们不会被征服。自由的人不会挑起战争，但战争一旦开始，他们即便失败，也会继续战斗。而缺乏独立思想的人只会跟随领导者，他们就做不到这一点，所以，随大流的人只会赢得战斗，而自由的人将赢得战争，历来都是如此。你迟早会认清这一点的，先生。"

兰泽尔僵硬地站在那里："我的命令很清楚了，十一点是最后期限。我抓了几个人质，只要出现暴乱，人质就没命了。"

温特医生对上校说："你明知你的命令说了也是白说，你还要执行吗？"

兰泽尔紧绷的脸上透着忐忑："不管是什么命令，我都会执行。但是，先生，我认为你若是可以发表声明，将挽救很多条生命。"

夫人哀怨地插话道："谁能给我解释一下你们在说什么，我都听不懂。"

"亲爱的，我们说的就是一些蠢话。"

"但他们不能把镇长抓起来啊。"她告诉他。

奥登对她笑笑："是的，他们不能抓镇长。镇长是自由的人才有的概念。镇长是不会被逮捕的。"

远处传来一声爆炸声，爆炸的回响在山间回荡。煤矿的笛声发出尖锐的警告。奥登站了一会儿，紧张到了极点，然后，他笑了。第二声爆炸响起，这次距离更近，威力更猛，回响在群山间久久不散。奥登看看表，然后摘下表和表链，放进温特医生的手里。"苍蝇怎么样了？"他问。

"苍蝇征服了捕蝇纸。"温特回道。

奥登喊了起来："安妮！"卧室的门随即打开，镇长说，"你听到了吗？"

"是的，先生。"安妮有些尴尬。

此时，隆隆的爆炸声更近了，可以听到木头断裂和玻璃碎裂的声音，卫兵身后的门也弹开了。奥登说："安妮，我希望只要夫人需要你，你就留在她身边。不要丢下她一个人。"他伸出一只胳膊搂住夫人，亲吻了她的额头，然后，他缓缓地走向普雷克中尉身旁的那扇门。走到门口，他转身面对温特医生。"'克里托，我还欠阿斯克勒庇俄斯一只公鸡，你能替我还清这笔债吗？'"他柔声道。

温特闭上眼，过了一会儿，他答："'那笔债终将偿还。'"

奥登咯咯笑了："我还记得这句话，我可没忘。"他伸手去拉普雷克的手臂，中尉连忙躲开。

温特缓缓地点了点头："是的，你记得。那笔债终将偿还。"

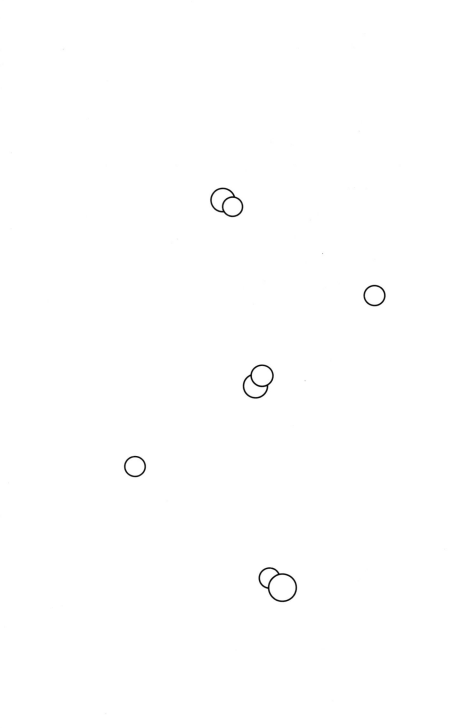

珍　珠

The Pearl

"镇里流传着一个关于一颗大珍珠的故事，讲的是一个叫奇诺的采珠人怎样找到了这颗大珍珠，又是怎样将它遗失。他的妻子叫胡安娜，他的孩子叫尤蒂托。人们经常讲起这个传说，所以它深深烙印在了每个人的心里。与所有人们记在心里、讲了无数次的故事一样，这个故事里也只有好与坏、黑与白、善与恶，没有中间地带。

　　"如果这是个寓言，或许每个人都能从中悟出一些道理，并结合自己的经历去品味。从前，有个镇子……"

第一章

奇诺醒了过来，发现天色依然十分昏暗。星辰仍闪着光，只有东边靠近地平线的天空有一抹淡淡的光亮。公鸡早已打过鸣，早早醒来的猪也开始在小树枝和碎木片中拱来拱去，寻找此前遗漏的食物。在棚屋外面的霸王树丛里，一群小鸟叽叽喳喳地叫着，扑棱着翅膀飞来飞去。

奇诺睁开眼，他首先看到四四方方的房门透进了亮光，然后，他看了看尤蒂托睡觉的吊篮。最后，他扭头看着妻子胡安娜。她挨着他躺在席垫上，她的蓝色围巾盖着她的鼻子和胸口，并缠在她的腰上。胡安娜也睁开了眼睛。在奇诺的记忆中，每次他醒来，总会看到胡安娜是醒着的。她那双乌黑的眼睛映出小小的亮光。她看着他，她每每醒过来，总会注视他。

奇诺听到早晨的浪头轻轻拍打着海滩。拍击声美妙动听，于是奇诺闭上眼，聆听着音乐声。也许只有他自己这么做，也可能他的同胞都是这么做的。曾经，他的同胞擅长编写乐曲，他们把所见、所思、所做和所听到的一切都写成歌。但这是很久以前的事了，不过好在往日的歌都保留了下来；奇诺熟悉那些歌，只是他的同胞再也没有创作出新歌。然而，这并不意味着人们心里没有歌。此时，就有一首歌在奇诺的脑海里响起，调子清晰柔和，如果他能谈谈这首歌，他一定会称之为"家之歌"。

他把毯子一直盖到鼻子下面，阻挡潮湿的空气。他旁边传来沙沙声，他循声望去。胡安娜起来了，她的动作很轻。她光着长

212

有硬皮的脚，走到尤蒂托睡觉的吊篮边，探身过去轻声哄他。尤蒂托抬头看着，过了一会儿，他闭上眼睛，又睡着了。

胡安娜走到火灶旁，拨开一块煤，将火拨旺，然后放入了一些小树枝。

这会儿奇诺也起来了，用毯子裹住脑袋、鼻子和肩膀。他穿上凉鞋，走到屋外眺望黎明的天空。

到了门外，他蹲下，用毯子裹住膝盖。他看到海湾上空飘浮着朵朵泛红的云。一只山羊走到近处，嗅了嗅他，用冰冷的黄眼睛瞪着他。在他身后，胡安娜已经把火生旺，透过棚屋墙壁的缝隙能看到一簇簇火光，火光从门口投射出一块方形的闪烁光亮。一只姗姗来迟的飞蛾决绝地飞进屋内，去寻找燃烧的火焰。"家之歌"现在从奇诺的身后飘来。胡安娜操作磨石磨玉米，做玉米饼当早餐，石磨的吱吱声便是"家之歌"的旋律。

天很快就亮了，晨曦原本淡淡的，但随着太阳升入海湾上方，天空变得如同燃烧的火焰一般。奇诺低下头捂住眼，不去看那耀眼的阳光。他能听到胡安娜在房子里轻拍玉米饼，炉灶上烤着的玉米饼的浓郁香气飘浮到他的鼻间。蚂蚁在地上忙忙碌碌，大个儿的黑蚂蚁周身闪亮，小个儿的灰蚂蚁爬得飞快。奇诺像超然于世的上帝一样，看着一只灰蚂蚁疯狂地试图逃离蚁狮在沙地里挖出来的陷阱。一只瘦弱的狗儿怯生生地走过来，听到奇诺温柔的召唤，便蜷缩成一团，把尾巴整整齐齐地搭在爪子上，然后把下巴轻轻地放在尾巴上。这条狗通体都是黑色的，眉毛处有金黄色的斑点。这个早晨尽管普通，却美好宜人。

奇诺听到绳子吱嘎直响，是胡安娜把尤蒂托从吊篮里抱了出来，为他清洗，然后，她把围巾系在胸前，将尤蒂托放在围巾里。奇诺就算不看，也能知道这些事发生时的情形。胡安娜柔声哼唱着一首古老的歌曲，这首歌只有三个音符，却有无穷无尽的间隔变化。而且，这也是"家之歌"的一部分，只是一个片段，有时候调子很高，得扯着嗓子才能唱出来，就这样诉说着家是安全温暖的港湾，是完整的归宿。

奇诺家棚屋的边上还有很多栋棚屋，那些棚屋里也冒出了烟雾，响起了烹制早饭的动静，但从那些屋子里传出的歌是别人的歌，他们的猪不属于他，他们的妻子不是胡安娜。奇诺年富力强，一头黑发垂在棕色的额头前。他有一双明亮的眼睛，眼神温暖却犀利，粗硬的胡子十分稀疏。这会儿，空气中不再含有毒素，房子笼罩在金黄色的阳光下，他便不再用毯子捂着口鼻。灌木篱笆附近有两只公鸡张着翅膀，竖着脖子上的毛，它们低着头，佯装要攻击对方。两只鸡并不是斗鸡，打起架来样子笨笨的。奇诺看了一会儿，然后抬起头，望着一群野鸽向内陆的群山飞去，它们在阳光下闪闪发亮。这个世界已经醒来，奇诺站起来，走进棚屋。

他走进屋，胡安娜从火光摇曳的火灶边站了起来。她把尤蒂托放回吊篮，然后梳了梳乌黑的头发，编成两个发辫，在每根辫子的末端都系了一条绿色的细丝带。奇诺蹲在火灶旁，卷起一块热玉米饼，蘸着酱料吃了起来。他还喝了一点龙舌兰酒，这便是他的早餐了。除非赶上节日，否则他平时只吃这样的早餐，另外还有一次他吃了很多饼干，差点儿撑死。奇诺吃完，胡安娜回到火灶边吃早饭。他们倒也聊了几句，但如果说话不过是一种习惯，那也就没必要说了。奇诺满意地叹了口气，这和说话差不多。

太阳把棚屋晒得暖暖的，一道道细长的光束穿过墙壁的缝隙照射进来。一道阳光落在尤蒂托所躺的吊篮上，还有一道落在吊篮的绳索上。

突然，吊篮上有什么东西在动，他们都朝那里看过去。奇诺和胡安娜双双愣住了。一只蝎子正缓缓地沿着将吊篮吊在房梁的绳子向下爬。它那带螫刺的尾巴伸得笔直，但它在眨眼间就可以把尾巴竖起来。

奇诺喘着大气，他连忙张开嘴，免得发出咝咝的呼吸声。然后，他脸上的惊诧表情消失了，他的身体也不再僵硬。他心里又响起了另外一首歌，那是恶之歌，是敌人的乐曲，是家庭的仇敌唱的歌，这种野蛮、神秘、危险的旋律淹没了"家之歌"那忧伤的曲调。

蝎子优雅地沿着绳子爬向吊篮。胡安娜低声重复着古老的咒语，希望能赶走魔鬼，时不时还咬着牙念一句"圣母玛利亚"。但奇诺展开了行动。他走过去，动作又稳又轻，没有发出半点声响。他把手伸在身前，手心朝下，直勾勾地盯着蝎子。在蝎子的下方，尤蒂托躺在吊篮里哈哈笑着，还伸手去够蝎子。就在奇诺快够到蝎子时，它感觉到了危险。蝎子停下，猛地竖起尾巴，尾巴尖上的弯刺冒着亮光。

奇诺一动不动地站着。他能听到胡安娜又在小声念咒语，也能听到敌人的邪恶音乐。蝎子不动，他也不能动，而蝎子此时正在感觉迫近的死亡来自何处。奇诺缓缓地向前伸出手。蝎子的弯刺尾巴笔直地竖立着。尤蒂托一笑，绳索随即摇晃起来，蝎子掉了下去。

奇诺立即伸手去接蝎子，但蝎子从他的指间掉了下去，落在了婴儿的肩头。蝎子刚一落下，就螫了尤蒂托。奇诺大吼一声，捏起蝎子，用两只手将它撕碎。他把已经稀巴烂的蝎子扔掉，不停地用拳头将它砸进土里。尤蒂托在吊篮里疼得号啕大哭。但奇诺仍在不停地用手打、用脚踩敌人，到最后，蝎子变成了地上的一摊烂糊。他的牙齿露在外面，双眼闪烁着怒火，恶之歌在他的耳边咆哮。

但胡安娜此时已经把孩子抱在怀里。她看见被蜇的地方开始发红。她把嘴贴在伤处，使劲儿吸吮，将吸出来的毒液吐掉，然后又开始吸，而尤蒂托一直哭闹不止。

奇诺不停地走来走去，他无助极了，反而变得碍事起来。

婴儿的哭声惊动了邻居们。他们纷纷走出棚屋，奇诺的大哥胡安·托马斯和他的胖媳妇阿波洛尼娅带着他们的四个孩子涌了进来，堵住了门口，其他人在他们身后向屋里张望，一个小男孩趴在众人的脚边看热闹。站在前门的人把消息传给后面："是蝎子。他家孩子被蝎子蜇了。"

胡安娜停下一会儿，没再吸伤口。那个小洞变大了一些，因为胡安娜的吸吮而变得边缘发白，但红肿的面积变大，形成了一个淋巴腺硬包。所有人都深知蝎子的厉害。大人被蝎子蜇了，都可能性命不保，小婴儿就更有可能中毒而死了。他们都晓得，被蝎子蜇后，首先是伤口红肿、发烧、喉咙僵硬，接下来就会出现胃痉挛，如果毒液太多，尤蒂托就可能没命。但被蜇的疼痛逐渐消失，尤蒂托不再尖声痛哭，转而抽泣起来。

奇诺常常对妻子感到好奇，她是个脆弱的女人，有时候却格外坚强。她顺从、恭敬、开朗、有耐心，她生孩子的时候疼得弓起背，叫都不叫一声。她吃苦耐劳，能忍饥受渴，在这方面，连奇诺都比不上她。驾驶小船出海，她和强壮的男人别无二致。现在，她做了一件最叫人不可思议的事。

"去找医生。"她说，"快去找医生来。"

邻居们站在灌木栅栏围成的小院里，你挨着我，我挨着你，纷纷重复着这句话。他们不停地说："胡安娜说要找医生呢。"找医生可是件大事，足以引起轰动。医生从来不到这片棚屋区来。

他大可以给住在镇里石头灰泥房子里的有钱人瞧病，又怎么可能到他们这种地方来呢？

"他是不会来的。"院子里的人说。

"他是不会来的。"站在门口的人说，奇诺也是这么想的。

"医生不会来的。"奇诺对胡安娜说。

她抬头瞧着他，眼神犹如母狮一般冰冷。尤蒂托是胡安娜的第一个孩子，可以说是她的整个世界。奇诺看到了她的决心，"家之歌"在他的脑海里坚定地响着。

"那我们就去找医生。"胡安娜说，她用一只手将深蓝色围巾套在头上，把一端当成吊带兜住仍在呻吟的婴孩，用另一端遮住他的眼睛，免得他被强光照射。站在门口的人挤开后面的人，让出一条路来供她通过。奇诺跟在她身后。他们走出栅栏门，走到布满车辙的小路上，邻居们跟在他们后面。这件事已经演变成了街区里的大事。他们迈着轻快的步伐，浩浩荡荡地向镇中心走去，胡安娜和奇诺走在最前面，胡安·托马斯和阿波洛尼娅紧随其后。阿波洛尼娅费力地走着，肥大的肚子一颤一颤的，邻居们走在后面，孩子们在两侧一路小跑。金黄色的太阳将他们的黑影投到前面，他们看上去像是踏着自己的影子往前走。

他们走啊走啊，棚屋消失，周围出现了石头和灰泥建成的城镇。在这里，房屋建有森严的外墙，墙内的花园凉爽宜人，还设有小小的喷泉，紫色、砖红色和白色的九重葛爬满了围墙。他们听到隐秘的花园里有笼中鸟在唱歌，还听到清凉的水流过被晒得滚烫的石板的哗哗声。众人穿过耀眼的广场，从教堂前走过。队伍里的人越来越多，新加入的人快步走在边缘，其他人则轻声告诉他们有个孩子被蝎子蜇了，孩子的父母正带他去看医生。

新加入的人，尤其是教堂前那几个看一眼就知道别人有没有钱的乞丐，都飞快地打量着奇诺夫妇：胡安娜身上的蓝色裙子很旧了，围巾破破烂烂，辫子上系着廉价的绿丝带，奇诺那条毯子用了很多年，他的衣服已经洗得发白，这样一来，他们就知道这家人穷得叮当响，便想跟去看这件事会演变成什么样的闹剧。教堂前乞讨的四个乞丐对镇里的事一清二楚。有年轻女人走进教堂忏悔，他们就端详她们脸上的表情，等她们出来，就能判断出她们犯下的罪孽是否严重。不管是小小的丑闻，还是严重的罪行，他们都了若指掌。他们甚至在教堂的阴影下睡觉，这样一来，任何人进教堂寻找慰藉，都逃不过他们的眼睛。而且，他们认识医生。他们很清楚此人愚昧无知、冷酷无情，不仅贪财，还是个罪孽深重的人。他们知道他用拙劣的办法为人堕胎，他为人吝啬，只偶尔施舍一两个铜板。他们亲眼见过他的病人的尸体被抬入教堂。此时晨间弥撒已经结束，不会有人施舍钱财，他们便跟着众人，去看看好吃懒做的胖医生是否会医治这个被蝎子蜇了的穷孩子。奇诺抬起右手去抓门上的铁门环，愤怒占满了他的胸腔，敌人的音乐声在他的耳边轰隆隆响着，他紧紧抿着嘴，但他还是伸出左手去摘帽子。铁门环咚咚撞击院门。奇诺摘掉帽子，站在那里等待。尤蒂托在胡安娜的怀里不停地啜泣，她柔声哄着他。众人围拢过来，好看得清楚一些。

过了一会儿，大门打开了一条缝。奇诺透过开口，能看到清凉的绿色花园和一个小喷泉。从门内看着他的那个人和他一样也是土著。奇诺用古老的土语说明来意。"这个孩子……我的大儿子……被蝎子蜇了。"奇诺说道，"他需要治疗。"

大门关上了一点，仆人拒绝用土语说话。"等一下。"他说，"我去通报一下。"他关上门，拉上门闩。烈日将众人连在一起的黑影投射到雪白的墙壁上。

医生坐在诊室的高脚床上。他穿着从巴黎买来的红色波纹绸睡袍，系上了扣子，胸口的部位有点紧。他的腿上摆着一个银托盘，上面放着一把热巧克力银壶和一个薄胎小瓷杯，那个杯子小巧玲珑，他的手又很大，他用拇指和食指的指尖捏住杯子，将它拿起来，把另外三根手指张开免得碍事，那样子实在滑稽可笑。他的眼睛很小，眼周都是肥肉，嘴角耷拉着，露出不满的神情。他越来越胖，而且，喉咙上的脂肪太厚，导致他的声音都变得沙哑了。他旁边的桌上摆着一个东方小锣和一盒香烟。房间里摆着笨重的暗色家具，墙上挂着宗教画作，他亡妻那张彩色大照片也是如此，她在遗嘱中写明用她自己的遗产为她做弥撒，而如果那些弥撒有用的话，此刻她应该身在天堂。医生曾经也是上流社会中的一员，只是那段日子很短暂，而他在那之后一直对法国念念不忘，回忆在那里的时光。"那才叫文明的生活。"他如是说。他指的是他依靠微薄的收入包养情妇、下馆子吃饭。他给自己倒了第二杯热巧克力，捏碎了一块甜饼干。仆人从院门走进打开的房门，站在那里等着主人看到他。

　　"有事吗？"医生问。

　　"有个小个子印第安人抱着孩子求见。他说那孩子被蝎子蜇了。"

　　医生轻轻地把杯子放下，随即大发雷霆。

　　"我有闲工夫给一个'小个子印第安人'治疗虫子咬伤吗？我是个医生，不是兽医。"

　　"是的，主人。"仆人说道。

　　"他有钱吗？"医生问，"不不，他们连一个大子儿都掏不出来。这世上只有我一个人应该分文不取便给人治病，但我已经受够啦。去问问他有没有钱。"

仆人把院门打开一点，看着正在等待的人。这次，他说的是土语。

"你们出得起诊金吗？"

奇诺把手伸进毯子下面的一个暗兜。他拿出一张折叠了很多层的纸。他一层层打开那张纸，露出里面歪歪扭扭的八颗小粒珍珠，珍珠是灰色的，扁扁的很难看，像是小小的溃疡面，根本不值钱。仆人接过那张纸，再次关上门，这次他很快就回来了。他只把院门打开细细的一条缝，刚好够把纸还回去。

"医生出门了。"他说，"有人生了重病。"他满心羞愧，所以随即关上了门。

所有人都被羞耻包围，便一哄而散。乞丐回到了教堂的台阶上，流浪汉纷纷走开，邻居们也走了，免得看到奇诺当众受辱。

奇诺在院门前站了很久，胡安娜站在他身旁。他缓缓地把刚才求人时摘下的帽子戴在头上。然后，他突然挥拳猛砸在院门上。他低下头，惊诧地看着指关节上的几道口子，鲜血顺着指间流淌不止。

第二章

　　这座小城镇坐落在开阔的海湾附近，海湾四周净是涂着黄色灰泥的老房子。海滩上排列着蓝白相间的小船。这些船是从那亚里特运来的，由一种类似贝壳一样防水的坚硬胶泥制作而成，所以几代人过去了，船体仍保存完好。要知道，这种材质只有采珠人才能做出来。这些船高大美观，船头和船尾成弯曲状，中部装着帆桁，可以在那里支起桅杆，上面还能挂一张小三角帆。

　　海滩上布满黄沙，贝壳和海藻散落在沙滩与大海的交界处。招潮蟹躲在沙滩中的洞穴里，安静地吐着泡沫。小龙虾则把家安在了浅滩上的碎石堆和沙子中间，此刻正在小窝里钻进钻出。海底更是丰富多彩，旺盛的生命在那里爬行、游弋、生长。褐色的海藻随着温柔的海波舞动，体型较小的海马牢牢地攀住漂荡的绿色鳗草。海底的鳗草床里，还栖息着满身斑点的波鲐特鱼，这种鱼身体具有毒性，但色彩鲜艳的游泳蟹并不介意，仍然欢快地在波鲐特鱼身上爬来爬去。

　　海滩上还有不少从城镇里跑出来的猪狗，它们饿坏了，一直在海滩上寻找食物，比如涨潮时被冲上岸的死鱼或者海鸟。

　　天色尚早，但朦胧的海市蜃楼已经出现。变幻莫测的气体笼罩着整个海湾，有些事物被放大，有些则被隐匿。目之所及，皆是幻象，即便是亲眼所见，也不能完全相信。海陆之间的某些景象尚能被辨认出来，但也有一些好似梦境般模糊。也许，这里的居民只相信存在于精神层面或者想象层面的事物，并不相信目测的距离，不相信眼中物体的轮廓，更不相信光学。从小镇遥望大海的另一端，你会看到一片红树林静静地立在彼方，画面清晰得仿佛是透过望远镜观察到的一般。同时，远远望去，也能看到簇拥在一起的红树林形成了一个墨绿色的模糊斑点。远方的海岸线已经有一部分隐没在水波似的微光中。不过，看到的也未必是真实的，你压根没法判断看到的东西究竟存不存在。于是海湾的居民自然而然地认定其他地方也是如此，并且他们也不会感到奇怪。水面罩上了一层黄铜色的雾霭，朝阳将炽热的光芒洒在上面，荡漾的水波顿时变得耀眼起来。

小镇右边的沙滩后面就是采珠人住的棚屋，小船就停在这片区域的前方。

奇诺和胡安娜慢慢走过海滩，朝自家的小船走去，这可是奇诺在这世界上唯一珍视的宝贝。那艘船有些年头了，是奇诺的祖父从那亚里特带回来的，后来传给了奇诺的父亲，现在又到了奇诺手里。这艘船既是奇诺的财产，也是他的铁饭碗。有了这条船，男人就可以保证他的女人有饭吃；有了船，就不怕挨饿。奇诺每年都会用贝壳似的坚硬胶泥整修小船，是他父亲将制作胶泥的秘方传给他的。现在，奇诺走到小船旁边，像往常一样温柔地摸了摸船头。奇诺把他的潜水石、篮子和两根绳子放在船边的沙子上。接着，他把毯子叠好，放在船头。

胡安娜把尤蒂托放在毯子上。她担心孩子受不住太阳的炙烤，就把自己的围巾脱下来，披在他身上。可孩子肩上的红肿已经蔓延至耳朵和后脖颈了，脸也肿了起来。他在发烧。胡安娜走到水边，一脚踏进浅水区。她拾了些褐色的海草，压成平整湿润的糊状草药，然后敷在孩子肿胀的肩膀上，这不失为一个好方法，兴许比那位医生的办法还有用。但这法子还是不太管用，毕竟它太简单

222

了，也不需要花钱。尤蒂托没有胃痉挛的迹象。也许是因为胡安娜及时把毒液吸了出来，但尤蒂托毕竟是她的第一个孩子，她还是放心不下。她并不指望孩子一下子就能康复，她只祈祷她和奇诺能采到珍珠，这样就雇得起医生给尤蒂托看病了。有时候，人的想法就像海湾里的海市蜃楼一样令人捉摸不透。

奇诺和胡安娜把小船推下水。船头漂了起来，胡安娜爬了进去，同时奇诺一边蹬着泥沙，一边推着小船向前行进，最终船尾也下水了，在细碎的波浪上轻轻摇荡。接着，胡安娜和奇诺划起双叶桨。小船的出现搅碎了海面的平静，伴着咝咝的声响，小船迅速地前进。其他的采珠船早就出海了。不久，奇诺看到迷雾中的采珠船在养贝场附近停了下来。

光线穿透海水直直射向养贝场。在那里，带有褶边的珠母牢牢地粘在铺满碎石的海底，这里满是珠母的空壳，它们开着口，都已破碎。历史上，西班牙国王就是靠着这个养贝场变成了欧洲的霸主之一。养贝场不仅能资助他打仗，也能助他修建救赎灵魂的教堂。有的珠母呈灰白色，蚌壳上长着裙裾一样的褶边。有的珠母表面则附着了蛤蜊皮和海草，一些小螃蟹就常在这种珠母表面爬来爬去。珠母也会碰到意外，好比沙子揉进了肌肉的褶皱里。沙砾会反复刺激肌肉，直到珠母为了自保，在肌肉表面分泌出一层光滑的珍珠质。一旦开始分泌，肌肉就不会再让那外来物暴露出来，直到海浪将其冲掉或者珠母本身遭受损毁。几百年来，人们潜入海底，采掘珠母，将其剖开，只为寻找那些被包裹起来的沙砾。许多鱼群就在养贝场附近活动，专门食用被人遗弃的珠母，同时还能啃咬珠母闪闪发亮的内壳。珍珠的诞生是偶然的，要找到珍珠就全凭运气了。找到一颗真正的珍珠，就像被上帝或神祇拍了一下后背一样幸运。

奇诺有两根绳子，一根绑在石头上，一根系在篮子上。他脱下衬衣和裤子，又把帽子放在船底。海水像油一样光滑。奇诺一手拿着石头，一手拿着篮子，先将双脚浸入水中，再从船边溜下去，利用石头的重量让自己沉入海底。奇诺越潜越深，身后跟着一串气泡，终于，海水又变得清凉起来，他又能看清东西了。头顶的水面就像一面镜子，起伏不定，闪闪发亮，一眼望过去，小船的船底清晰可见。

奇诺小心地移动着，以免海水被泥沙搅浑。他用脚钩住石头上的绳圈，双手迅速地揪着珠母。不管是单个的还是成串的，奇诺只管揪下来放进篮子里。有时，珠母会攀附在一起，没有办法单独拆下。

所有发生过的事到了奇诺族人的口中，都能变成一支歌。鱼类、或波涛汹涌或风平浪静的大海、光明与黑暗、太阳和月亮，都变成了他们的歌谣。这些歌，流淌在奇诺及其族人的骨血之中，每一支都融入骨髓，就连那些被遗忘的歌谣也不曾真的消失。渐渐地，随着篮子越装越满，奇诺的心里谱出了一支新的歌曲，闭气潜水时心脏跳动的频率就是这支歌的节拍，灰绿色的海水、来去如飞的小小海洋生物、一闪即逝的鱼群构成了这支歌的旋律。然而这支歌里还藏着另一支源自内心深处的神秘短歌，这首短歌虽不易被发现，但它总是在他心里占据一席之地，甜美、神秘、挥之不去，几乎就隐藏在那复调旋律里。这首短歌名为"找到珍珠的可能性"，因为篮子里的每一个珠母中都可能含有一颗珍珠。其实找到真正珍珠的概率并不大，但说不定运气和神灵会眷顾他。在奇诺头顶上的小船里，胡安娜正在祈祷，看她那样子更像是在施展魔法。只见她僵着脸，绷紧了肌肉，试图从神灵的手中硬生生地把运气给夺走，毕竟若要医治尤蒂托红肿的肩膀，她太需要好运了。正因为这种需要太迫切了，她的愿望也太迫切了，所以关于找到珍珠的隐秘歌谣在今天早上变得更加有力了。一句句完整的歌词渐渐清晰起来，慢慢地糅合在一起，形成了海底之歌。

奇诺年轻力壮，轻轻松松就能在水下潜两分钟以上，所以他正从容地挑拣着个头最大的珠母。这些珠母感受到了奇诺的存在，个个都闭得紧紧的。奇诺右手边不远处，有一个礁岩小丘，上面满是还未长成的小珠母。奇诺紧贴着小丘移动，然后，他发现身边一处突出的礁石下面，有个巨大的珠母，而且它的背上还没附上其他同类。因为有突出的礁石保护着大珠母，所以它毫无戒备地半张着嘴，奇诺看到了那嘴唇一样的肌肉里，闪过一道阴森森的白光。顿时，奇诺感到一节重音拍在狠狠地敲击心头，找珍珠的歌曲正在耳朵里尖厉地回响着。奇诺用尽全力，将那珠母一点一点地扒了下来，然后紧紧地把珠母护在胸口。他一蹬脚，就脱离了绑在石头上的绳索，他再次浮上海面，乌黑的头发在阳光中熠熠生辉。他把珠母举过船舷，放进船底。

接着，胡安娜扶稳船，好让奇诺爬进来。奇诺太激动了，连眼睛都亮了起来，但他还是注意保持风度和形象，把石头和那一篮子珠母拉了上来，放回船里面。胡安娜看到了奇诺激动的神情，连忙扭头假装看向别处。人不能太过渴望某件东西，因为那可能会把运气吓跑。必须把握好分寸，而且面对上帝和天神，更得学会圆滑。可胡安娜还是激动地屏住了呼吸。奇诺慢慢拔出他那锋利的短刀，若有所思地看向篮子。也许还是最后打开那个大珠母比较好。他从篮子里拿出一个小珠母，割开肌肉的褶皱，把手探进一层又一层的肌肉里摸索，然后把珠母扔回水里。接下来，像是头一回见到那个大珠母一样，他蹲在船上，拿起大珠母仔细地观察起来。壳上的凹槽已经从闪闪发亮的黑色转变为了褐色。贝壳表面只有几个蛤蜊皮。现在，奇诺又不大愿意剖开珠母了。他知道，说不定刚才他看到的只是一道反光，比如一片偶然落到珠母内的贝壳，或者单纯是一个幻影。在这个光线变幻无穷的海湾里看到幻影再寻常不过。

但胡安娜正紧紧地盯着他，她不能再等了。她把手放在尤蒂托盖着毯子的头上。"快打开。"她轻声说道。

奇诺赶紧把小刀插进贝壳的边缘。他感受到短刀另一头的肌肉在收缩。他用刀身撬开了珠母，闭合的肌肉瞬间便和贝壳分离开来。嘴唇似的肌肉抽动起来，然后又平复下去。奇诺掀开蚌壳肉，下面果然有一颗大珍珠，像月亮一样完美无瑕的珍珠。它吸收光线，加以洗练，而后又折射出璀璨的银色光芒。这珍珠简直有海鸥蛋那么大！它是世界上最大的珍珠。

胡安娜惊得倒抽了一口气，轻轻哼了一声。奇诺又听到那有关珍珠的神秘旋律，这一次听上去是那么明朗、美丽、丰富、温暖、可爱、欢快、兴奋、得意。这珍珠让奇诺看到了梦想的存在。他把珍珠从已经死亡的肉体中拣择出来，放在手心里，而后又翻转过来。这珍珠的曲线是那样完美无缺。胡安娜靠过来，也凝视着奇诺手中的珠子，就是奇诺的这双手，曾经疯狂地敲打医生家的大门，指关节上的皮肤因为海水的浸泡，已经变成灰白色的了。

胡安娜本能地走到尤蒂托身旁，此刻他正躺在父亲的毯子里。她揭开那海草做的药膏，瞧了瞧尤蒂托的肩膀。"奇诺！"胡安娜大叫起来。

奇诺的目光越过珍珠，看向孩子，他发现尤蒂托的肩膀正在消肿，毒也正从他体内消散。奇诺紧紧地握住了珍珠，他太激动了。奇诺猛地向后一仰头，大声地号叫起来。只见他两眼一翻，挺直身体，大喊大叫，引得附近小船里的人们频频侧目，他们被奇诺吓到了，赶忙划动船桨，飞快地朝奇诺的小船驶去。

第三章

　　一个小镇就像一只群居动物，也有神经系统、头、肩和脚。每座小镇都有自己独特的魅力，所以没有任何两座小镇是完全相同的。小镇也拥有完整的感情。镇上消息流通的速度之快，简直令人费解。不用等到淘气的小男孩跑来向你打报告，也不用从篱笆另一边的女邻居那里听闲话，消息总会以更快的形式出现在你面前。

　　奇诺、胡安娜和其他采珠人还没回到奇诺的棚屋，这座小镇的神经系统就已经因为这条爆炸性的消息兴奋起来：奇诺找到了"绝世宝珠"。气喘吁吁的小男孩们还没能把消息讲完，他们的母亲就已经先一步知道了。这消息穿过棚屋，穿过浪花四溅的波涛，径直冲进石头与灰泥筑成的小镇。消息传到了正在花园里散步的神父那里，只见他的眼中流露出若有所思的神情，他想起教堂需要修缮了。他不知道那珠子究竟值多少钱，但他在思索曾经是否给奇诺的孩子施过洗礼，有没有帮奇诺主持过婚礼。这消息又传到了服装店老板那里，他们的目光不由得飘向了那些销路不佳的男装。

　　这消息又传到了医生那里，他身边坐着一位上了年纪的太太，显然，"衰老"是她的症结，只不过两个人都不愿承认而已。医生想起奇诺是谁了，他认真地盘算起来。"他是我的顾客。"医生说，"他的儿子被蝎子蜇了，是我看的病。"说完，他那对眼珠在肥硕的眼窝中转了转。他想起了巴黎，记忆中，他在巴黎住过的屋子是那样气派奢华，那个曾经与他同榻而眠的少女是那样美丽、善良，现在少女不见了，只有面目可憎的老妇。医生的目光越过这位日渐衰老的病人，看到他自己坐在巴黎的一家餐馆里，侍者站在他的身侧，为他开香槟。

这消息一早就传到了教堂前面的乞丐堆里，这群人高兴地傻乐了半天，因为他们知道世上再找不出一个比一夜暴富的穷人更加慷慨的施舍者了。

奇诺找到了"绝世宝珠"。小镇内的小商铺中，坐着许多向采珠人收购珍珠的人。他们就坐在椅子上等待采珠人带着珍珠进来卖，接着唠叨、争吵、叫嚷、威胁，直到砍到采珠人能接受的最低价格。不过他们砍价也有一个度，因为曾经有一个采珠人对报价不满意，最终把珠子捐赠给了教堂。买完珍珠以后，这些珍珠贩子就独坐在一旁，不断摆弄珍珠，暗自希望这些珍珠能归他们所有。其实根本没有那么多买主。真正的珍珠收购人只有一个，他把这些代理人派到分散的商铺中，营造一种竞争的假象。消息一传到这些人这里，他们就眯起了眼睛，指尖也微微发烫，每个人都能想到那位大老板不可能长生不老，总会有人来接替他。每个人都在盘算着，只要手头有本钱，就能有新的开始。

各种各样的人都对奇诺产生了兴趣，有的人是要卖东西，有的则是有事相求。奇诺找到"绝世宝珠"。当珍珠的本质遇上了人性的本质，便会生成奇异的黑色渣滓。突然之间，每个人都想和奇诺的珍珠沾上联系，那珠子渗透进每个人的梦想、谋划、盘算、计划、未来、希冀、需求、欲望和饥渴之中，只有一个人横亘在中间，这人便是奇诺，一时间，他莫名地成了所有人的敌人。消息的到来唤醒了一种无比肮脏和邪恶的东西，这黑色的渣滓一直封藏在小镇里，此刻就像一只毒蝎，像美食散发的香气，像失恋后的寂寥，叫人抓心挠肝。这座小镇的毒囊已经开始分泌毒液，小镇随着它释放的压力肿胀起来。

可是奇诺和胡安娜并不知道这些事。他们的喜悦溢于言表，以为人人都在分享他们的幸福。和其他人一样，胡安·托马斯和阿波洛尼娅也很高兴。下午，太阳翻过半岛上的重山沉入外海，奇诺正蹲在屋内，胡安娜就在他的旁边。棚屋里挤满了邻居。奇诺将大珍珠握在手中，感受着它散发出来的温暖和活力。珍珠之歌和家之歌在一起唱响，互相美化，互相升华。邻居们盯着奇诺手里的珍珠，搞不清楚为什么会有人交上这样的好运。

奇诺的哥哥胡安·托马斯就蹲在他的右边，他问："你现在可是有钱人了，有什么打算？"

奇诺看向手里的珍珠，一旁的胡安娜迅速垂下了眼眉，拉过围巾盖在脸上，免得别人看出她的激动。在那璀璨的珠光里，奇诺看见了只出现在想象中的景象。他看到胡安娜、尤蒂托还有自己在圣坛前，或站或跪，俨然是在举行婚礼，毕竟他们现在付得起婚礼费用了。他轻声地说："我要在教堂里补办婚礼。"

从那珠光里，他还看见了他们三个人的装扮：胡安娜披着一条全新硬挺的围巾，还穿了一条崭新的长裙，奇诺还能看见裙摆下的鞋子。就在珍珠里面，这画面熠熠生辉。而他自己则穿着新买的白衣，手里拿着一顶新帽子，不是草帽，而是质地柔软的黑毡帽。他也穿了鞋，不过不是凉鞋，而是系带子的皮鞋。尤蒂托是最特别的那一个，穿着一套美国蓝色水手服，头戴游艇帽，之前奇诺在海湾看到进港的游艇上也有人戴那样的帽子。奇诺在那珠光里看到了如此丰富的画面，于是他开口道："咱们去买新衣服。"

关于珍珠的音乐像喇叭合奏似的，在他的耳畔响了起来。

接着，他在珍珠那可爱的灰白色表面上看到了他梦寐以求的东西：一根鱼叉，正好用来顶替去年丢失的那一根。这根新铁叉的叉把上必须带有圆环，他还必须有一支来复枪，他简直不敢接着畅想了，但为什么不敢呢，毕竟他都已经变成富人了。于是他在珍珠里看到自己手握温彻斯特式卡宾枪。这场白日梦简直太荒唐了，但也让奇诺感到愉快。他开口的时候还有些犹豫。"一支来复枪。"他说，"或许，还得来一支来复枪。"

这支来复枪让奇诺跨过了障碍。这原本是不可能的，但既然他想要来复枪，而且现在实现起来没有困难，那为什么不尽情要求呢？因为人们常说人心不足蛇吞象，你给他们一件东西，他们还会想要别的。这话说出来是带有讽刺意味的，但这正是人类所具备的最伟大的才能之一，也正因如此，人类才凌驾于其他动物之上。对此，人类感到非常满意。

邻居们都一声不响地挤在奇诺的屋子里，听着他这些疯言疯语，附和着点头。站在后面的一个男人小声地嘀咕着："来复枪，他想要一把来复枪。"

可是奇诺的心中正回荡着胜利的珍珠之歌。胡安娜抬起头，她没想到奇诺有这样的勇气和想象，不由得瞪大了眼睛。前方的障碍已经扫清了，奇诺感到体内有一股电流在涌动。在那珠子里，他看见尤蒂托坐在学校教室的桌子前，奇诺曾在教室门口看过类似的画面。珍珠里的尤蒂托穿着夹克，奇诺看见他洁白的衣领和平贴的丝质领带。更重要的是，他看见珍珠里的尤蒂托正伏在一大张纸上写字。奇诺激动地盯着邻居们。"我的儿子要上学。"他一说完，邻居们立刻不作声了。胡安娜急遽地屏住呼吸。她望向奇诺，双眼是那样明亮，然后急忙低头看向怀中的尤蒂托，想看看这究竟可不可能实现。

奇诺的神情被这预言点亮。"我的儿子要识字念书，不仅会读会写，还要会算术，学会这些，我们就自由了，因为他会获得知识。他学会了知识以后，通过他我们也能接触到知识。"于是在珍珠里，奇诺看见胡安娜和自己蹲坐在棚屋内的灶坑旁，尤蒂托就在一旁念书。"这就是这颗珍珠所能带给我们的生活。"奇诺说。他活了这么久，从没一口气说这么多话。于是突然之间，他害怕起来。他用手盖住了珍珠，遮挡了光线。奇诺有些害怕，就像一个嘴上说"我想要"、心里却没有底的人那样。

现在邻居们亲眼见证了奇迹的诞生，他们清楚历史将从奇诺的这颗珍珠重新开始，多年以后，他们还会谈论眼下的这一刻。如果这些事情真的实现了，那他们就会详细地描述当时的奇诺是什么表情，说过哪些话，眼睛又是多么明亮。他们还会说："奇诺完全变了个人。他得到了某种力量，然后一切就变了。你看，从那一刻起，他变成了了不起的角色。而我，亲眼看到了那一刻。"

如果奇诺的计划落空了，那邻居们又会说："就是从那时开始的。突然之间，他就疯了，说了一大串胡话。上帝保佑，没让我们也跟着发疯。是的，上帝惩罚了奇诺，因为他反抗现状。你看看他现在这副模样。我曾亲眼看到他失智的糗样。"

奇诺低头看着那只攥紧的手，之前因为捶过医生家的大门，指关节受了伤，现在已经结痂了。

快到黄昏了。胡安娜用围巾裹住孩子，把他背在身后。她走到灶坑前，从灰烬中拨出一块煤，折了几根树枝丢上去，然后把火扇着。微弱的火光映照在邻居们的脸上。他们知道该回家吃饭了，却舍不得离开。

天已经黑得差不多了，映着胡安娜的火光，墙上投射出了人影。这时，一阵窃窃私语飘了进来，又依次传递开来："神父来了，神父来了。"男人们纷纷脱下帽子，让开门口的路，女人们则拉起围巾遮住脸，同时垂下了双眼。奇诺和他哥哥托马斯站起来。神父走了进来，他是一位头发花白的老人，皮肤虽然暴露了他的年岁，但那双锐利的双眼将他衬得很年轻。在他眼里，这些人都是孩子，他用对待孩子的方式对待他们。

"奇诺，你的名字源自一位伟人，那是神圣的教会之父。"他轻声说道，他的话听上去像是祝福，"与你同名的那位伟人曾征服了沙漠，净化了你族人的灵魂，你知道吗？这些都被写进书里了。"

奇诺赶忙低头看向吊在胡安娜腰部的尤蒂托。未来的某一天，他想，这个孩子会知道书里都写了什么，没写什么。奇诺的脑袋里现在没有音乐，但早晨那段邪恶的旋律慢慢地响了起来，虽然那声音很是微弱。奇诺看向他的邻居们，看看是谁把这支歌带进来的。

神父再次开口道："我听说，你收获了一笔巨额财富，是一颗大珍珠。"

奇诺摊开手掌，把珍珠递了出来。珍珠又大又美，连神父都惊讶地倒吸了一口气。接着，他说："我希望你不要忘记，我的孩子，要感谢赐予你这笔财富的上帝，祈求他在未来也给你指引方向。"

奇诺定定地点了点头，倒是胡安娜轻声说道："我们一定会记得的，神父。而且我们要举行婚礼了。奇诺刚才就说了。"说着，她看向邻居，让他们来做证。邻居们郑重其事地点点头。

神父说："你们一开始的想法就非常正确，这让我很欣慰。上帝保佑你们，我的孩子。"说完，他转身离去，人们纷纷为他让路。

可是奇诺再次握紧了手里的珍珠。他疑神疑鬼地四下张望，因为他的耳畔又响起了那首恶之歌，现在正和珍珠之歌对抗着。

邻居们都悄悄地离开了，胡安娜蹲坐在灶坑旁，把盛着水煮豆的砂锅放到火焰上加热。奇诺走到门口向外张望。像往常一样，他能闻到邻居家灶坑里飘出来的煤烟的味道，他也能看到朦胧的星星，感受到夜晚空气的潮湿，所以他用毯子盖住鼻子。那条瘦弱的小狗来到他面前，晃动着身子向他打招呼，就好像一面迎风飘扬的旗子。奇诺垂下眼，却没直接看着它。他已经突破了界限，走进了外面那个冰冷孤寂的世界。他感受到了孤独的滋味，他需要被保护，仿佛唧唧叫着的蟋蟀，尖声叫着的雨蛙和呱呱叫着的蛤蟆在共同播放那首罪恶的旋律。奇诺微微打了个哆嗦，把毯子拉近鼻子。他还攥着珍珠，把它紧紧地握在手掌里，珠子温暖又光滑，静静抵着他的掌心。

他听到身后的胡安娜在拍玉米饼，再把拍好的饼放进陶制的锅里。奇诺觉得身后就是家庭特有的温暖感和安全感，家之歌像小猫发出的呼噜声一样，在他身后缓缓奏响。然而现在，他靠嘴说出了一个未来。计划是真实的，计划好的东西也是可以感觉得到的。一旦做好计划并充分想象，那这计划就和其他现实一样变成实际的东西了，无法被摧毁，却容易受到打击。所以奇诺的未来是真实的，但未来一经建立，破坏它的力量也随之而来。他是知道这一点的，所以他不得不做好防御的准备。还有一点奇诺也是知道的，那就是上帝不喜欢人们做计划，上帝也不喜爱成功，除非那是偶然发生的。他明白，如果全凭自己的努力获取成功是会被上帝报复的。所以奇诺害怕计划，但既然已经做了，他又不能毁掉它。为了应付外界的打击，奇诺已经做好了准备，要坚强地面对这个世界。他的双眼连同大脑都搜寻着危险的踪影，在危险到来之前，他要有所准备。

奇诺站在门口，看见两个男人走了过来，其中一个手里还提着一盏灯，灯光照亮了地面以及那两人的腿。他们从奇诺家灌木墙的入口处转进来，走到门口。奇诺认出其中一个就是医生，另一个是今早开门的仆人。当他认出那二人时，他感到右手关节受伤的地方又疼痛起来。

医生开口了："今早你来的时候我刚好不在家。但现在我得了空，立刻赶来看看孩子的情况。"

奇诺站在门口，堵着门，隐藏在双眼之后的愤恨在燃烧，他还体会到了恐惧，几百年来被压迫的恐惧深深地烙印在他的胸口。

"孩子现在差不多快好了。"他应付道。

医生微微一笑，但他那双藏在布满淋巴的眼窝里的眼睛，却丝毫没有笑意。

他说："朋友，被蝎子蜇过后可能会出现比较奇怪的反应。起初看上去有所好转，但是出其不意地就……噗！"他噘起嘴发出这个轻微的爆破音，表明病情转变之快。接着，他又挪了挪他那黑色的小手提包，放在灯光下好让奇诺瞧见。因为他知道，奇诺一族喜爱看到并且信任专业的器具。"有时，"医生清晰地吐着字，"病人的腿会烂掉，眼睛可能失明，或者变成了驼背。哦，我知道该怎么医治蝎子蜇伤，朋友，我会治好他的。"

奇诺感到的愤怒和憎恨化成了恐惧。他什么都不懂，但是医生也许明白。用他的无知来对抗这个人可能掌握的真知，这是冒险，他不能那么做。他中套了，他的同胞也一向如此，甚至将来也会这样被动，也许只有到了那一天，就像他说的，等他们知道书本里写了什么的时候，他们才能摆脱这种局面。不过现在他不能冒险，不能拿尤蒂托的性命和身体的健全来冒险。他站到一旁，让医生和他的仆人走进去。

234

奇诺也走了进去，胡安娜从灶旁站起来，退到一边，她再次用围巾的穗子挡住孩子的脸。当医生走到她面前伸出手时，她紧紧地抱着孩子，看向奇诺，奇诺站在一旁，火光映在他的脸上。

奇诺点了点头，她这才让医生接过孩子。

"把灯举起来。"医生吩咐道，仆人举高了手里的灯，他沉思了一会儿，然后翻开孩子的眼睑查看了一下眼球。尤蒂托在反抗，可他只是点了点头。

"和我想的一样。"他说，"毒已经渗进去了，不久便会发作。过来看！"他扒开眼睑。"看，是蓝色的。"奇诺焦急地看着尤蒂托的眼睛，果真泛着蓝色。他也不知道那是不是真的蓝色。可是陷阱已经设好了，他不能冒险。

医生的那双小眼睛变得湿润起来："我给他开点药祛祛毒。"说着，他把孩子交还给奇诺。

接着，他从皮包里取出一瓶白色的粉末和一粒胶囊。他往胶囊里装满粉末，然后盖好，接着在第一个胶囊外面又套上第二个胶囊，也盖了起来。他这一套动作下来，如行云流水，非常娴熟。他把孩子抱过来，掐着他的下唇直到其张开嘴。他用肥胖的手指掐住胶囊，放在孩子的舌根底下，这样就不会被吐出来，然后从地上拿起灌有龙舌兰的小水壶，喂尤蒂托喝下去，到这一步，算是治完了。他看了看孩子的眼球，然后抿起嘴唇，若有所思。

最后，他把孩子递给胡安娜，然后转身看向奇诺。"想必一小时内毒液就会发作。"他说，"这药能保护孩子不受伤害，但我在一小时内还要回来一次。也许现在还不算太迟。"他深吸了一口气，走出小茅屋，他的仆人仍旧提着手灯，紧随其后。

现在，胡安娜把孩子包进围巾里，然后盯着他仔细地瞧，她的脸上写满焦虑和惶恐。奇诺走到她跟前，掀开围巾，也盯着孩子看起来。他抬了抬手,想去检查一下眼皮下面的情况,这才发现珍珠还攥在手里。于是他走到墙边,打开放在那儿的箱子,取出一块破布。他用布把珍珠包好,然后走到屋子的角落里,挖了个坑,把珠子埋进去,最后把土填好。接着,他走到灶坑旁,胡安娜正蹲坐在那里,还在观察孩子的脸色。

医生回到自己的家,坐在椅子里注视着手表。仆人给他送来了简单的晚饭,看他的神情,不是很满意只有巧克力蛋糕和水果。

而在其他邻居的家中,大家开始谈论这件事,他们都想看这件事究竟会如何发展,而这件事也将在接下来的很长一段时间内成为大家最关心的问题。邻居们彼此之间交流着各种资讯,他们伸出拇指来比画珍珠的大小,还会做出爱抚珍珠的小动作来表现珍珠是多么讨人喜爱。从那以后,大家要仔细地观察奇诺夫妇的一举一动了,看看他们到底会不会因为暴富而得意忘形,毕竟很多有钱人都这副德行。人人都知道为什么医生最后还是改了主意,主动上门去了。他不是演戏的好手,他的小心思,大家都心知肚明。

海湾里,一群聚在一起的闪光小鱼浮上了水面,逃避后面那一群来捕食它们的大鱼。屋子里的人们能听到杀戮的声音,那是小鱼逃跑时发出的嗖嗖声和大鱼拍打水面的哗哗声。海湾上笼罩着一片水蒸气,而后又凝结成盐水珠落在灌木丛、仙人掌和小树上。夜里出来活动的老鼠在地上窜来窜去,小猫头鹰则在后面一声不响地追捕着它们。

那条眼睛上长了红斑的骨瘦如柴的小黑狗来到了奇诺家门口,向屋内张望着。奇诺抬头看着它,小狗赶紧摇着尾巴讨好,奇诺把头一转过去,它又恢复了原样。那条小狗没有走到屋子里面,却一直热切地盯着奇诺,看他吃光瓦盘内的豆子,接着又用一块玉米饼把盘子擦干净,然后再吃饼,最后用一杯龙舌兰把这些食物送下肚。

奇诺吃完了晚饭，现在正在卷一支纸烟。这时，胡安娜突然喊了起来："奇诺！"他瞧了她一眼便赶紧起身，快步走到她跟前，因为他从妻子的眼神中看出她很害怕。奇诺站在她身旁，低头向下看去，但是光线太昏暗了。他拾起一堆柴枝，丢进灶坑里去，有了火光，他就能看清尤蒂托的脸了。孩子的脸蛋红扑扑的，喉咙一直动个不停，嘴巴里流出些许黏稠的唾液，肚子也开始痉挛，看样子，他病得很重。

奇诺跪在妻子身旁。"所以医生是真的知道。"他说道，这话不仅是说给自己听，也是说给妻子听。因为他的心是那样冷酷多疑，他渐渐想起那白色的粉末。胡安娜抱着孩子，一边轻轻晃动着身子，一边哼着那首家之歌，似乎那歌声能击退危险似的，可孩子仍痛苦地扭动身子，而且呕吐不止。现在，奇诺开始害怕了，那邪恶的音乐又在脑海中震响，几乎压过了胡安娜的歌声。

医生喝完了巧克力，小口地咬着甜点。他在餐巾上蹭了蹭手指，又看了看表，随后站起身，拿起他的小手提包。

孩子生病的消息已经在各家各户中传开，因为对穷人来说，最大的敌人就是饥饿，其次就是生病。有人轻声评论道："瞧，好运之后就是苦难。"其他人纷纷点头，然后朝奇诺家走去。邻居们捂住鼻子，在黑暗中前行，最后又挤进了奇诺的屋子。他们站在那里，静静地看着，时而三言两语地感慨着在这样开心的时候却发生了这样的不幸。他们还说："一切都掌握在上帝的手中。"上了年纪的老太太们都在胡安娜身旁蹲下，如果能帮上忙就帮忙，就算帮不上，说几句安慰话也是好的。

这时，医生匆匆忙忙地进来了，身后跟着他的仆人。他像赶鸡崽那样赶走了那些老女人。他抱起孩子，仔细瞧了瞧，又摸摸他的脑袋。"蝎子毒已经开始发作了。"他说,"我想我能治好这病,我会尽力的。"他要了一杯水,在水中又加了三滴阿摩尼亚,然后他掰开孩子的嘴,将兑好的药灌了下去。在这过程中,孩子发出了痛苦的尖叫声,胡安娜惶恐地盯着医生。医生一边喂药,一边说着话:"还好我知道怎么解蝎子毒,不然啊……"说着,他耸耸肩膀表示可能后果不堪设想。

但是奇诺对此表示怀疑,他的视线一直没离开医生敞开的手提包,他看见包底放着那瓶白色粉末。渐渐地,孩子不再痉挛,慢慢平息下来。最后,尤蒂托长长地舒了一口气便安然睡去,因为不停地呕吐,他已经精疲力竭了。

医生把孩子交还给胡安娜。"现在,他会好起来的。"他说,"我已经把他治好了。"胡安娜充满感激地看着他。

医生拉好手提包,说道:"你看你什么时候能支付医药费呢?"他的口吻听起来十分客气。

"等我卖掉珍珠,我立刻付给你。"奇诺说。

"你有珍珠?是一颗上好的珍珠吗?"医生颇有兴趣地问道。

接着,邻居们纷纷插话道:"他找到了一颗旷世奇珠!"他们大叫道,然后伸出食指和拇指,比画起珠子的大小。

"奇诺就要变成有钱人了!"其他人叫嚷道,"从没有人瞧见过这么大的珠子呢!"

医生露出惊讶的神情:"这我倒没听说。你把那珠子收好了吗?或者你把它先存放到我家的保险箱里?"

奇诺眯起了双眼,脸颊绷得紧紧的。"我把它收好了。"他说,"明天我就卖了它,然后给你医药费。"

医生耸耸肩,他那湿漉漉的眼睛一直盯着奇诺的双眼。他知道,珍珠就埋在这屋子里,他估摸奇诺的目光也许会飘向埋珍珠的地方。"要是在卖珠子之前，有人偷走了珍珠，可就太遗憾了。"医生说道。然后，他就看到奇诺的目光下意识地飘向了棚屋侧柱附近的地面。

医生离开之后，其他邻居也不情不愿地回家去了。奇诺蹲在灶坑旁，里面的煤块正烧得通红，他聆听着属于夜晚的声音，海浪轻轻拍打着海岸，远处传来狗叫声，微风拂过棚屋的屋顶，村里的街坊四邻还在自家屋子里说着闲话，原来这些人也不是一觉睡到天亮的，中途他们不时地醒来，说一会儿话，然后再接着睡。过了一会儿，奇诺站起身，走到屋子门口。

他嗅了嗅拂面而过的夜风，仔细听着夜里可能出现的鬼鬼祟祟、偷偷摸摸的响动，他四下张望着，因为那邪恶的旋律又出现了。他既愤怒又担心。待他侦察好外面的情况，他便走到埋着珍珠的柱子旁，掘开土，把珠子挖出来，拿到睡席上去，然后在席子下面的泥地上又挖了个小洞，把珍珠埋进去，最后把坑填好。

胡安娜坐在灶坑旁，不解地望向奇诺。等他埋好珍珠后，她开口问道："你在怕谁？"

奇诺仔细想了想，最后回答道："每一个人。"他感到一层坚硬的壳把他包裹起来了。

过了一会儿，两人一齐在睡席上躺下，胡安娜今夜没有把孩子放进吊篮中，而是亲自搂着他睡，她还用围巾盖住了尤蒂托的脸。灶坑内的最后一丝火光也熄灭了。

但奇诺的大脑仍没有放松警惕，甚至在睡觉时，他还梦到尤蒂托认字了，他的同胞告诉他一切都成真了。梦里的尤蒂托正在看一本和房子一般大的书，上面的字母足有一条狗那么大，那些文字在纸张上跳跃、奔驰。接着，黑暗席卷了书页，随之而来的是邪恶的旋律，于是梦里的奇诺又变得不安起来，他开始扭动，这一动，把胡安娜吵醒了。接着奇诺也醒了，邪恶的音乐仍在回响，他躺在那里，在黑暗中竖起耳朵，仔细地聆听。

这时，从屋子的一角传来响动，那声音太轻了，以至于让人以为那不过是幻听，接着，有人偷偷摸摸地做了个小动作，一只脚踏在了地面上，奇诺还听到一阵克制得几不可闻的呼吸声。他屏息静听，他知道，屋子里那个阴暗的家伙也在小心地听着。有那么一会儿，角落里听不见一丝声响。奇诺开始怀疑那是自己想象出来的声音。但是胡安娜伸出手，悄悄地警告他。接着那声音又出现了！是一只脚踏在干燥土壤上发出的沙沙声和手指翻动泥土的声音！

奇诺的胸中顿时涌起了难以遏制的恐惧，随之而来的还有愤怒，就像往常那样。奇诺将手伸进胸口处，在那儿，他绑了根绳子，上面吊着他的刀。突然，他像一只愤怒的猫，猛地跃起，一面向前刺出匕首，一面怒吼着，朝着那个躲在屋子角落的东西扑过去。他碰到了布料，用刀刺过去却没有扎中，他又刺一刀，这一下刺中了。然后他的脑袋像被雷劈了一样，剧烈地疼了起来。门口传来轻微的疾走声，接着是一阵奔跑的脚步声，最后是一片死寂。

奇诺感觉到温热的血从前额流下，他能听到胡安娜在喊他。"奇诺！奇诺！"胡安娜的声音里充满了恐慌。奇诺迅速使自己镇定下来，他回道："我没事，那家伙走了。"

奇诺摸索着回到席子旁边。胡安娜已经生起了火。她从灰烬中拨出一块火炭，把玉米外皮撕成小片，将其引燃，屋内总算亮起了微弱的火光。随后，胡安娜不知从何处拿来了一小截献祭用的蜡烛，点上火，放在灶石上。她动作很快，一边走一边还低声哼着歌。她把围巾的一端用水浸湿，而后为奇诺擦拭额头上的鲜血。"没什么的。"奇诺说道，但是他的眼睛和声音变得异常冷峻，仇恨在他的心头疯狂地生长。

胡安娜再也无法抑制内心的紧张,她的嘴唇是那样单薄。"这东西太邪恶了。"她粗声粗气地说道,"这珍珠就代表着罪恶!它会毁了我们的。"这会儿,她的声音变得尖厉起来,说道:"扔了它,奇诺。或者用石头把它砸碎吧,或者埋起来,然后彻底忘记那个地方。把它丢回海里去吧。它只能带来灾祸。奇诺,我的丈夫,它会毁了咱们的。"在火光的映照下,胡安娜的嘴唇和双眼都在表现她的恐惧。

但是奇诺仍旧板着脸,他的心和他的意志一样保持坚定。"这是我们唯一的机会。"他说,"咱们的儿子一定要上学。他必须改变命运,不能过我们这种生活。"

"它会把我们都毁掉的。"胡安娜大喊道,"甚至会毁掉我们的儿子。"

"好了,"奇诺说,"别再说了。明天一早我们就把珍珠卖掉,那么就不会有什么灾祸了,只会有好运等着我们。现在,别再谈论这些了,老婆。"他黑色的眼睛一直瞪着那一小团火焰,这时,他发现那把刀还在手里,他举起刀身看了看,发现刀刃上有一小道血痕。有那么一会儿,他打算就在裤子上擦擦刀身,但随后他又把刀插进土里,把刀上的血污清理掉了。

远处传来公鸡打鸣的声音,空气也变了,黎明就快到了。晨风吹皱了港湾里的水,又穿过红树林。细碎的波浪来得更急了,不停地拍打着布满碎石的沙滩。奇诺掀起睡席,将珍珠挖出来,放在面前呆呆地注视着它。

珍珠在那一小截蜡烛的映衬下,泛着柔和的光亮,美得让人沉醉。珍珠是那样可爱,那样柔美,美妙的乐曲自然而然地从珍珠中流淌出来,那是关于希望和欢乐的音乐,它为安稳舒适的未来提供了保障。那温暖的珠光好似一剂消灾祛病的良药，又好似一堵抵御外侮的高墙。它关上了饥饿的大门。奇诺盯着珍珠看时，眼神是温柔的，神情是放松的。他能看到珍珠光滑的表面上折射出的蜡烛的倒影，他的耳畔再次传来海底美妙的歌声，和那散发着光芒的绿色的调子。胡安娜悄悄看向丈夫，看到了他脸上的微笑。胡安娜也回以会心的一笑，因为他们在某种程度上可以说是一个共同体，有着同样的追求。

于是他们满怀希望地开始了这新的一天。

第四章

　　一个小镇时刻关注自身及其各个组成部分，实在不可思议。如果男男女女、老老少少都按照既有模式行事表现，不破坏规则，彼此之间毫无差别，更不尝试新鲜事物，不生病，既不危及心灵的安宁祥和，也不损害镇里稳定连续的日常生活，那这些组成部分大可以消失，再也不被提起。但只要有一个人脱离常规思维或可信的已知模式，镇民的神经就会绷紧，消息便会经由全镇的神经系统而传开。如此一来，每个部分都会响应整体。

　　因此，在拉巴斯，一大清早整个镇子就都知道奇诺那天要卖珍珠。住在棚屋的邻居们知道，采珠人知道，中国杂货店的老板们知道，这个消息在教堂里也传开了，不光祭台助手小声谈论，修女们议论，就连教堂前面的乞丐也在聊这件事，他们要过去赶在前面从幸运果实里分得一小杯羹。小男孩们听说了，都特别兴奋，但最重要的是，珍珠贩子也收到了消息，到了那一天，所有珍珠贩子都在铺子里独自坐着，面前摆着黑色天鹅绒小托盘，每个人都捻着珍珠，估量倘若做成了这笔交易能赚上多少钱。

　　曾经，珍珠贩子都是各干各的，竞相出价购买采珠人的珍珠。曾几何时，事实的确如此。但这种办法太浪费了，因为为了买到上好的珍珠，贩子就会出大价钱，支付过高的价格给采珠人。这法子太离谱，珍珠贩子都觉得不合算。现在只有一个珍珠贩子说了算，那些坐在铺子里等奇诺的贩子都很清楚他们各自会出什么价格，最高价是什么，会用什么样的手段。虽然这些珍珠贩子能拿到手的只有薪水，但依然情绪激昂，毕竟猎奇本身就是一件叫人兴奋的事儿，而且，如果一个人的职责便是压价，那要是可以把价格尽可能压低，他们就会乐不可支，感觉心满意足。对世界上所有人而言，尽职责便要尽心尽力，不管心里有什么想法，做起事来都不会有所保留。暂且不论他们能得到哪些好处和表扬，能不能借此升迁，珍珠贩子就是珍珠贩子，以最低价格买进的珍珠贩子才是最出色和最幸福的。

那天早晨，黄色的太阳高挂空中，骄阳似火，入海口和海湾里的水分蒸发，水汽如同围巾一样悬在空中，闪闪发光，仿佛空气在颤动，海市蜃楼是那么虚无缥缈。镇子北边出现了一个海市蜃楼，影像中是两百多英里外的一座高山，高耸的山坡上长满了松树，一座石峰巍峨耸立，比树木线还高。

这天早晨，独木舟都停在岸上；采珠人没有潜水寻找珍珠，他们都清楚，奇诺去卖大珍珠，到时肯定会发生很多事，有热闹可瞧。

在岸边的棚屋里，奇诺的邻居们吃早餐吃了很久，边吃边聊要是找到珍珠的人是他们，他们会怎么办。一个人说他会把珍珠当成礼物，献给罗马教皇。另一个人说，他会用卖珍珠的钱让教会在未来一千年里做弥撒安抚他家人的灵魂。还有个人觉得他会把钱分给拉巴斯的穷人。第四个人想出了可以用卖珍珠的钱去做的各种好事，他想到一个人有钱后，就可以做慈善，发救济金，进行各种救援。所有邻居都希望奇诺这次大发横财后不会冲昏头脑，希望他有了钱，不会沾染贪婪、仇恨和冷酷这些邪恶的脾性。大家都很喜欢奇诺，如果这颗珍珠把他毁了，就太可惜了。"胡安娜是个多好的媳妇啊！"他们说，"小宝宝尤蒂托长得多漂亮啊！他们以后还将有更多孩子。要是那颗珍珠把他们都毁了，可就太遗憾了。"

对奇诺和胡安娜来说，他们一生中度过了很多个早晨，但唯有这个早晨，能与他们的孩子降生的那个早晨相比。这一天将成为他们人生的分水岭。他们会说，"那是在我们卖掉珍珠的两年前"，又或者，"那是我们卖掉珍珠的六个礼拜之后"。胡安娜想着这件事，便忘记了什么是小心谨慎，她给尤蒂托穿上她为他受洗准备的衣服，当然了，得等他们有钱了，才能送他去接受洗礼。胡安娜把头发编成辫子，还用红丝带在末端绑了两个小蝴蝶结，她穿上结婚时穿的裙子和背心。他们准备妥当，太阳又升高了许多。奇诺那件破旧的白色衣服至少还算干净，这是他最后一个衣衫褴褛的日子。从明天起，甚至是从这天的下午开始，他就有新衣服可穿了。

邻居们一直从他们棚屋的缝隙注意奇诺家的门，他们也都穿好衣服，做好了准备。他们要和奇诺、胡安娜一起去卖珍珠，并且丝毫不觉得有何不好意思。那可是一个历史性的时刻，他们要是不去，肯定会发疯。而且，不去的话，就显得太不够朋友了。

胡安娜小心地戴上围巾，她把长长的一端塞在右边手肘下面，用右手将其抓住，这样就在胳膊下面形成了一个吊带，她把尤蒂托放在小吊带里，让他靠着围巾，这样他就能看到一切，说不定还可以记住所发生的事。奇诺戴上大草帽，用手摸摸是否戴得正好，他既不愿意像鲁莽轻率、不负责任的单身汉一样，靠后或歪戴帽子，也不愿意像老头那样戴得端端正正，他把帽子戴得稍稍向前，这样不仅霸气庄重，还显得有活力。从一个男人歪戴帽子的程度，可以看出很多的名堂。奇诺穿上凉鞋，将皮带套在脚后跟上。大珍珠用一块又旧又软的鹿皮包着，放在一个小皮袋里，皮袋则塞在奇诺的衬衫口袋中。他精心地把肩毯叠得又细又长，搭在左肩上，现在，他们都准备好了。

奇诺威风凛凛地走出家门，胡安娜带着尤蒂托走在他后面。他们大步穿过经洪水冲刷过的小巷，向镇子走去，邻居们和他们会合。人们纷纷从房子里走出来，孩子们从门里飞奔而出。但这是个严肃的场合，只有一个男人和奇诺走在一起，那就是他的大哥胡安·托马斯。

胡安·托马斯提醒他的弟弟。"你得多注意，别被他们诓了。"他说。

"我会的。"奇诺表示同意。

"也不晓得别的地方是个什么行市。"胡安·托马斯说，"我们不清楚珍珠贩子在其他地方能把那颗珠子卖多少钱，我们又怎么知道公平的价格是多少呢？"

"确实如此。"奇诺说，"但我们怎么能知道呢？我们在这里，去不了别的地方。"

他们向镇里走去，他们身后的人越聚越多，胡安·托马斯紧张到了极点，便说起来没完没了。

"奇诺，以前老人们想把珍珠多卖点钱，就想了个办法，那时候你还没出生呢。"他道，"他们觉得最好推选一个代理人，让这个人把所有珍珠都拿到首都去卖，并且将一部分利润给他作为报酬。"

奇诺点点头。"我知道。"他说，"这个想法不错。"

"于是他们选出了这样一个人。"胡安·托马斯说，"他们把珍珠合在一起，派那个人去了首都。他这一去就没了踪迹，那些珍珠也一起消失了。然后，他们又选了一个人，派他去卖珍珠，这个人同样再也没有出现。他们只好放弃，继续沿用老办法。"

"我知道。"奇诺说，"我听咱爹讲过这件事。他们的主意不错，却违背了宗教，神父说得很明白了。珍珠丢了，就是对那些忘记自己身份的人的惩罚。神父还说了，无论男女，每个人都像是上帝派遣的士兵，去守卫宇宙中这座城堡的某一部分。有人在城墙上，有人在墙壁内的幽暗深处。但每个人必须始终忠于自己的位置，不能到处乱走，不然这座城堡就有可能受到地狱的攻击。"

"我听过神父的那次布道。"胡安·托马斯说，"他每年都做这样的布道。"

兄弟二人微微眯着眼往前走，四百年来，自从陌生人第一次来到这里，带来了这样的言论和权威，还用火药来保证这两点得到执行，他们的祖祖辈辈就都是这样的。在这四百年里，奇诺的同胞只学会了一种自卫的办法，那便是微微眯起眼，轻轻抿着嘴，并且退避三舍。没有什么能突破这堵墙，而他们只要在墙内，就不会有任何危险。

队伍越来越大，人人都很严肃，因为他们感觉今天是个大日子，孩子们要是想扭打、尖叫、大哭、偷帽子把头发弄乱，大人就会吼上几句，叫他们保持安静。这一天太重要了，一个老人竟然骑在侄子健壮的肩膀上来看热闹。众人远离棚屋，进入了石头灰泥建成的城镇，镇里的街道略宽，建筑物边上还有狭窄的人行道。和以前一样，在他们经过教堂的时候，乞丐们也进入了队伍中；杂货店老板从店内注视着他们走过；酒馆里没客人上门，老板干脆打烊，也随着大家走了起来。阳光炙烤着镇里的大街小巷，每一块小石头都把影子投射到地面上。

众人快到的消息早已传了出去，珍珠贩子笔直地坐在他们那阴暗的小铺子里，都打起了十二分的精神。他们拿出文件，做出忙碌的假象给奇诺看，他们还把珍珠都收进了柜台，可不能把这些逊色的珠子和那颗美丽的珠子放在一起，不然就太有碍观瞻了。

他们早就听说奇诺的珍珠璀璨夺目。珍珠贩子的铺子都集中在一条狭窄的街道上，窗户上装了木板条，木条阻隔了阳光，只有柔和的微光能照射进铺子里。

一个身材矮胖、动作迟缓的男人坐在铺子里等着。他的脸上露出慈父般的和善表情，眼中闪烁着友好的光芒。他常和别人打招呼问早安，喜欢隆重地和别人握手，他是个开朗的人，很会讲笑话，但他周身上下却散发出一种悲伤的气质，因为在哈哈大笑的时候，他会想起你去世的阿姨，他马上就会为了你失去亲人而双眼噙满伤痛的泪水。今天早晨，他把一枝花插在柜台上的一个花瓶里，那是一朵大红色的木槿，花瓶旁边是一个内衬天鹅绒的黑色珍珠托盘，他就坐在托盘前。他把胡子刮得干干净净，只能看到青色的须根，他的手十分干净，指甲修理得很整齐。店铺的门早上一直开着，他轻声哼着歌，用右手练习戏法。他在指关节上来回滚动一枚硬币，让硬币一会儿出现一会儿消失，在他的摆弄下，硬币旋转着，闪耀着光芒。硬币消失，随即马上出现，这个男人甚至都没看他自己的表演。他手指上的动作完全是下意识的，却恰到好处。那个男人只是自顾自地哼着小调，向门外张望。然后，他听到众人走近时发出的沉重脚步声，他右手手指的动作变得越来越快，而在奇诺出现在门口的时候，硬币一闪，便不见了。

"早上好，我的朋友。"矮胖男人说道，"有什么可以帮你的吗？"

奇诺盯着这间幽暗的小铺面，他一直在耀眼的阳光下，此刻他的眼睛有些不太适应。但珍珠贩子的眼睛却如同鹰眼一般，目光沉稳冷酷，一眨不眨，而他脸上的其他部位都带着笑意，流露出好客的表情。他的右手仍在柜台后悄悄地摆弄硬币。

"我有一颗珍珠。"奇诺说。胡安·托马斯站在他身边，听到如此自谦的话，他轻轻哼了一声。邻居们围在门口看着，几个小男孩攀着窗户栅栏往里看。还有几个男孩子趴在奇诺的腿边看着这一幕。

"你有一颗珍珠。"珍珠贩子道，"有时候，一个人能带来十几颗珍珠。好吧，把你的珍珠拿出来瞧瞧吧。我们来估估值，给你个最好的价钱。"他的手疯狂地摆弄着硬币。

此时，奇诺发自本能地知道他的动作有些夸张了。他缓缓地拿出皮袋，慢慢地从袋子里掏出那块脏兮兮的软鹿皮，然后，他将那颗大珍珠滑落到黑色天鹅绒托盘里，随即看向珍珠贩子，端详他的表情。但他没有看到任何迹象，他的脸上没有变化，没有出现丝毫表情，但柜台后面那只神秘的手却失去了准头。硬币滑过一个指关节，悄无声息地落在珍珠贩子的腿上。柜台后面的手指攥成了拳头。珍珠贩子从隐蔽处拿出右手，伸出食指触摸大珍珠，在黑色天鹅绒上滚动珍珠；他用拇指和食指捏起珍珠，把它拿到眼前，快速旋转起来。

奇诺屏住呼吸，邻居们屏住呼吸，大家都在窃窃私语，把消息传给后面的人。"他在验珍珠，还没提到价格。他们还没谈价。"

此时，珍珠贩子的手似乎有了思想。那只手把大珍珠丢回托盘，食指侮辱性地戳了戳珍珠，而珍珠贩子的脸上则浮现出了悲伤和轻蔑的微笑。

"对不起，我的朋友。"他说，他的肩膀微微耸起，表示这样的不幸并不是他的错。

"这颗珍珠非常值钱。"奇诺说。

珍珠贩子弹了一下珍珠，珍珠随即轻轻地从天鹅绒托盘的一边弹开。

"你听说过愚人黄金吧？"珍珠贩子道，"这颗珍珠就跟愚人黄金差不多。太大了。有谁会买这样的珠子？这种东西没有市场。顶多只能算个罕见有趣的物件。实在抱歉。你觉得这东西值大价钱，可它只是个有趣的玩意儿。"

这会儿，奇诺有些不知所措，看起来非常担心。"这可是无价之宝。"他喊道，"从没有人见过这么好的珍珠。"

"正好相反。"珍珠贩子道，"珠子太大了，显得很笨。如果只是当个有趣的小玩意儿，那还有点儿意思；有的博物馆说不定愿意收藏，和海贝壳一起展出。我也就能给你……一千比索吧。"

奇诺立马沉下脸，变得凶神恶煞。"它值五万比索。"他说，"你很清楚这一点。你少骗我！"

珍珠贩子听到众人听见他的出价后便小声议论起来。他有些害怕了。

"这事可怪不得我。"他立即说，"我只是负责鉴定而已。你去别人那里问问吧。去他们的铺子，给他们瞧瞧你的珠子，你也可以把他们叫到这里来，你也好看看我们并没有串通。伙计！"他喊道。他的仆人把头探进后门，他说："伙计，去找几个珍珠商。你把他们叫来这里，但不要告诉他们来干什么。你就说我想见他们。"他的右手伸到柜台后面，从口袋里拿出另一枚硬币，硬币开始在他的指关节处滑来滑去。

奇诺的邻居们都在交头接耳。他们就怕出现这样的情况。那颗珍珠的确很大，却有着奇异的光泽。他们从一开始就心里犯嘀咕。而且，一千比索并不是可以随便丢掉的小数目。对一个穷得叮当响的人而言，这可是一笔不小的财富。奇诺应该接受这一千比索。毕竟就在昨天，他还身无分文。

但奇诺变得浑身僵硬，冷酷无情。他感觉到命运在悄悄接近，饿狼在围着他绕圈，秃鹫在他的头顶盘旋。他感觉邪恶的势力在他身边凝聚，他无力保护自己。他的耳畔充斥着邪恶的音乐。在黑色天鹅绒上，大珍珠闪动着光泽，珍珠贩子的目光一直没有离开珍珠。

门口的人分开，三个珍珠贩子走了进来。此时，众人都默不作声，生怕错过了哪怕是一个字，也怕看漏了哪怕是一个手势或一个表情。奇诺一声不吭，十分警觉。他感到有人轻轻拉了他的后背一下，他扭头，望着胡安娜的眼睛，等他别开目光，他感觉自己再次充满了力量。

珍珠贩子没看彼此，也没看珍珠。柜台后面的那个男人说："就这颗珍珠，我估过价了。主人家觉得我出的价不合理。我希望各位来验验这个……这个东西，然后报个价。你听见了，"他对奇诺说，"我可没提我刚才给了多少钱。"

第一个珍珠贩子干巴巴的，瘦得皮包骨头，似乎这会儿才第一次看到珍珠。他拿起珠子，在拇指和食指之间快速转动，然后不屑一顾地把珍珠丢回了托盘。

"你们讨论你们的，可别算上我。"他冷冰冰地说，"我不报价。这东西我不要。这算哪门子珍珠，说是怪物还差不多。"他的薄唇噘了起来。

现在轮到了第二个珍珠贩子，这人是个小个子，说起话来轻声细语，羞答答的，他拿起珍珠，仔细查看，随后从衣兜里拿出一个放大镜，观察起来。然后，他轻声笑了笑。

"成色好的珍珠都跟用面团做的差不多。"他说，"我太清楚这里面的门道了。这颗珠子很软，还是粉质的，用不了几个月就会失去光泽，一钱不值。你看。"他把放大镜递给奇诺，告诉他如何使用，奇诺从未见过放大了的珍珠表面，所以当他看到那奇奇怪怪的表面，不由得大吃一惊。

第三个珍珠贩子从奇诺手里拿过珍珠。"我有个主顾喜欢这种东西。"他道,"我出五百比索,说不定我能找我的主顾要六百比索。"

奇诺立即从他手里夺过珍珠。他用鹿皮把珍珠包好,塞进衬衫口袋。

柜台后面的男人说:"我这人就是傻,这我很清楚,但我第一次的报价仍然有效。我还出一千比索。你怎么说?"这时候,奇诺已经把珍珠收了起来。

"你们都在坑我。"奇诺大叫道,"我不在这里卖珍珠了,我要去首都卖。"

这会儿,几个珍珠贩子飞快地看了彼此一眼。他们知道他玩得有些过火了;他们还知道,要是弄不到这颗珠子,他们可没有好果子吃,于是,柜台后面的那个人连忙说:"我出一千五百比索。"

但奇诺已经走进了人群中。模糊的谈话声传到他的耳朵里。他怒不可遏,耳边嗡嗡直响,他穿过人群,大步走开。胡安娜一路小跑着跟在他身后。

夜幕降临,棚屋里的邻居都坐下来,一边吃玉米饼和豆子,一边讨论早上发生的那件大事。他们不太懂行,虽然他们确实觉得那颗珍珠是个宝贝,但他们从未见过这样的珍珠,而且,珍珠贩子比他们更了解珍珠的价值。"那几个珍珠贩子可没商量过。他们三个都知道那颗珠子不值钱。"

"但他们是不是提前做好了局呢?"

"如果是那样,那我们所有人可就是被人骗了一辈子了。"

有人说,奇诺最好收下那一千五百比索。那可是一大笔钱,他这辈子都没见过这么多钱。也许奇诺就是个顽固的呆瓜。假如他真去了首都,又找不到人买他的珍珠,会怎么样?那他一辈子都抬不起头了。

还有的人很担心，他们说他拒绝了珍珠贩子，这下珍珠贩子就再也不愿意同他做买卖了。奇诺这是自掘坟墓，自己毁了自己的好事。

其他人说，奇诺很勇敢，做起事来雷厉风行；他是对的。他的勇气对他们所有人都有好处。奇诺是他们的骄傲。

奇诺在家里蹲在他的睡垫上，陷入了沉思。他把珍珠藏在家中炉口的一块石头下面，他盯着草编睡垫，看着看着，那些纵横交错的图案开始在他的脑海里跳动。他失去了一个世界，却并未得到另一个。奇诺怕了。他这辈子都没离开过家。陌生的人和陌生的地方叫他心惊胆战。他惧怕那个被人们称为首都的陌生怪物。那个地方在万水千山之外，远隔千里，每一英里都是那么可怕陌生，那么叫人胆寒。但是，奇诺已经失去了昔日的世界，所以他必须攀上新世界。他对未来的梦想是真实的，绝不能破灭，他还放过话，说"他会去"，他必须说到做到。下决心去，并且大声说出这个想法，就等于走了一半了。

胡安娜看着他把珍珠藏好，她一边注意着他，一边给尤蒂托清洗、喂奶，她还做了玉米饼当晚饭。

胡安·托马斯走进来，蹲在奇诺身边，良久，他都没有说话，最后还是奇诺问道："我还能怎么办呢？他们都是骗子。"

胡安·托马斯严肃地点了点头。他的年纪比较大，所以奇诺想听听他的意见。"这事真不好说。"他道，"我们都清楚，我们从出生到进棺材，一直都在被人骗，但我们还不是好好活着。你拒绝的不仅仅是珍珠贩子，还有全部的链条，全部的生活方式，我很担心你。"

"除了挨饿，我有什么好怕的？"奇诺问。

但胡安·托马斯缓缓地摇摇头："我们所有人都怕填不饱肚子。但假设你是对的，假设你的珍珠很值钱，你认为那时候就万事大吉了？"

　　"你这话是什么意思？"

　　"不知道。"胡安·托马斯说道，"但我为你担心。你要去一个新地方，但你在那里是人生地不熟。"

　　"我要去。我很快就动身。"奇诺说。

　　"这倒是。"胡安·托马斯表示同意，"你必须去。但我估摸你就算去了首都，也没有什么区别。在这里，你有朋友，还有我这个大哥。但在那里，你连个熟人都没有。"

　　"我能怎么办？"奇诺说，"他们太欺负人了。我的儿子一定得有个好前途。他们就是抱着这个如意算盘。我的朋友会保护我的。"

　　"但前提是你的朋友不会因此遭到任何危险，也不会有丝毫不便。"胡安·托马斯道。他站起来，说："愿上帝与你同在。"

　　奇诺说："愿上帝与我同在。"他甚至都没抬头，因为这句话中夹杂着一股奇怪的寒意。

　　胡安·托马斯走了很久，奇诺依然坐在睡垫上沉思。他无精打采，一股灰色的绝望将他包围。他面前的路似乎都堵死了。在他的脑海里，他只能听到敌人奏响的黑暗音乐。他的感官异常活跃，但他的思想再次进入了与万物共通的状态里，那是他这个种族特有的天赋。他听到渐浓的夜色中各种微小的声响：归巢的鸟儿发出了昏昏欲睡的怨言，猫痛苦地求爱，细小的浪花来回拍打海滩，还有远处不变的咝咝声。他能闻到退去的潮水留下的海藻散发出的刺鼻气味。在细枝燃烧的小丛火焰的照耀下，睡垫上的编织图案在他那出神的目光前跃动着。

胡安娜担心地看着他，但她了解他，所以她很清楚，她默不作声地陪伴他，便是对他最大的帮助。仿佛她也能听到恶之歌一般，她奋起反抗，轻声哼唱起了关于家的歌曲，歌唱着家的安全、温暖和完整。她把孩子抱在怀里，为他唱歌，赶走魔鬼，她的声音里洋溢着勇气，抵挡着黑暗音乐的威胁。

　　奇诺没动，也没提出吃晚饭。她知道他饿了自然会吃。他一直在发呆，他能感觉到魔鬼就在棚屋外虎视眈眈；他能感觉到有个神秘的东西在爬来爬去，等着他走进黑夜。那东西笼罩在黑影中，阴森恐怖，然而，它却在召唤他，威胁他，挑战他。他把右手伸进衬衫，摸到了他的刀：他瞪大眼睛，猛地站起来，走向门口。

　　胡安娜想拦住他，她举起一只手阻止他，她惊恐地张大嘴巴。奇诺盯着黑夜看了良久，然后走到外面。胡安娜听到他奔跑了几步，哼哧哼哧地搏斗起来。她吓得僵在原地，过了一会儿，她像只猫似的，向后拉伸嘴唇，露出牙齿。她把孩子放在地上，从壁炉里抄起一块石头，冲到外面，但此时一切都已结束。奇诺躺在地上，挣扎着要站起来，附近连个人影都没有。四周只有暗影憧憧，海浪哗哗地拍打着海岸，远处的嗞嗞声不绝于耳。但魔鬼无处不在，隐藏在篱笆后面，蹲伏在房子旁边的阴影里，悬浮在空中。

　　胡安娜扔掉石头，她搂住奇诺，搀扶他站起来，又扶他回到屋里。鲜血从他的脑袋向下流，在他的脸颊上，从耳朵到下巴处有一道又长又深的伤口，鲜血淋漓。奇诺迷迷糊糊的。他不停地晃脑袋。他的衬衫撕开了，衣服只有一半还挂在身上。胡安娜扶他坐在他的睡垫上，用她的裙子擦掉他脸上越来越厚的血迹。她拿来一壶龙舌兰酒，让他喝了几口，他依然摇着头，想要驱散黑暗。

　　"是谁？"胡安娜问。

　　"不知道。"奇诺说，"我没看清。"

这会儿，胡安娜取来她那个装水的陶罐，清洗了他脸上的伤口，他却一直呆呆地注视着前方。

"奇诺，我的丈夫！"她大叫道，他的视线越过她，"奇诺，你能听到我说话吗？"

"能听到。"他愣愣地说。

"奇诺，这颗珍珠是魔鬼。我们快点把它毁了吧，不然它就会毁掉我们。我们找两块石头，把珍珠碾成碎末。我们……我们可以把它丢回海里，让它从哪里来，回哪里去。奇诺，它是魔鬼，它是魔鬼！"

就在她说话的时候，奇诺的眼里恢复了光芒，他的双目闪闪发光，他的肌肉变得坚硬，他的意志力变得坚强。

"不要。"他说，"我要和这玩意儿大战一场，获胜的一定是我。我们要把握这个机会。"他一拳打在睡垫上。"谁也不可以抢走我们的好运气。"他道。随后，他的目光变得柔和了，他举起一只手，轻轻放在胡安娜的肩上。"相信我吧，"他说，"我是个男人。"他的脸上浮现出狡猾的神情。

"明天早上，我们就坐上独木舟，我们翻山过海去首都，我们两个一起去。我们才不要被人骗。我是个男人。"

"奇诺。"她用沙哑的声音道，"我害怕。人是会死的。我们还是把那颗珍珠丢回海里吧。"

"闭嘴。"他厉声道，"我是个男人。闭嘴。"她不再说话，因为他的语气不容置喙。"睡一会儿吧。"他说，"天一亮，我们就出发。和我在一起，你怕吗？"

"不怕，我的丈夫。"

他用温暖柔和的眼神注视着她，抚摩着她的脸颊。"我们睡一会儿吧。"他说。

第五章

在第一只雄鸡报晓之前，姗姗来迟的月亮终于升了起来。奇诺在黑暗中睁开眼，因为他感觉到身边有什么东西在动，但他自己没有动。他只是睁着眼在黑暗中寻找着，借着自棚屋的孔洞照射进来的苍白月光，奇诺看到胡安娜悄悄地从他身边起来。他看到她向壁炉走去。她做每一个动作都小心翼翼，他只能听到她轻轻地挪开壁炉里的石块，然后，她如同一道影子，轻轻地向房门走去。她在尤蒂托躺的吊床边站了一会儿，有那么一刻，站在门口的她周身都笼罩在阴影中，然后，她走了出去。

奇诺顿时怒不可遏。他翻身站起来，悄悄地跟了上去，和她走的时候一样没有发出半点声响，他能听到她匆忙的脚步声在向岸边移动。他悄无声息地跟着她，他的心里燃烧着熊熊怒火。她走出了灌木丛，跌跌撞撞地翻过小块岩石，向大海走去，这时候，她听到他的声音，便跑了起来。就在她抬起胳膊要把珍珠扔掉的时候，他向她扑了过去，一把抓住她的手臂，把珍珠从她手里夺了过来。他握紧拳头，狠狠打在她的脸上，她随即跌倒在岩石之间，他猛踢她的肋部。在朦胧的月光下，他能看到小小的浪头打在她身上，她的裙子漂浮起来，潮水退去后，布料贴在她的腿上。

奇诺低头看着她，露出了牙齿。他盯着她，嘴里还发出蛇一般的咝咝声，胡安娜瞪大眼睛瞧着他，一点儿也不害怕，活像一只面对屠夫的绵羊。她很清楚他想杀死她，但这并不要紧；她早已接受这样的结局，她既不会抵抗，也不会抱怨。然而，他心里的愤怒忽然消失了，一种病态的厌恶取而代之。他转身背对她，沿着沙滩走远，穿过灌木丛。他此刻情绪激动，感官都迟钝了。

他听到有东西在飞奔，便掏出刀子，朝一个黑影刺过去，他感觉自己刺中了，却接连被打倒在地。有人疯狂地搜他的身，贪婪的手指抚摩他的衣服，珍珠早在那人抚摩之前就从他手里滑落，在小路上一块小石头后面闪动着光泽。在轻柔的月光下，珍珠闪闪发亮。

胡安娜从水边的岩石之间爬起来。她的脸隐隐作痛，肋部也疼得厉害。她跪了一会儿。湿漉漉的裙子贴在她的身上。她并不生奇诺的气。他说"我是个男人"，而这对胡安娜而言意义重大。那表示他一半已经疯狂，一半具有神性。那表示奇诺将运用全部的力量去撞山、去潜海。胡安娜凭借她那女性的灵魂知道，就算这个男人把自己撞死，大山依然巍峨不倒，就算那个男人淹死，大海依然汹涌奔腾。然而，正因如此，他才是个男人，一半疯狂，一半神性，而胡安娜需要一个男人；没有男人，她的生活将无以为继。虽然男女之间的差别叫她迷惑不解，但她了解这些差别，而且接受和需要它们。她自然会跟随他，这一点不容置疑。有些时候，女人的特质，比如理性、谨慎、自我保护意识，会渗透到奇诺那男性的思维中，并拯救他们所有人。她忍痛站起来，双手握成杯状，从小浪花里捧起咸咸的海水，虽然有些刺痛，但她还是清洗了青紫的脸，然后，她缓缓地沿着海滩去追奇诺。

乌云从南边飘浮过来。惨白的月亮在缕缕云层之间时隐时现，因此，胡安娜一会儿走在黑暗中，一会儿又来到月光下。她疼得弯腰驼背，她的头垂着。她在灌木丛中穿行的时候，月亮正好被云遮住，等到月亮从云里出来，她看到那颗大珍珠在岩石后面的小路上闪闪发光。她跪下捡起珍珠，月亮再次被乌云遮住。胡安娜一直跪在地上琢磨是不是应该返回海边，完成刚才没做完的事，就在她考虑的时候，月光再次洒下来，她看到两个黑影躺在她前面的小路上。她向前一跃，看到一个人是奇诺，另一个人她没见过，有暗色闪亮的液体从他的喉咙里向外流。

奇诺缓缓地动了动，手臂和腿像是被踩瘪的虫子一样抽动着，从他的嘴里传出沉闷的咕哝声。胡安娜马上就意识到，昔日的生活一去不复返了。小路上有个死人，奇诺的刀在这个死人边上，刀身上粘着深色的液体，这一切都让她相信昔日的生活已经完结。一直以来，胡安娜都在想方设法保住往日的平静生活，延续找到珍珠之前的平和时光。但现在那种生活结束了，再也无法挽回。而且，意识到这一点之后，她立即就放弃了过往。她现在唯一能做的，便是拯救他们自己。

她的身体不再疼痛，她的动作也不再迟缓。她麻利地将死人从小路拖进掩人耳目的灌木丛中。她走到奇诺旁边，用湿裙子擦他的脸。他渐渐恢复了知觉，呻吟起来。

"他们把珍珠抢走了。我把珍珠弄丢了。现在什么都完了。"他说，"珍珠丢了。"

胡安娜安慰他，就像是在安慰一个生病的孩子。"嘘嘘。"她说，"你的珍珠在这里呢。我在小路上找到的。你现在能听到我说话吗？你的珍珠在这儿。听明白了吗？你杀人了，我们必须逃跑。他们会来抓我们的，懂吗？我们必须赶在天亮前离开。"

"是那个人攻击的我。"奇诺不安地说，"我是为了保命才动手的。"

"你还记得昨天吗？"胡安娜问，"你认为那重要吗？你还记得镇里那些人吗？你认为你的解释会有用？"

奇诺深吸了一口气，强撑着不再软弱。"没用。"他说，"你是对的。"他坚强起来，又是个男人了。

"回家把尤蒂托接来。"他说，"再拿上我们所有的玉米。我去把独木舟拖进海里，我们马上动身。"

他拿起他的刀，从她身边走开。他摇摇晃晃地向沙滩走去，来到他的独木舟边上。月光再次出现，他看到船底穿了一个大洞。一阵强烈的愤怒自他心底涌起，给了他力量。现在，他们一家人危在旦夕；邪恶的音乐在黑暗中响彻云霄，悬浮在红树林的上方，在海浪的哗哗声中尖锐地响着。这艘他祖父的小船已经修补过很多次了，现在破了个大洞。这样的邪恶超出了人的思维。杀死一个人，都不如杀死一艘船那么邪恶。因为船没有子嗣，船不能保护自己，一艘受伤的船无法痊愈。奇诺的愤怒里夹杂着一丝悲伤，可这件事后，他已经变得坚不可摧。他现在就如同一只野兽，可以隐藏，可以攻击，他活着只是为了保护他自己和家里人。他不觉得头上的伤很疼。他飞快地跑过沙滩，穿过灌木丛，向他的棚屋跑去，他没有想过偷走邻居的小船。这样的念头从未出现在他的脑海里，就像他绝不会破坏任何一艘船。

公鸡开始鸣叫，天很快就亮了。烟雾从棚屋的墙壁渗透出来，各家各户做玉米饼的气味飘散出来。黎明即起的鸟儿在灌木丛中蹦蹦跳跳。苍白月亮的光芒越来越暗淡，云层变厚，向南飘动。风吹进入海口，紧张焦躁，夹杂着暴风雨的气味，变化和不安在空中浮动。

奇诺快步向家中走去，非常激动。现在，他一点儿也不糊涂，因为他只有一件事可做，奇诺的手先摸了摸装在衬衫里的大珍珠，然后摸着别在他衬衫下面的刀。

他看到前面有一小团亮光，紧跟着，一大团火焰在黑暗中爆发出来，火苗蹿得老高，噼里啪啦燃烧着，一栋很高的建筑着火了，照亮了小路。奇诺跑了起来，他知道起火的是他家的棚屋。他很清楚，只消片刻工夫，那些棚屋就会被烧为灰烬。他跑着跑着，就见到一个人影迈着又碎又快的步子向他跑过来，是胡安娜，她抱着尤蒂托，手里拿着奇诺的肩毯。小婴儿吓得不停地抽噎，胡安娜惊恐地瞪大了眼睛。奇诺看得出房子现在已经没救了，他便没有问胡安娜。他知道这是怎么回事，但她还是说道："家里的东西被翻了个乱七八糟，地面被人挖开，就连宝宝的吊床也被翻了过来，我看到他们从房子外面放火。"

房子燃烧着，明亮的火光照亮了奇诺的脸。"是谁干的？"他问。

"不知道。"她说，"太黑了。"

此时，邻居们都匆匆从家里出来，看到火花飘落下来，就连忙将火花踩灭，以免他们自己的房子受到波及。奇诺忽然害怕起来，火光让他心生惧意。他想起了小路上灌木丛中的那个死人，他一把抓住胡安娜的手臂，拉着她来到远离火光的一栋棚屋的阴影里，因为对他而言，火光十分危险。他想了想，然后，他一直在黑影下走到他大哥胡安·托马斯的家。他拉着胡安娜悄悄走了进去。他能听到外面响起孩童的尖叫和邻居们的呼喊，因为他的朋友们都以为他被困在了着火的房子里。

胡安·托马斯家的房子和奇诺的房子几乎一模一样，所有棚屋其实都差不多，全都透光漏风，胡安娜和奇诺坐在大哥家的一角，能透过墙壁看到跳跃的火焰。他们看到高高的火焰熊熊燃烧，看到屋顶坍塌，他们看到火焰熄灭，就像小树枝燃起的火熄灭时一样快。他们能听到朋友们警告的喊声，还能听到胡安·托马斯的妻子阿波洛尼娅发出的尖厉痛哭声。她是他们最近的女性亲属，此时，她正因为家人的死而恸哭不已。

阿波洛尼娅发现她戴的围巾不太好，便匆匆回家去拿那条新买的上好围巾。就在她在墙边的箱子里翻找的时候，奇诺的声音轻轻响起："阿波洛尼娅，别哭了，我们没有伤着。"

　　"你们怎么到这里来了？"她问。

　　"什么都别问。"他说，"现在去把胡安·托马斯叫回来，千万不要对别人说起这件事。这件事攸关生死，阿波洛尼娅。"

　　她一时间没说话，她的手无助地放在身前，然后，她说："好的，小叔子。"

　　片刻后，胡安·托马斯和她一起回来。他点了一根蜡烛，走到他们蹲着的角落，他说："阿波洛尼娅，你去门边守着，不要让任何人进来。"胡安·托马斯是大哥，他说的话就是命令。"现在，弟弟，说说是怎么回事吧。"他说道。

　　"有人摸黑袭击我。"奇诺说道，"我逃跑的时候，失手杀死了一个人。"

　　"什么人？"胡安·托马斯立即问。

　　"不知道。天太黑了，只能看到黑影。"

　　"都是那颗珍珠闹的。"胡安·托马斯说，"这颗珍珠就是魔鬼。你早该把它卖了，把魔鬼请走。也许现在依然可以把它卖掉，为你自己换来平静。"

　　奇诺说："大哥，我受到了奇耻大辱，这比要了我的命还严重。我停在沙滩上的小船被人凿穿了，我的房子被人烧了，灌木丛里还有个死人。所有逃跑的办法都行不通了。大哥，你得把我们藏起来。"

　　奇诺仔细端详着大哥，只见他大哥的眼中流露出了深深的担心，于是他先发制人，免得他开口拒绝。"不用太久。"他马上说，"只要等到天黑，到时候我们就走。"

"我会把你藏起来。"胡安·托马斯说。

"我不愿意把你也牵扯到危险中。"奇诺说道,"我知道我现在就跟个麻风病人一样。我今晚就走,到时候你就安全了。"

"我会保护你们的。"胡安·托马斯说,然后,他喊道,"阿波洛尼娅,把门关上。绝对不可以告诉别人奇诺在这里。"

他们一声不吭地在昏暗的屋里坐了一整天,他们能听到邻居们都在谈论他们。透过房子的墙壁,他们看到邻居们在灰烬中寻找尸骨。他们蹲在胡安·托马斯的房子里,听着邻居们得知小船被毁的消息后震惊不已。胡安·托马斯去找邻居,免得他们起疑,还给他们讲他觉得奇诺、胡安娜和小宝宝怎么样了。他对一个人说:"有人想害他们,我估摸他们是沿着海岸去南边了。"他对另一个人说:"奇诺永远都不会离开大海。说不定他又找了一艘船。"他还说:"阿波洛尼娅难过得都病倒了。"

白天起风了,狂风在海湾呼呼刮着,海岸上的海藻和野草随风摆动,大风吹过棚屋,驾船出海很不安全。胡安·托马斯告诉邻居们:"奇诺走了。如果他出海,那现在肯定已经葬身大海了。"胡安·托马斯每次去找邻居们,都会拿回一些借来的东西。他带回一小包红豆和满满一瓢大米。他借来了一杯干辣椒和一块盐,他还带回来一柄长工具刀,这把刀长十八英寸,很有分量,很像是一把小斧子,既可以当工具,还可以做武器。奇诺看到这把刀,双眼立即有了神采,他抚摸着刀身,用拇指测试边缘是否锋利。

海湾里狂风呼啸,水面上泛起了阵阵白色的浪花,红树林左摇右摆,像是受惊的牛群,风吹起陆地上的细沙,沙尘像令人窒息的云一样悬浮在海面之上。风吹散了乌云,天空变得清澈无比,乡村里的沙土像雪一样,被风卷起。

天渐渐黑了下来,胡安·托马斯与弟弟长谈起来:"你要去哪里？"

"到北方去。"奇诺答道，"我听说北方有不少城市。"

"别走海岸。"胡安·托马斯说道，"他们正组织人去搜索海岸呢。镇里的人也会找你。珍珠还在你身上吗？"

"在。"奇诺说，"我会一直留着它。我本来可以把这东西当礼物送出去，可现在它是我的灾难，是我的生命，我必须留着。"他的目光冷酷凶残，充满仇恨。

尤蒂托一直在抽泣，胡安娜便轻声哄他，让他安静下来。

"起风正好。"胡安·托马斯说，"这样就不会有任何痕迹了。"

在月亮升起之前，他们摸黑悄悄离开。一家人严肃地站在胡安·托马斯的房子里。胡安娜背着尤蒂托，她用围巾兜着孩子，还把围巾盖在他身上，此时，他睡着了，侧着脸靠在她的肩上。胡安娜用围巾的另一端遮着脸，阻挡夜晚的寒风。胡安·托马斯用力地拥抱了弟弟，亲吻了他的两边脸颊。"愿上帝与你同在。"他说，活像此时是生离死别，"你还是不肯放弃那颗珍珠吗？"

"那颗珍珠已经成了我的灵魂。"奇诺说道，"我不要珍珠，就等于失去了灵魂。愿上帝也与你同在。"

第六章

风愈发猛烈地刮着，碎树杈、沙砾和小石子像雨滴一样拍打着他们。胡安娜和奇诺拽紧衣服，挡住鼻子，走了出去。狂风过后，天空一片澄澈，只有满天星斗在黑夜中闪烁寒光。他们两个小心翼翼地走着，躲开了镇中心，怕睡在门口的人看到他们经过。毕竟小镇此时寂静无声，任何在黑夜中走动的人都会引起注意。奇诺沿着小镇的边缘小心地走着，转向有星光的北面，然后找到了一条遍地辙痕的砂石路，这条路穿过杂木丛生的小村镇通向洛雷托，那儿是神秘的圣母显圣之地。

奇诺感到被风吹起的沙砾击打在他的脚踝上，他很高兴，因为他知道这样就不会留下脚印了。借助微弱的星光，他走向那条狭窄的小路，试图穿过这个灌木丛生的小村。奇诺能听到胡安娜在后面跟着的脚步声，他走得很快，悄无声息，胡安娜要小跑起来才能跟上他。

奇诺的脑海中闪现出一些古老的东西。他对黑夜和在黑暗中徘徊的魔鬼恐惧不已，尽管如此，他还是感觉兴奋不已；兽性在他心里占了上风，这使他既警惕，又小心谨慎。寒风吹打脊背，群星指引方向，风声呼啸着拂过灌木丛，他们就那样走了很久，一路上没碰到任何人。后来，在他们的右面，一轮残月缓缓升起，风渐渐停了，大地一片沉寂。

他们终于看到了面前的这条小路，泥沙深积的车辙纵横交错。风一停，就会有脚印，所幸他们离镇子已经很远了，也许足迹未必会被发现。奇诺小心翼翼地走在车辙上，胡安娜紧跟着他的足迹。反正第二天一大早会有一辆大卡车到镇子里去，到时候他们的脚印便会被覆盖。

他们以这样的速度走了一整夜。有一次尤蒂托醒了，胡安娜把他搂到面前，轻抚着他，又把他哄睡着了。黑夜中的各种恶魔潜伏在他们周围，郊狼在灌木丛中嚎叫着，嘶笑着，猫头鹰在他们头顶叫着，噬噬地掠过。有一次，一只大型野兽缓慢地走过，在灌木丛中发出嘎嘎啦啦的声音，吓得奇诺握紧了干活时用的大刀刀柄，从中得到了一点安全感。

珍珠的音乐在奇诺的脑海里频频回响，他还能听到家庭的乐律轻轻地响着，与凉鞋轻踏在尘粒上的沙沙声交织在一起。他们整夜不停地走，天一亮，奇诺就开始在路边寻找藏身处，准备白天躲在里面。他在路旁找了个地方，那片空地可能有鹿躺过，而且被沿路又干又脆的树木遮了个严严实实。等胡安娜坐下来开始给孩子喂奶时，奇诺回到了路上，他折了根树枝，把他们离开大路后走的脚印仔细地清理干净。然后，在曙光中，他听到了一辆大车的嘎吱声，赶忙蜷缩在了路旁，望着一只懒散的公牛拉着一辆两轮车走了过去。等车子走远，他回到路上去看车辙，发现脚印都没了，于是他又扫掉自己的痕迹，回到了胡安娜身边。

胡安娜把阿波洛尼娅给他们包的玉米给他吃了，片刻后，她睡了会儿。而奇诺坐在地上，盯着他面前的土地。他看着蚂蚁在他的脚边移动，便用脚挡住了它们的路。那群蚂蚁爬过他的脚背继续前进，奇诺就把脚那样摆着，看着它们那么爬了过去。

烈日升起。他们现在已经不在海湾旁边了，空气干热不已，甚至灌木都热得窸窣作响，散发出一股树胶的香气。炎日当空，胡安娜醒后，奇诺跟她讲了一些她早就知道的事。

"当心那儿的那种树，"奇诺指着说，"别碰它，要是用碰过那种树的手揉了眼睛，眼会瞎的。还要注意会流血的树。看到了吗，就是那边的那棵。只要折断树枝，就会有红色的液体从树里流出来，那样你就会被噩运缠上。"她点点头，对他微微一笑，因为她也很清楚这些事。

"他们会不会来追我们？"她问，"你说他们会来找我们吗？"

"一定会。"奇诺道，"谁找到我们，谁就能得到珍珠。他们一定会来追我们的。"

胡安娜说：" 也许珍珠贩子说得对，那颗珍珠根本不值钱。也许这一切不过是个幻觉。"

奇诺把手伸进衣服，拿出珍珠。他把珍珠举到阳光下，到最后，珍珠反射的光芒灼痛了他的眼睛。"不。"他说，"如果这颗珠子一钱不值，他们是不会费那么大力气来偷的。"

"你知道攻击你的人是谁吗？是那些珍珠贩子吗？"

"不知道。"他说，"我没看清。"

他注视着珍珠，寻找他的憧憬。"等我们把珍珠卖了，我就买支步枪。"他说，望着闪亮的珍珠表面，寻找他的步枪，但他看到的只有地上一具蜷缩着的模糊尸体，闪着光的血从尸体的喉咙处滴落。他马上说："我们要在一座大教堂举行婚礼。"在珍珠里，他看到的却是胡安娜被打得鼻青脸肿，在黑夜里缓慢地回家。"我们还要送儿子去读书。"他疯狂地说。珍珠里浮现出了尤蒂托的脸，他吃了药变得痴痴傻傻，还发着烧。

奇诺用力将珍珠塞回衣服里，珍珠的音乐在他的耳边变得越来越险恶，与邪恶的乐曲混合在一起。

炽热的阳光炙烤着大地，奇诺和胡安娜只好挪到灌木丛斑驳的阴影下，小小的灰色鸟儿在阴影重重的地上飞来跳去。天太热了，奇诺放松下来，他用帽子盖在眼睛上，又用毯子遮住脸挡苍蝇，不一会儿便睡着了。

但胡安娜没有睡觉。她像块石头一样安静地坐着，她的脸很平静。她的嘴边被奇诺打过的地方依然没有消肿，大苍蝇在她下巴的伤口周围飞着。但她坐在那里，犹如一个哨兵，尤蒂托醒了，她就把他放在她面前的地上，看着他挥着胳膊踢着腿，对她咯咯笑，她也随着他笑了起来。她从地上捡起一根小树枝胳肢他，还从她的包袱里拿出葫芦，让他喝水。

奇诺做梦了，睡得很不安稳，含混不清地喊着什么，他的手不停地摆动，像是在和人打斗。然后，他咕哝一声，突然坐了起来，他的眼睛瞪得老大，鼻孔张开。他竖起耳朵听着，但只有热风呼呼吹着和远处的咝咝声。

"怎么了？"胡安娜问。

"别出声。"他说。

"你做梦了。"

"可能吧。"但他心里七上八下的。她从随身携带的干粮里拿出一块玉米饼给他，他边吃边听。他整个人神经紧绷，心神不安；他不时回头看，还举起大刀，抚摸刀片的边缘。尤蒂托在地上咯咯笑，奇诺说道："别让他出声。"

"出什么事了？"胡安娜问。

"不知道。"

他又开始听，眼中流露出野兽一般的光芒。然后，他悄无声息地站起来，压低身体，穿过灌木丛向小路走去。但他没有走到路上，而是躲在一棵带刺的树边，探头望着他来时的路。

然后，他看到有人走了过来。他的身体立马僵住了，他低下头，从一根折断的树枝下面张望。他能看到远处有三个人，两个走路，

268

一个骑马。但他很清楚他们是什么人，他吓得一激灵。即便距离很远，他也能看到那两个步行的人低着头，缓缓地向前走着。时不时会有一个人停下来观察地面，另一个则走到这人身边。他们是追踪者，他们可以在岩石遍布的山上追踪大角羊的踪迹。他们如同猎犬一样敏感。他和胡安娜或许离开了车辙，但这些从内陆来的人，这些猎人，通过分辨折断的草或是一小堆翻开的土，就能展开追踪。在他们身后，一个人骑着马，口鼻用毯子遮住，一支步枪横放在马鞍上，在阳光下闪闪发亮。

奇诺趴着不动，就跟一根树枝差不多，连大气都不敢喘，他的目光瞟向被他清除的脚印。就连他在清扫时留下的痕迹都可能为追踪者提供他的去向。他太了解这些内陆的猎人了。乡下的猎物很少，他们竟然还能以打猎为生，靠的就是搜寻的好本事，而现在他们在寻找他。他们像野兽一样，一会儿去这儿，一会儿到那儿，找到痕迹便蹲下来查看，而骑马的人就在一旁等着。

追踪者轻轻地呜呜直叫，活像狗儿找到了尚有余温的痕迹便开始撒欢儿。奇诺缓缓地握住刀，做好准备。他很清楚他必须怎么做。如果追踪者找到了他清扫的那块地方，他就必须扑向骑马的那个人，麻利地将他杀死，夺走他的步枪。这是他唯一的机会。那三个人在路上越走越近，奇诺用凉鞋的脚尖处挖出了几个小坑，这样他就可以突然起跳，不会滑倒。有那根折断的树枝挡着，他的视野并不开阔。

胡安娜在隐藏的地方听到了马蹄声，尤蒂托咯咯笑着。她连忙把他抱起来，用围巾盖住他，将乳头填进他的嘴里，他这才安静了下来。

追踪者来到了近处，奇诺从折断的树枝下面只能看到他们的腿和马腿，他看到那几个男人的脚黑黢黢的，长着硬皮，他们身上的白色衣服破破烂烂，他听到皮马鞍咯吱咯吱的，马刺发出叮当声。追踪者停在他清扫痕迹的地方，仔细观察，骑马的人也停了下来。马儿仰起头，马嚼子被拉动，衔铁在马舌头下面发出咔嗒咔嗒的声音，马儿喷了喷鼻。然后，身形模糊的追踪者转过身，端详着那匹马，看着马儿的耳朵。

奇诺屏住呼吸，但他微微弓起背，他的手臂和双腿上的肌肉都绷紧了，上嘴唇上方形成了一行汗珠。追踪者在路上俯身观察了很久，然后，他们缓缓地向前走着，查看他们前面的路面，骑马的人跟在他们身后。追踪者向前移动，走走停停，观察着，然后快步向前。奇诺知道他们会回来。他们会来回绕圈子、搜索、窥视、弯腰观察，他们迟早会返回，发现他掩盖了的痕迹。

他悄悄地折了回去，并没有费力掩盖踪迹。他想掩盖也掩盖不了；微小的痕迹太多了，有太多断裂的树枝，到处都留有脚印，还有很多移位的石块。此时，恐慌在奇诺心里升起，他慌了神儿，只想逃跑。追踪者迟早会找到他的踪迹，他很清楚这一点。没有别的办法了，只能逃跑。他缓缓地离开小路，快而轻地走向胡安娜藏身的地方。她抬头看着他，眼里写满了疑问。

"有人追来了。"他说，"快走！"

无助和绝望向他袭来，他脸色沉郁，眼神悲伤："还是让他们把我抓走算了。"

胡安娜立即站起来，用一只手握住他的手臂。"珍珠在你身上。"她用沙哑的声音喊道，"你觉得他们会把你活着带回去，让你说出他们偷你的珍珠？"

他的手软绵绵地伸向衣服下面藏珍珠的地方。"他们早晚能找到珍珠。"他有气无力地说。

"快走吧。"她说，"快走吧！"

看到他没有反应，她说道："你以为他们会饶我们一命？你以为他们会放过我们的孩子？"

她的刺激起作用了，他回过神来；咆哮声从他的嘴里发出来，他的眼神再次变得凶狠。"走吧。"他说，"我们去山里，说不定到了那儿就能甩掉他们。"

他手忙脚乱地收拾好几个葫芦和几个小袋子，这是他们的全部财产。奇诺用左手拿着一个包袱，但大刀在他的右手里来回摇晃。他为胡安娜分开灌木丛，他们快步向西边的高耸石山移动。他们小跑着穿过杂乱的灌木。这便是惊慌逃窜。奇诺一路小跑，踢开石块，撞在小树上，掉落的叶子泄露了他们的行迹，但他没有试图掩饰。太阳高挂空中，土地干巴巴的，踩上去吱嘎响，就连晒干的植物都会发出声响。但前方是无遮无拦的花岗岩大山，虽然受到风雨侵蚀，却依然巍峨耸立在蓝天之下。奇诺向高山跑去，野兽遭到追击，几乎都会这么做。

这片陆地上没有水源，仙人掌可以贮存水分，灌木的根茎十分粗大，伸到地下深处，吸收很少的水分，并坚持生长。他们脚下不是泥土，而是碎裂的岩石，石头要么是一小块一小块，要么是很大的石板，但没有一块是被水流冲刷变圆的。石头之间长着一小丛一小丛颜色阴郁的干草，只要下一点雨，这些草就会长出来，它们生长，传播种子，然后死亡。角蟾看着这家人走过，然后把小小的头转开，它们的脑袋很像龙的脑袋，不停地转。时不时会有一只躲在阴凉处的长耳大野兔被惊扰，蹦跳着跑开，藏在最近的岩石后面。热气唱着歌，笼罩这片荒凉的乡村，前方的石山看起来凉爽宜人。

奇诺落荒而逃。他很清楚接下来将发生什么。那几个追踪者沿路走不出多远就会发现他们错过了小路，到时候他们便会折回来，搜寻和判断，并且很快就能找到奇诺和胡安娜休息的那个地方。从那里找起，对他们而言简直易如反掌：小石块，掉落的树叶，折断的树枝，一只脚打滑踩过的地方。奇诺依稀能看到他们循迹而行，急切地呜呜叫着，而在他们身后，那个身形模糊的人骑着马，他有些冷漠，带着步枪。最后才轮到这个人出手，因为他不会将他们活着带回去。邪恶的音乐此时在奇诺的脑海中大声响起，伴随着热浪的呜呜声和蛇发出的干巴巴的声响。此时，那歌声并不非常响亮，也非势不可当，而是变得神神秘秘，恶毒至极，他的心怦怦直跳，像是为那歌声配上了低音的节奏。

地势开始上升，岩石也变得越来越大。但此时奇诺带着妻儿，与追踪者之间已经拉开了一小段距离。到了第一道山坡上，他停下来休息。他爬上一块大岩石，回头望向亮晶晶的乡村，但他既看不到敌人，也看不到那个人骑着马穿过灌木丛。胡安娜蹲在大岩石的阴影中。她把水瓶举到尤蒂托嘴边，他动着发干的小舌头，贪婪地吸水喝。她抬头看着奇诺走回来；她看着他检查她的脚踝，上面布满了被石头和灌木刮擦和割破的伤痕，她连忙用裙子盖住脚。然后，她把水瓶向他递过去，但他摇了摇头。她的面容十分疲倦，眼睛却很明亮。奇诺舔了舔他那干裂的嘴唇。

"胡安娜，"他说，"我继续往前走，你藏在这里。我把他们引到山里，等他们过去，你就去北边的洛雷托或圣罗萨利亚。要是我能逃掉，我就去找你。这是唯一安全的办法。"

有那么一会儿，她注视着他的眼睛。"不要，"她说，"我们和你一起走。"

"我自己走，速度更快。"他厉声说道，"要是你们跟着我，孩子就更危险了。"

"不行。"胡安娜说道。

"不行也得行。这么做才叫明智，我也希望这样。"他说。

"不要。"胡安娜说。

他在她的脸上寻找软弱的痕迹，寻找恐惧或犹豫，却都没有找到。她的双眼亮晶晶的。他无奈地耸耸肩，但他从她身上找到了力量。等到他们再次上路的时候，再也不是惊惶而逃了。

越靠近大山，乡村的地势就越高，每走出一小段距离，周围的地貌就会发生变化。现在可以看到长长的花岗岩露出地面，岩石上有很深的裂缝，如果可以，奇诺就走在不会留下痕迹的裸露岩石上，从一块岩脊跳到另一块岩脊。他知道，追踪者若是在某个地方跟丢了，肯定会绕圈子，浪费时间寻找，然后才能再次发现他的踪迹。于是他不再沿直线向大山移动；他走之字形，有时候还回头往南走，故意留下痕迹，然后再翻越光秃的岩石向大山走。现在地势变得十分陡峭，他走得气喘吁吁。

太阳开始落向犹如裸露石牙的大山，奇诺向群山间一处黑暗、影影绰绰的裂缝走去。如果这里有水，肯定就在那里，即便相隔甚远，他也能看到那里有植物生长。如果有小路能穿过光滑的岩石山脉，那肯定也在那道深裂缝中。这么走也很危险，因为他能想到，追踪者肯定也能想到，但空空的水壶不容许他顾及危险。太阳渐渐降低，奇诺和胡安娜拖着疲惫的身体，奋力爬上陡峭的山坡，向裂缝移动。

在灰蒙蒙的石山高处，在一处叠嶂山峰的下方，一道细细的泉水从岩石的一道裂缝中流出。在阴影中积聚不化的积雪在夏天融化，便形成了这道山泉，泉水不时会完全干涸，水底的光秃岩石和干瘪水藻便会露出来。但是，这股泉水几乎常年都在流淌，冰凉、干净、爽口。赶上下大雨，泉水就会暴涨，泛着白沫的水流哗哗地从这道裂缝里流出来，但在一般情况下，这股山泉都是涓涓细流。泉水汩汩地流进一个池子里，然后流入一百英尺下方的另一个池子，而这个池里的水仍然会往下流，就这样不停地往复，一直流到这片高地的碎石之间，消失不见。泉水很细，因为每次泉水落下悬崖，便有一部分在干燥的空气中蒸发了，而且池水也会溅到干燥的植物上。野兽从数英里外过来，在小池子里喝水，野羊、野鹿、美洲狮、浣熊、老鼠，这些野兽都会来。鸟儿白天在灌木地带，晚上则飞到这些小水池边，这些池子像是台阶一样，分布在山间的裂缝上。在这股细小的山泉边上，只要有足够的土壤供根茎生长，就会有植物生根发芽，有野生葡萄、小棕榈树、掌叶铁线蕨、木槿，还有高大的蒲苇，它们那尖尖的叶子都长在羽毛状细茎的下方。池子里有青蛙和池龟，水生蠕虫在池底爬来爬去。所有喜欢水的生物都来到这些为数不多的浅塘边。猫科动物把猎物带来，把羽毛弄得到处都是，满嘴是血地喝水。小水池里的水滋养了生命，也因为水，这里成了杀戮之地。

泉水汇聚的最低一层台阶是一个由石头和沙子组成的平台，泉水从那里滚下一百英尺的悬崖，在布满碎石的荒原里消失不见。只有一道如铅笔一样细的水流入水池，却足以让水池维持满溢状态，并且滋养悬崖上的蕨类植物，让野生葡萄攀上石山，各种各样的小型植物在这里舒舒服服地生长。洪水冲出了一小片沙滩，池水从沙滩上流过，潮湿的沙地里长出了翠绿的西洋菜。沙滩上留有纵横交错的野兽脚印，它们或是来这里喝水，或是来这里捕猎。

太阳落到了石山后面，奇诺和胡安娜才费力地爬上陡峭崎岖的山坡，终于来到了水边。从这个台阶上，他们能望到被骄阳炙烤的荒原和远处碧蓝的海湾。他们拖着疲惫的身体走到池边，胡安娜扑通一声跪了下来，先给尤蒂托洗了脸，然后在壶里装满水，让他喝水。小婴儿非常累，发起了脾气，他轻声哭着，胡安娜只好把乳头放进他的嘴里，他才在她怀里咯咯笑了起来。奇诺在池边大口喝水，喝了很久。有那么一刻，他躺在水边，放松全身的肌肉，看着胡安娜给孩子喂奶，然后，他站起来，走到水流落下的台阶边缘，他凝神看着远处。他的目光落在一个地方，身体随之变得僵硬。他能看到两个追踪者就在山坡下方远处，他们看起来就是两个黑点，也很像跑得很快的蚂蚁，他们后面有一只更大的蚂蚁。

胡安娜扭头看着他，她看到他的背部变得僵直。

"还有多远？"她小声问。

"天一擦黑，他们就能到这里。"奇诺说。他抬头望着水流下来的长而陡峭的裂缝。"我们必须向西边走。"他说，他仔细查看裂缝后面的山肩。在灰色山间往上三十英尺处，他能看到几个腐蚀出来的小山洞。他脱掉凉鞋，用脚趾蹬住赤裸的岩石，爬到山洞边，向那些浅洞里张望。山洞只有几英尺深，里面有风刮过，但山洞微微向下倾斜。奇诺爬进最大的山洞，躺了下来，他知道外面的人看不到他。他很快回到胡安娜身边。

"爬到上面去。那样他们就发现不了我们了。"他说。

她没有提问，只是装满水壶，奇诺先帮她爬进浅山洞，又把装干粮的包袱拿上来递给她。胡安娜坐在洞口看着他。她看到他并没有抹去他们在沙地上留下的痕迹。相反，他爬上水边长有灌木的悬崖，一路扯下蕨类植物和山葡萄。他爬到一百英尺上的另一个平台，随即爬了下来。他仔细查看洞口附近的光滑山肩，确认那里没有留下有人经过的痕迹，然后，他往上爬，钻进山洞来到胡安娜身边。

"等他们上去，"他道，"我们就下山，回到低地。我唯一担心的就是宝宝会哭。你得把他看好，别让他哭。"

"他不会哭的。"她说，她把宝宝的脸举到她的脸边，凝视着他的眼睛，他也严肃地看着她。

"他了解。"胡安娜道。

这会儿，奇诺趴在洞口，下巴搭在交叉的手臂上，他看着大山的青色阴影划过下面遍布灌木的荒原，最后移动到海湾，黄昏的阴影覆盖了整个陆地。

过了很久，追踪者都没有追上来，他们似乎并没有找到奇诺留下的痕迹。黄昏时分，他们终于来到了小水池边。现在他们三个人都徒步而行，因为马上不了最后一道陡峭的山坡。在黄昏的光线下，从上面看，他们只是细小的人影。两个追踪者在沙地上到处查看，他们看到奇诺爬上悬崖的痕迹，才过去喝水。拿着步枪的人坐下休息，两个追踪者蹲在他身边，在昏暗的光线下，他们的香烟忽明忽暗。然后，奇诺能看到他们在吃东西，他们低沉的说话声飘到他耳边。

夜幕降临，山间裂缝里黑咕隆咚。来水池喝水的野兽逐渐靠近，他们闻到了人类的气味，便掉头飞奔回了黑暗中。

他听到身后有人咕哝一声。胡安娜小声说："是尤蒂托。"她哄他安静下来。奇诺听到宝宝在啜泣，听那沉闷的声音，他知道胡安娜是用围巾蒙住了他的脑袋。

在下面的沙地上，一根火柴燃烧起来，借着短暂的光亮，奇诺看到两个男人像狗一样蜷缩着睡觉，而另一个人则在放哨，他看到步枪在火柴的光芒下闪着光。然后，火柴熄灭，却在奇诺的眼前留下了一幅画面。他能看到那个画面，看到每个人的样子，两个蜷缩着睡觉，第三个蹲在沙地上，把步枪夹在双膝之间。

奇诺悄悄地回到山洞。胡安娜的双眸如同两簇火花，反射着一颗低矮的星星的光亮。奇诺无声地爬到她身边，把嘴唇贴在她的脸边。

"我有个办法。"他说。

"但他们会杀了你的。"

"只要我能先拿下那个带枪的人。"奇诺说，"我必须先把那个人干掉，才能占优势。另外两个在睡觉。"

她把手从围巾下面拿出来，抓住了他的手臂："现在有星光，他们会看到你的白衣服。"

"不。"他说，"我必须赶在月亮升起前动手。"

他想说两句安慰话，却不知道说什么好。"如果他们杀了我，"他道，"你就在这里趴着，不要出声。等他们走了，你就去洛雷托。"

她的手握着他的手腕，微微有些发抖。

"没有选择了。"他说，"现在只有这一个办法。到了早上，他们就会找到我们。"

她的声音有些颤抖。"愿上帝与你同在。"她说。

他仔细地看着她，他能看到她那双大眼睛。他的手摸索到了宝宝，在尤蒂托的头上放了一会儿。然后，奇诺抬起手，摸着胡安娜的脸，她屏住了呼吸。

在天空映衬的洞口，胡安娜能看到奇诺脱下白衣，他的衣服虽然又脏又破，但在黑夜里依然十分显眼。他的棕色皮肤对他而言是更好的保护。然后，她看到他把护身符项链钩在长刀的角柄上，让刀垂在胸前，将两只手解放出来。他没有返回她身边。有那么一刻，他在洞口只是一个黑影，蹲伏着，闷声不吭，随后，他走了出去。

胡安娜挪到洞口，向外张望。她就像只猫头鹰一样从山洞里张望，小宝宝盖着毯子，在她背上睡觉，他侧着的脸贴着她的脖子和肩膀。她能感觉到他的温暖呼吸扑到她的皮肤上，胡安娜轻声说着祈祷词和咒语，她念着"万福玛利亚"和古老的咒语，希望这样可以击退邪恶力量。

当她向外望去，夜晚似乎不再黑得伸手不见五指，在东边，在地平线附近月亮将要升起的地方，天空中有一丝光亮。她低下头，能看到守夜人抽的香烟。

奇诺像一只行动缓慢的蜥蜴一样爬下平滑的山肩。他转了项链，现在大刀垂在他的背部，不会碰到岩石。他伸开手指抓住岩石，赤裸的脚趾找到脚支点，就连他的胸口也贴着岩石，免得滑下山。只要有任何声响，比如小石子滚落或叹息声，或是人在岩石上轻轻一滑，都会惊动下面的守夜人。任何与黑夜不搭调的声音都会让他们提高警惕。但夜晚并非万籁俱寂，生活在泉水附近的小树蛙像鸟儿一样叽叽喳喳地叫，蝉发出的金属般高亢的叫声响彻山间裂缝。奇诺自己的音乐在他的脑海里飘荡，敌人的音乐却十分低沉，颤动着，像是快要消失。但"家之歌"就犹如一头雌性美洲豹的吼叫声一样尖锐、凶猛，充满猫科动物的优雅。"家之歌"现在变得活跃起来，驱策着他去攻击邪恶的敌人。刺耳的蝉叫声呼应着"家之歌"的旋律，叽叽喳喳的树蛙配合着"家之歌"的调子。

奇诺像是一道影子，悄无声息地爬下光滑的岩壁。他的一只赤脚移动几英寸，脚趾碰到岩石，紧紧扣住，另一只脚再移动几英寸，然后一只手向下移动，再向下挪动另一只手，这样一来，他的整个身体看起来没动，实则却已向下移动。奇诺的嘴巴张着，这样他就连喘气也不会发出声响，因为他知道他并不是隐形的。如果那个守夜人感觉到有东西在动，并且看到岩壁上的黑影，也就是他的身体，就会发现他。奇诺必须缓慢移动，不能引起守夜人的注意。他花了很长时间才爬到底部，蹲在一株矮小的棕榈树后面。他心跳如雷，他的手上和脸上都是汗。他蹲下，缓慢地做着深呼吸，让自己平静下来。

此刻，他和敌人之间只相隔二十英尺，他试着回忆他们之间的地形。他跑起来的话，会不会有石头将他绊倒？他按摩双腿防止抽筋，发现长时间用力后，他的肌肉在抽动。他忧心忡忡地望着东方。月亮很快就将升起，他必须在月亮升起来之前展开攻击。他能看到守夜人的轮廓，却看不到睡着的那两个人。奇诺必须拿下守夜人，他的行动必须又快又准。他轻轻地把护身符项链从背后拉到前面，解开钩住长刀角柄的环。

但他来得太晚了，他刚一站起来，月亮的银色边缘便出现在了东边的地平线上，奇诺赶忙躲在灌木后面。

月弯如钩，却将明亮的月光洒向那道山间裂缝，此时，奇诺能看到守夜人坐在水池边上的小池滩上。守夜人注视着月亮，又点了一根烟，有那么一刻，火柴照亮了他那张模糊的脸。不能再等了；只要守夜人一扭头，奇诺就必须跃起攻击。他的双腿如同弹簧一样绷紧了。

就在此时，从上方传来一声模糊的哭声。守夜人扭头去听，然后他站起来，一个在地上睡觉的人动了动，醒了过来，轻声问："什么声音？"

"不知道。"守夜人道，"听着像哭声，有点儿像人在哭，像小婴儿的哭声。"

一直在睡觉的那个人道："那倒未必。可能是母郊狼和一窝郊狼崽，我听过一只郊狼崽叫起来跟婴儿哭一样。"

豆大的汗珠从奇诺的额头上滚下来，流进他的眼里，感觉异常灼痛。微弱的哭声再次响起，守夜人抬头望向山上的那道漆黑的裂缝。

"可能是郊狼吧？"他说。奇诺听到刺耳的咔嗒一声，那人扣动了扳机准备射击。

"真要是郊狼，我来叫它闭嘴。"守夜人一边说一边举起枪。

奇诺正要跃起，这时枪响了，子弹发出的曳光在他的眼前留下了一个画面。长刀来回摆动，发出空洞的嘎啦声。刀锋割破了脖子，深深地刺入了胸膛，奇诺此时就像一架可怕的机器。他紧紧抓着步枪，同时抽出了长刀。他的力量、动作和速度都与机器无异。他身子一转，挥刀猛砍坐着的那个人的脑袋，活像是在砍西瓜。第三个人像只螃蟹一样爬开，溜进了水池，然后，他开始疯狂地爬上泉水涓涓流下的悬崖。他的手和脚在缠结的野生葡萄藤之间猛抓猛蹬，他呜咽着，含含糊糊地说着什么，同时奋力要站起来。但奇诺现在变得和钢铁一样冰冷致命。他举起步枪，对准了那个人，然后开火。他看到他的敌人向后栽倒在池子里，奇诺大步走到水边。月光下，他看到了一双狂乱惊恐的眼睛，奇诺把枪对准那双眼睛之间，扣动了扳机。

然后，奇诺不确定地站在那里。不对劲，有一个信号正试图进入他的脑海。树蛙和蝉此时都安静了下来。奇诺的大脑摆脱了狂热的专注，清醒了过来，他听到了一个声音，有哭喊声从石山山腹的小山洞里传出来，急切、歇斯底里，那是死亡的声音。

拉巴斯的每个人都记得奇诺一家回来时的情形；有些年纪大的人甚至还亲眼见过，但那些听父亲和祖父讲过这件事的人也都记得。所有人都是这件事的见证人。

那天下午晚些时候，金黄色的阳光笼罩大地，几个小男孩疯狂地在镇里跑来跑去，说是奇诺和胡安娜回来了。于是，每个人都匆匆赶来看他们。太阳落向西边的群山,地上的影子拉得很长。也许对于看到他们的人而言,这一幕给他们留下了深刻的印象。

他们两个从布满车辙的乡村公路走进镇里,他们没有像往常那样奇诺在前胡安娜在后,他们是并排走着。太阳在他们身后,他们的长影子在他身前,看来好像他们携带着两座黑暗的高塔。奇诺背着一支步枪,胡安娜背着围巾,像是背着一个麻袋。围巾里有一个东西,小而软,却很重。围巾上粘着干了的血迹,在她走路的时候,那个小东西轻轻摇晃着。她面无表情,脸上都是皱纹,如同皮革一样粗糙,她看起来疲倦不堪,为了对抗疲倦,她整个人都绷得紧紧的。她的眼睛瞪得很大,眼神却是呆滞的。她整个人显得是那么疏离。奇诺抿着嘴,下巴绷得很紧,人们说他走到哪里,就把恐惧带到哪里,还说他像即将到来的暴风雨一样危险。人们说他们两个经历了超出人类承受范畴的事,他们经历了痛苦,此时重生了;似乎有一种魔法在保护他们。赶来看他们的人纷纷后退,让他们经过,也没和他们说话。

奇诺和胡安娜穿过镇子,仿佛这座城镇并不存在。他们不看左右,也没向上下看,他们只是目视前方。他们走着,双腿僵直,如同精心制作的木质娃娃,带着黑色的恐惧。他们走过石头灰泥建成的城镇,掮客们都从装有木板条的窗户里看着他们,仆人们都把一只眼睛凑到门板的裂缝上,母亲们把最小孩子的脸向里扭贴着她们的裙子。奇诺和胡安娜并肩穿过石头灰泥城镇,来到棚屋区,邻居们向后站开,让他们通过。胡安·托马斯举起一只手,却没有打招呼,他的手迟疑地在空中停留了片刻。

在奇诺的耳边,"家之歌"像是哭喊一样狂热。他不再受到影响,他的样子非常可怕,他的歌成了战斗的口号。他们走过被烧毁的家,都没有朝那里看一眼。他们拨开沙滩边缘的灌木丛,穿过海岸向水边走去。他们没有看向奇诺那艘被毁的小船。

他们在海边停下，望着海湾。奇诺放下步枪，他在衣服里摸索，拿出了那颗大珍珠。他望着珍珠的表面，只见珍珠是灰色的，像是溃烂了。一张张邪恶的脸从珍珠表面盯着他的眼睛，他看到了燃烧的火光。他从珍珠表面看到了池塘里那个人的狂乱双眼。他从珍珠表面看到尤蒂托躺在小山洞里，脑壳都被子弹打烂了。这颗珍珠太丑陋了；灰白色的珠子如同一颗毒瘤。奇诺听到了珍珠的音乐，扭曲，癫狂。奇诺的手有些颤抖，他缓缓地扭头面对胡安娜，把珍珠递给她。她站在他身边，依然背着死去的孩子。她看着他手里的珍珠，过了一会儿，她又看着奇诺的眼睛，柔声道："不，还是你来吧。"

奇诺向后扬起胳膊，用尽全力将珍珠抛了出去。奇诺和胡安娜望着珍珠在西沉的太阳下闪着亮光，飞向大海。他们看到远处溅起一小片水花，他们并排站在那里，盯着那个地方看了许久。

珍珠落入美丽的绿色海水中，沉向海底。摇摆的海藻呼唤着它，召唤着它。珍珠的表面泛着绿色的光泽，分外美丽。珍珠沉入布满沙子的海底，落在蕨类植物般的海草中间。海面犹如一面绿色的镜子。珍珠躺在海底。一只螃蟹爬过海底，带起了一团沙雾，等沙子落下，珍珠消失了。

珍珠的音乐越来越低，最终不复存在。

图书在版编目(CIP)数据

人鼠之间：约翰·斯坦贝克中篇小说集 /（美）约翰·斯坦贝克著；刘勇军译. — 杭州：浙江人民出版社, 2019.10

ISBN 978-7-213-09203-9

Ⅰ.①人… Ⅱ.①约… ②刘… Ⅲ.①中篇小说—小说集—美国—现代 Ⅳ.①I712.45

中国版本图书馆CIP数据核字（2019）第034786号

人鼠之间 ：约翰·斯坦贝克中篇小说集
RENSHUZHIJIAN：YUEHAN SITANBEIKE ZHONGPIANXIAOSHUOJI
（美）约翰·斯坦贝克 著 刘勇军 译

出版发行 浙江人民出版社（杭州市体育场路347号 邮编 310006）
责任编辑 徐 婷
责任校对 朱 妍
封面设计 所以设计馆
电脑制版 刘 宽
印 刷 天津旭丰源印刷有限公司
开 本 880毫米×1230毫米 1 / 32
印 张 9.25
字 数 123千字
版 次 2019年10月第1版
印 次 2019年10月第1次印刷
书 号 ISBN 978-7-213-09203-9
定 价 39.80元

如发现印装质量问题，影响阅读，请与市场部联系调换。
质量投诉电话：010-82069336